17

水滸傳

五 內征外討

原著
施耐庵

編撰
張鵬高

好讀出版

水滸傳 五

內征外討

目錄

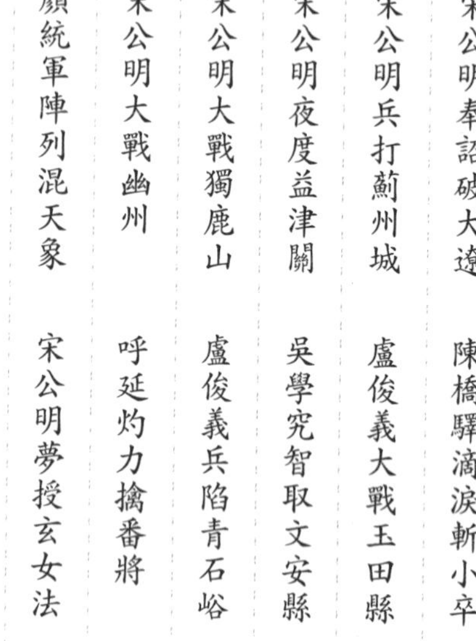

如何閱讀本書

列出各回回目便於索引翻閱

閱讀性高的原典：

將一百二十回原典分爲六大分冊，版面美觀流暢、閱讀性強

詳細注釋：

解釋艱難字詞，隨文直書於奇數頁最左側，並於文中以※記號標號，以供對照

第八十八回　顏統軍陣列混天象　宋公明夢授玄女法

話說當時宋江在高阜處，看了遼兵勢大，慌忙回馬來到本陣，且教將軍馬退回永清縣山口屯扎。便就帳中與盧俊義、吳用、公孫勝等商議道：「今日雖是贏了他一陣，損了他兩個先鋒，我上高阜處觀望遼兵，其勢浩大，漫天遍地而來，此乃是大隊番軍人馬。來日必用與他大戰交鋒，恐寡不敵眾，如之奈何？」吳用道：「古之善用兵者，能使寡敵眾。◎1昔晉謝玄※1五萬人馬，戰退苻堅百萬雄兵，先鋒何爲懼哉！可傳令與三軍眾將，來日務要旗旛嚴整，弓弩上弦，刀劍出鞘，深栽鹿角，緊守營寨。濠塹齊備，軍器並施，整頓雲梯、炮石之類，預先伺候。還只擺九宮八卦陣勢。如若他來打陣，依次而起，縱他有百萬之眾，安敢衝突。」宋江道：「軍師言之甚妙。」隨即傳令已畢，諸將三軍，盡皆聽令。五更造

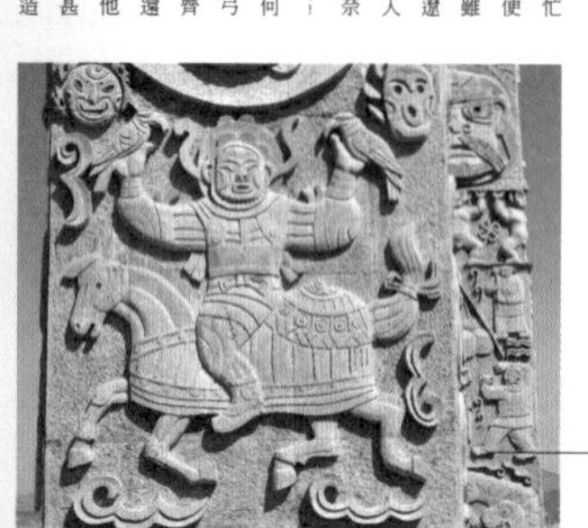

※內蒙古赤峰南山生態園內契丹畫廊柱上的圖案。拍攝時間2006年。（劉兆明提供）

116

飯，平明拔寨都起，前抵昌平縣※2界，即將軍馬擺開陣勢，扎下營寨。前面擺列馬軍，還是虎軍大將：秦明在前，呼延灼在後，關勝居左，林沖居右，東南索超，東北徐寧，西南董平，西北楊志。宋江守領中軍，其餘眾將，各依舊職。後面步軍，另做一陣在後，盧俊義、魯智深、武松三個爲主。數萬之中，都是能征慣戰之將，個個摩拳擦掌，準備廝殺。陣勢已定，專候番軍。

不多時，遙望遼兵遠遠而來。◎2前面六隊番軍人馬，每隊各有五百，左設三隊，右設三隊，循環往來，其勢不定。此六隊游兵，又號哨路，又號壓陣。次後大隊蓋地來時，前軍盡是皂纛旗，一代※3有七座旗門，每門有千匹馬，各有一員大將。怎生打扮？頭頂黑盔，身披玄甲，上穿皂袍，坐騎烏馬。手中一般軍器，正按北方斗、牛、女、虛、危、室、壁。七門之內，總設一員把總上將，按上界北方玄武水星※4。怎生打扮？頭拔青絲細髮，黃抹額緊束金箍，身穿禿袖皂袍，烏油甲密鋪銀鎧。足跨一匹烏騅千里馬，手擎一口黑柄三尖刀。乃是番將曲利出清，引三千披髮黑甲人馬，按北辰五炁星君※5。皂旗下軍兵，不計其數。正是：凍雲截斷東方日，黑氣平吞北海風。左軍盡是青龍

注

※1謝玄：東晉名將，字幼度，今河南太康人，宰相謝安姪子。在淝水之戰中，抓住戰機，大敗秦軍，取得以少勝多的巨大戰果。

※2昌平縣：在今天北京西北方向。

※3一代：一帶的意思。

※4北方玄武水星：古人把四個方向的星辰按照每七組星宿爲一組來排列，每個星辰都安排有星辰的神靈，下面東南西北神靈即各個星辰的神。

※5北辰五炁星君：北方星宿中辰方位的星神名，參見本回注釋4。

評點

◎1.只管之手者也，眞是學究氣。（容眉）（容本此前爲「能使寡敵眾，斯爲美矣。」——編者按）

◎2.眞有森羅萬象，役使百靈氣色。（袁眉）

117

名家評點：

選收不同名家之評點，隨文橫書於頁面的下方欄位，並於文中以◎記號標號，以供對照

精緻彩圖：

名家繪圖、相關照片等精緻彩圖，使讀者融入小說情境

詳細圖說：

說明性和評點性的圖說，提供讓讀者理解

導讀

主编 張鵬高

俗至絢爛成大雅

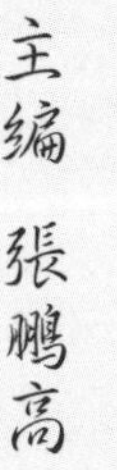

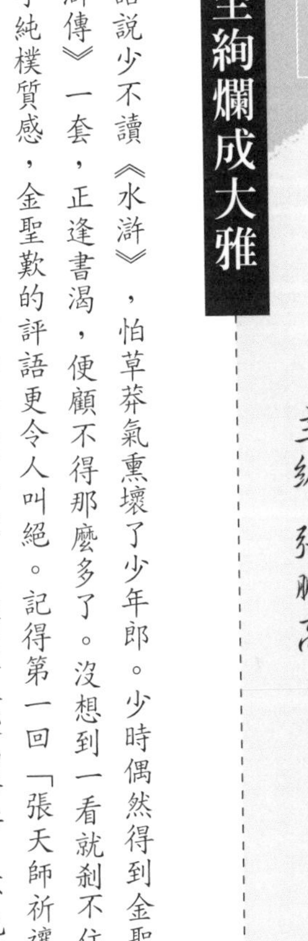

常話說少不讀《水滸》，怕草莽氣熏壞了少年郎。少時偶然得到金聖歎批評《水滸傳》一套，正逢書渴，便顧不得那麼多了。沒想到一看就剎不住車，不但文字純樸質感，金聖歎的評語更令人叫絕。記得第一回「張天師祈禳瘟疫洪太尉誤走妖魔」中，洪太尉爬龍虎山一段，太尉大人爬山辛苦，不免心內產生想法。原文如此寫道：

「這洪太尉獨自一個行了一回，盤坡轉徑，攬葛攀藤。約莫走過了數個山頭，三、二里多路，看看腳酸腿軟，正走不動，口裏不説，肚裏躊躇，心中想道：『我是朝廷貴官，』……

金聖歎在此突然評了一句「醜話」。如果沒有這句評語，這段文字可能就會輕輕放過，但這兩字評語卻會讓人從此開始思考判斷。更重要處，金聖歎的評語嬉笑怒罵生冷不忌，讓習慣了應試教育的少年一下感受到語言的活潑與可愛。其時正值暑假，暑熱中麻辣的文字似乎有種解暑的作用。時過多年，想起

《水滸傳》，總有種暑熱中涼爽的感覺。

因受金聖歎影響過大，一度覺得金的批語比原文更出色。然而後來多看幾遍原文之後，慢慢體味到，金文過於淋漓的文字，終難免灑狗血的嫌疑。一回文字中，有兩三處「好貨」之類的唾罵，確實讓人盪氣迴腸，如果有十幾處「絕妙」、「奇絕」之類的誇獎，自然有些過火。

金聖歎過高評價《水滸》，有當時具體的考量。明代小說是沒有地位的俗文字，金聖歎將之評價爲天下才子必讀書之一，與《孟子》並列，矯枉過正自然無可厚非。隱去華麗的批評詞藻，《水滸》正文自有一種獨特的韻味：寫實處細緻周詳，絲毫不惜筆墨，作者對各種民俗掌故、九流三教乃至居家裝飾都了然於心，往往會不厭其詳地一一介紹。因此，《水滸傳》雖然距離眞實歷史很遙遠，卻經常予人一種極度寫實的印象。

第二回高俅進身一段，描畫了「一對兒羊脂玉碾成的鎭紙獅子」，作爲高俅進身的小道具，作者都在色彩、質感方面盡量塡充。這裏要是換成「一對鎭紙獅子」，感染力便會下降不少。此外，第三十二回「武行者醉打孔亮」一節，描寫孔亮喝酒，爲了渲染酒肉對武松的吸引力，不惜四次點出「青花甕酒」來刺激武松和讀者。這種用重複來強調的技巧，到了二十世紀，米蘭・昆德拉（捷克作家《生命中不能承受之輕》作者）才提了出來，猶然以爲新創不久。《水滸傳》的技巧往往掩藏在自然的筆墨之下，不詳細品味，雖然能感覺到其甘甜，卻難以發覺其原因。

就《水滸》而言，這些還不是最重要的，《水滸》最出色的地方，在於其入俗脫俗之處：《水滸》入俗深，沒讀過的人都知道一百單八將；同時又能超脫世俗，在歷史的長河中刻下難以磨滅的烙印。優秀作品與經典作品的差別就在這裏。

《水滸傳》描寫一百單八將，是迎合世俗、方便傳播的寫法，這種技巧在當時歷史演義的大潮中十分普遍，《水滸》進步的地方在於用了天罡地煞的外衣來包裝。這些只能算作優秀，眞正讓《水滸》進身百年經典的地方，則在於維繫作品中對仁、義等傳統美德的思考、描寫以及宣揚。如果說一百單八將是作品的框架，那麼仁義則是經脈，此外，才有各種細節作爲骨肉而存在，以上均具備，才有作品的靈性和血脈的流轉。

小說不同於哲學，小說的偉大不需要說明，只能用情節、故事來感染。因此閱讀小說與學習哲學、科技知識完全不同。經典的小說未必適合每一個人，一本好的小說，也未必需要完全通讀。興趣永遠是第一位。《水滸傳》這樣的經典也同樣，只要內心某處被突然打動，必然會主動細細閱讀全文。現代的讀者全然可以漫不經心地翻看經典，無論原文、評論或者插圖，先從自己感興趣、吸引自己的地方入手。所以一部收集所有經典評論、適當注釋並且總攬所有插圖、繁衍作品的典藏版本，自然是最佳的選擇。

基於這樣的原因，本套《水滸傳》並沒有選擇影響力最大的金聖歎的七十回版本，儘管金聖歎的刪改十分高明，完全可以自圓其說，但畢竟是不完整

的。《水滸傳》在傳播的過程中，大家早已經認可了更完整的版本。而且選擇其他版本，依然可以完全容納金聖歎版的精華。

同樣的原因，儘管一百回版是公認的最早的完整版，後加的征田虎的二十回故事很明顯是添筆之作，小說內的時間也表明了這一點。但是考慮到征討田虎在流傳過程中的影響力，一套經典的版本自然應該是最完整的版本，因此底本選擇了一百二十回版。

當然，後二十回與前百回相比，確實有比較明顯的差距。前百回中的戰爭描寫，固然也有兒戲部分，比如收服關勝、凌振等人的時候，作爲朝廷命官的關勝，輕易投降山賊，無論從情理還是邏輯上都難以説通，而且大型戰爭場面猶如兒戲，確實暴露了《水滸傳》作者民間立場對軍事知識的不足。但小説的本質是虛構的，《水滸傳》中「仁義」大於朝廷命令、大於邏輯關係，因此這些都不算大的缺點，況且作者在寫戰爭的時候，往往側重於計策、心理等活動，因此顯得靈氣十足。

而後二十回對戰陣等的發揮，確實有點暴露短處。難怪李卓吾評價説：「水滸傳文字不好處只在說夢、説怪、説陣處；其妙處都在人情物理上，人亦知之否？」甚至進一步指出「文字至此，都是強弩之末了，妙處還在前半截」。

儘管如此，後二十回作爲整體的一部分，也有許多優點，只從田虎事蹟對比梁山泊的發展過程這一點來看，就很有意義，至於招安，則與小說「仁義」

的內在邏輯有關。

最後，姜玉女士幫助查找了不少資料，在此一併表示感謝。

本書彙輯的《水滸傳》評語，輯自以下評本：

（一）《第五才子施耐庵水滸傳》，七十回，金聖歎評，簡稱《金本》。有回前總評、雙行夾批和眉批。

（二）《李卓吾先生批評忠義水滸傳》，一百回，明萬曆容與堂刻本，簡稱《容本》。有眉批、行間夾批和回末總評。

（三）《出像評點忠義水滸全傳》，一百二十回，題李卓吾評，明萬曆袁無涯刻本，簡稱《袁本》。有眉批、行間夾批和回末總評，內容與容本不盡相同。

（四）《忠義水滸傳》，一百回，亦題李卓吾評，清芥子園刻本，簡稱《芥本》。有眉批、行間夾批，基本與袁本相同，本書僅輯錄較袁本多出之評語。

（五）《京本增補校正全像水滸志傳評林》，余象斗評，明萬曆雙峰堂刻本，簡稱《余本》。

本書收錄以上各本眉批、行間夾批和評點，而以「金批」、「容眉」、「容夾」、「袁眉」、「袁夾」、「芥眉」、「芥夾」和「余評」表示。

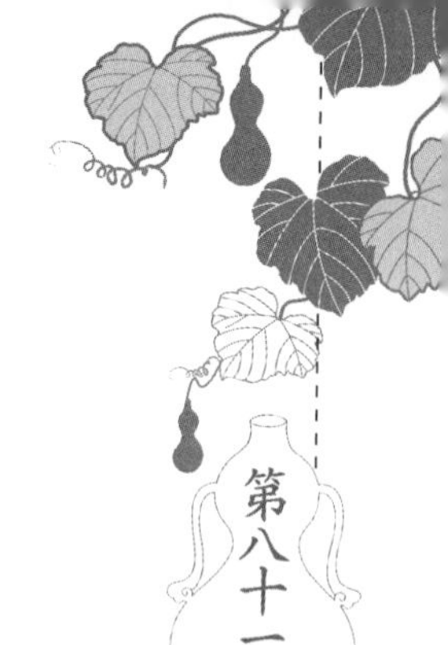

第八十一回

燕青月夜遇道君　戴宗定計出樂和

話說梁山泊好漢，水戰三敗高俅，盡被擒捉上山。宋公明不肯殺害，盡數放還。高太尉許多人馬回京，就帶蕭讓、樂和前往京師，聽候招安一事，卻留下參謀聞煥章在梁山泊裏。那高俅在梁山泊時，親口說道：「我回到朝廷，親引蕭讓等，面見天子，便當力奏保舉，火速差人前來招安。」因此上就叫樂和為伴，與蕭讓一同去了，不在話下。

且說梁山泊衆頭目商議，宋江道：「我看高俅此去，未知眞實。」吳用◎1笑道：「我觀此人，生得蜂目蛇形，是個轉面忘恩之人。他折了許多軍馬，廢了朝廷許多錢糧，回到京師，必然推病不出，朦朧奏過天子，權將軍士歇息，蕭讓、樂和軟監在府裏。若要等招安，空勞神力！」宋江道：「似此怎生奈何？招安猶可，又且陷了二人。」吳用道：「哥哥再選兩個乖覺的人，多將金寶前去京師，探聽消息。就行鑽刺關節，◎2把衷情達知今上，令高太尉藏匿不得。此為上計。」燕青便起身說道：「舊年鬧了東京，是小弟去李師師家入肩※1。不想這一場大鬧，他家已自猜了八分。只有一件，他卻是天子心愛的人，官家那裏疑他。他自必然奏說：『梁山泊知得陛下在此私行，故來驚嚇。』已是遮過了。如今小弟多把些金珠去那裏入肩，枕頭上關節最快。小弟可長可短，見機而作。」宋江道：「賢弟此去，須擔干係！」戴宗便道：「小弟幫他

註

※1入肩：為謀劃某件事而置身其間。

去走一遭。」神機軍師朱武道：「兄長昔日打華州時，嘗與宿太尉有恩。此人是個好心的人。若得本官於天子前早晚題奏，亦是順事。」宋江想起九天玄女之言：「遇宿重重喜。」莫非正應著此人身上？便請聞參謀來堂上同坐。宋江道：「相公曾認得太尉宿元景麼？」聞煥章道：「他是在下同窗朋友，如今和聖上寸步不離。此人極是仁慈寬厚，待人接物，一團和氣。」宋江道：「實不瞞相公說，我等疑高太尉回京，必然不奏招安一節。宿太尉舊日在華州降香，曾與宋江有一面之識。今要使人去他那裏打個關節，求他添力，早晚於天子處題奏，共成此事。」聞參謀答道：「將軍既然如此，在下當修尺書奉去。」宋江大喜。隨即教取紙筆來，一面焚起好香，取出玄女課，望空祈禱，卜得個上上大吉之兆。隨即置酒，與戴宗、燕青送行。收拾金珠細軟之物兩大籠子，書信隨身藏了，仍帶了開封府印信公文。兩個扮作公人，辭了頭領下山，渡過金沙灘，望東京進發。戴宗托著雨傘，背著個包裹。燕青把水火棍挑著籠子，拽扎起皂衫，腰繫著纏袋，腳下都是腿綳護膝、八搭麻鞋。於路免不得飢餐渴飲，夜住曉行。不則一日，來到東京，不由順路入城，卻轉過萬壽門來。兩個到得城門邊，把門軍當住。燕青放下籠子，打著鄉談說道：「你做甚麼當我？」軍漢道：「殿帥府有鈞旨，梁山泊諸色人等，恐有夾帶入城，因此著仰各門，但有外鄉客人出入，好生盤詰。」燕青笑道：「你便是了事的公人，將著自家人，只管盤問。俺兩個從小在開封府勾當，這門下不知出

評點

◎1.吳用便知高俅回不奏招安，此明處。捉之不殺，非不能殺，因宋江而已。（余評）
◎2.強盜也行鑽刺關節，行鑽刺關節就是強盜了。（容眉）

入了幾萬遭，你顛倒只管盤問，梁山泊人，眼睜睜的都放他過去了。」便向身邊取出假公文，劈面丟將去道：「你看，這是開封府公文不是？」◎3那監門官聽得，喝道：「既是開封府公文，只管問他怎地？放他入去！」燕青一把抓了公文，揣在懷裏，挑起籠子便走。戴宗也冷笑了一聲。◎4兩個逕奔開封府前來，尋個客店安歇了。

次日，燕青換領布衫穿了，將腤膊繫了腰，換頂頭巾，歪戴著，只妝做小閑模樣。籠內取了一帕子金珠，分付戴宗道：「哥哥，小弟今日去李師師家幹事，倘有些撅撒※2，哥哥自快回去。」分付戴宗了當，一直取路，逕奔李師師家來。到得門前看時，依舊曲檻雕欄，綠窗朱戶，比先時又修得好。◎5燕青便揭起斑竹簾子，從側首邊轉將入來，早聞得異香馥郁。入到客位前，見周迴吊掛名賢書畫，階檐下放著三、二十盆怪石蒼松，坐榻盡是雕花香楠木，小床坐褥盡鋪錦繡。◎6燕青微微地咳嗽一聲，婭嬛出來見

開封為宋時首都，圖為現在河南開封府古建築群。
拍攝時間2003年10月28日。（聶鳴／fotoe提供）

了，便傳報李媽媽出來，看見是燕青，吃了一驚，便道：「你如何又來此間？」燕青道：「請出娘子來，小人自有話說。」李媽媽道：「你前番連累我家，壞了房子。你有話便說。」燕青道：「須是娘子出來，方纔說得。」李師師在窗子後聽了多時，轉將出來。燕青看時，別是一般風韻，但見：容貌似海棠滋曉露，腰肢如楊柳裊東風，◎7渾如閬苑※3瓊姬，絕勝桂宮仙姊。當下李師師輕移蓮步，款蹙湘裙，走到客位裏面。燕青起身，把那帕子放在桌上，先拜了李媽媽四拜，後拜李行首兩拜。李師師謙讓道：「免禮！俺年紀幼小，難以受拜。」燕青拜罷，起身道：「前者驚恐，小人等安身無處。」李師師道：「你休瞞我。你當初說道是張閑，那兩個是山東客人。臨期鬧了一場，不是我巧言奏過官家，別的人時，卻不滿門遭禍！他留下詞中兩句，道是：『六六雁行連八九，只等金雞消息。』我那時便自疑惑，正待要問，◎8誰想駕到，後又鬧了這場，不曾問得。今喜

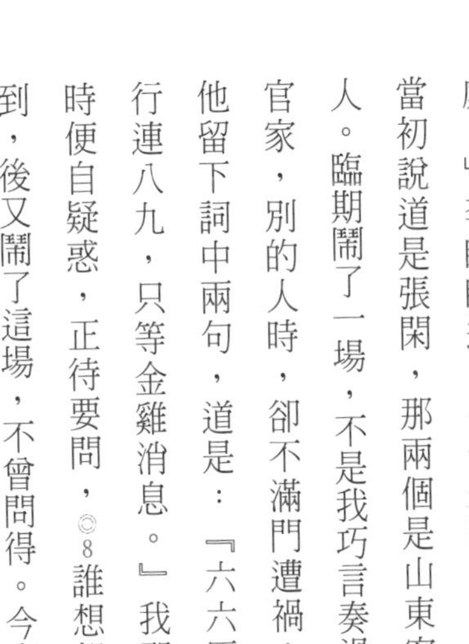

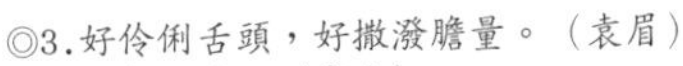

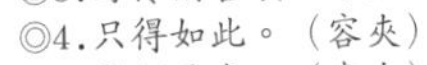

天巧星浪子燕青。
（葉雄繪）

註

※2撅撒：敗露。

※3閬苑：傳說中神仙居住的地方，詩文中常用來指宮苑。

評點

◎3.好伶俐舌頭，好撒潑膽量。（袁眉）
◎4.只得如此。（容夾）
◎5.是個重來。（袁夾）
◎6.此書摹寫，不惟如見其人；往往山川風土，舍宅徑路，俱在眼前。此似重書，然貫以首數句，便自不同。（芥眉）
◎7.詩詞中意皆奇，師之俏處可知矣。（余評）
◎8.單提此二句，識詞中之眼。（袁眉）

汝來，且釋我心中之疑。你不要隱瞞，實對我說知。若不明言，決無干休！」燕青道：「小人實訴衷曲，花魁娘子休要吃驚。前番來的那個黑矮身材，爲頭坐的，正是呼保義宋江；第二位坐的白俊面皮，三牙髭鬚，那個便是柴世宗嫡派子孫，小旋風柴進；這公人打扮，立在面前的，便是神行太保戴宗；門首和楊太尉廝打的，正是黑旋風李逵；小人是北京大名府人氏，人都喚小人做浪子燕青。當初俺哥哥來東京求見娘子，教小人詐作張閑，來宅上入肩。俺哥哥要見尊顏，非圖買笑迎歡，只是久聞娘子遭際今上，以此親自特來告訴衷曲，指望將替天行道、保國安民之心，上達天聽，早得招安，免致生靈受苦。若蒙如此，則娘子是梁山泊數萬人之恩主也！如今被奸臣當道，讒佞專權，閉塞賢路，下情不能上達，因此上來尋這條門路，◎9不想驚嚇娘子。今俺哥哥無可拜送，只有些少微物在此，萬望笑留。」燕青便打開帕子，攤在桌上，都是金珠寶貝器皿。那虔婆愛的是財，一見便喜，◎10忙叫奶子收拾過了，便請燕青進裏面小閣兒內坐地，安排好細食茶果，殷勤相待。原來李師師家，皇帝不時間來，因此上公子王孫、富豪子弟，誰敢來他家討茶吃。且說當時鋪下盤饌酒果，李師師親自相待。燕青道：「小人是個該死的人，如何敢對花魁娘子坐地？」李師師道：「休恁地說！你這一班義士，久聞大名，只是奈緣中間無有好人，與汝們衆位作成，因此上屈沉水泊。」◎11燕青道：「前番陳太尉來招安，詔書上並無撫恤的言語，更兼抵換了御酒。第二番領詔招安，正是詔上要緊字樣，故意讀破句讀：『除宋江——盧俊義等大小人衆所犯過惡，並與赦免。』因此上，又不曾歸順。童樞密引將軍來，只兩陣，殺得片甲不歸。次後高太尉役天下民夫，造船征進，只三陣，人馬折其大半，高太尉被俺哥哥活捉上山，不肯殺害，重重管待，送回京師，生擒人數，盡都放還。他在梁山泊說了大誓，如回到朝廷，奏過天子，便來招安。因此帶了梁山泊兩個人來，一個是秀才蕭讓，一個是能唱樂和，眼見得把這兩人藏在家裏，不肯令他出來。損兵折將，必然瞞著天子。」◎12李師師道：「他這等破耗錢糧、損折兵將，如何敢奏？這話我盡知了。且飲數杯，別作商議。」燕青道：「小人天性不能飲酒。」李師師道：「路遠風霜，到此開懷，也飲幾杯。」燕青被央不過，一杯兩盞，只得陪侍。

原來這李師師是個風塵妓女，水性的人，見了燕青這表人物，能言快說，口舌利便，倒有心看上他。◎13酒席之間，用些話來嘲惹※4他。數杯酒後，一言半語，便來撩撥。燕青是個百伶百俐的人，如何不省得？他卻是好漢胸襟，怕誤了哥哥大事，那裏敢來承惹※5？◎14李師師道：「久聞得哥哥諸般樂藝，酒邊閑聽，願聞也好。」燕青答道：「小人頗學得些本事，怎敢在娘子跟前賣弄？」李師師道：「我便先吹一曲，教哥哥聽！」便喚婭嬛取簫來，錦袋內掣出那管鳳簫。李師師接來，口中輕輕吹動，端的是穿雲裂石之聲。燕青聽了，喝采不已。李師師吹了一曲，遞過簫來，與燕青道：「哥哥也吹一曲，與我聽則個！」燕青卻要那婆娘歡喜，只得把出本事來，接過簫，便嗚嗚咽

註

※4嘲惹：用言語挑逗或引誘。

※5承惹：回應對方的招惹、挑逗。

評點

◎9.娼流遭際也有用得著處，蔡京輩愧死。（袁眉）

◎10.顯得老鴇愛鈔出。（袁眉）

◎11.女流中尚有知己，丈夫更當愧死。（袁眉）

◎12.細細說明，甚是。（袁眉）

◎13.顯得小娘愛俏出。（袁眉）

◎14.眞義士，眞忠臣。（袁眉）

咽也吹一曲。李師師聽了，不住聲喝采說道：「哥哥原來恁地吹的好簫！」李師師取過阮※6來，撥個小小的曲兒，教燕青聽，果然是玉珮齊鳴，黃鶯對囀，餘韻悠揚。燕青拜謝道：「小人也唱個曲兒，伏侍娘子。」頓開咽喉便唱，端的是聲清韻美，字正腔眞。唱罷又拜。李師師執盞擎杯，親與燕青回酒謝唱，口兒裏悠悠放出些嬌嬈聲嗽，來惹燕青。燕青緊緊的低了頭，唯喏而已。◎15數杯之後，李師師笑道：「聞知哥哥好身紋繡，願求一觀，如何？」燕青笑道：「小人賤體，雖有些花繡，怎敢在娘子跟前揎衣※7裸體？」李師師說道：「錦體社家子弟，那裏去問揎衣裸體！」◎16三回五次，定要討看。燕青只得脫膊下來，李師師看了，十分大喜，把尖尖玉手，便摸他身上。燕青慌忙穿了衣裳。李師師再與燕青把盞，又把言語來調他。燕青恐怕他動手動腳，難以迴避，心生一計，便動問道：「娘子今年貴庚多少？」李師師答道：「師師今年二十有七。」燕青說道：「小

李師師向燕青勸酒。（朱寶榮繪）

人今年二十有五，卻小兩年。娘子既然錯愛，願拜為姊姊！」燕青便起身，推金山，倒玉柱，拜了八拜。這八拜是拜住那婦人一點邪心，中間裏好幹大事。若是第二個，在酒色之中的，也把大事壞了。因此上單顯燕青心如鐵石，端的是好男子。當時燕青又請李媽媽來，也拜了，拜做乾娘。燕青辭回，李師師道：「小哥只在我家下，休去店中宿。」燕青道：「既蒙錯愛，小人回店中，取了些東西便來。」李師師道：「休教我這裏專望。」燕青道：「店中離此間不遠，少刻便到。」燕青暫別了李師師，逕到客店中，把上件事和戴宗說了。戴宗道：「如此最好！只恐兄弟心猿意馬，拴縛不定。」燕青道：「大丈夫處世，若為酒色而忘其本，此與禽獸何異？◎17燕青但有此心，死於萬劍之下！」戴宗笑道：「你我都是好漢，何必說誓！」燕青道：「如何不說誓！兄長必然生疑！」戴宗道：「你當速去，善覷方便，早幹了事便回，休教我久等。宿太尉的書，也等你來下。」燕青收拾一包零碎金珠細軟之物，再回李師師家，將一半送與李媽媽，一半散與全家大小，無一個不歡喜。便向客位側邊，收拾一間房，教燕青安歇，合家大小，都叫叔叔。也是緣法湊巧，至夜，卻好有人來報，天子今晚到來。燕青聽得，便去拜告李師師道：「姊姊做個方便，今夜教小弟得見聖顏，◎18告得紙御筆赦書，赦了小弟罪犯，出自姊姊之德！」李師師道：「今晚定教你見天子一面，你卻把些本事，動達天

註

※6阮：一種絃樂器，柄長而直，略像月琴，四根民弦，現亦有三根弦的。傳說因中國晉代人阮咸善彈此樂器而得名。簡稱「阮」。

※7揎衣：捋起袖子，露出身體。

評點

◎15.許多情趣都少不得。（芥眉）
◎16.這個婦人也不俗。（容夾）
◎17.真大丈夫。（容夾）
◎18.這卻大膽。（容夾）

顏，赦書何愁沒有？」

看看天晚，月色朦朧，花香馥郁，蘭麝芬芳，只見道君皇帝，引著一個小黃門，扮做白衣秀士，從地道中逕到李師師家後門來。到得閣子裏坐下，便教前後關閉了門戶，明晃晃點起燈燭熒煌。李師師冠梳插帶，整肅衣裳，前來接駕。拜舞起居，寒溫已了，天子命去其整妝衣服：「相待寡人。」李師師承旨，去其服色，迎駕入房。家間已準備下諸般細果，異品餚饌，擺在面前。李師師舉杯上勸天子，天子大喜，叫：「愛卿近前，一處坐地！」李師師見天子龍顏大喜，向前奏道：「賤人有個姑舅兄弟，從小流落外方，今日纔歸，要見聖上，未敢擅便，乞取我王聖鑑。」天子道：「既然是你兄弟，便宣將來見寡人，有何妨？」奶子遂喚燕青直到房內，面見天子。燕青納頭便拜。官家看了燕青一表人物，先自大喜。李師師叫燕青吹簫，伏侍聖上飲酒，少刻又撥一回阮，然後叫燕青唱曲。燕青再拜奏道：「所記無非是淫詞艷曲，如何敢伏侍聖上？」官家道：「寡人私行妓館，其意正要聽艷曲消悶，◎19卿當勿疑。」燕青借過象板，再拜罷，對李師師道：「音韻差錯，望姊姊見教。」燕青頓開喉咽，手拿象板，唱漁家傲一曲，道是：

一別家山音信杳，百種相思，腸斷何時了。燕子不來花又老，一春瘦的腰兒小。薄幸郎君何日到，想自當初，莫要相逢好。好夢欲成還又覺，綠窗但覺鶯啼曉。

燕青唱罷，眞乃是新鶯乍囀，清韻悠揚。天子甚喜，命教再唱。燕青拜倒在地，奏道：「臣有一隻減字木蘭花，上達天聽。」天子道：「好，寡人願聞！」燕青拜罷，遂唱減字木蘭花一曲，道是：

> 聽哀告，聽哀告！賤軀流落誰知道，誰知道！極天罔地※8，罪惡難分顛倒。有人提出火坑中，肝膽常存忠孝，常存忠孝！有朝須把大恩人報！◎20

燕青唱罷，天子失驚，便問：「卿何故有此曲？」燕青大哭，拜在地下。天子轉疑，便道：「卿且訴胸中之事，寡人與卿理會。」燕青奏道：「臣有迷天之罪，不敢上奏！」天子曰：「赦卿無罪，但奏不妨！」◎21燕青奏道：「臣自幼飄泊江湖，流落山東，跟隨客商，路經梁山泊過，致被劫擄上山，一住三年。今年方得脫身逃命，走回京師，雖然見得姊姊，則是不敢上街行走。倘或有人認得，通與做公的，此時如何分說？」李師師便奏道：「我兄弟心中，只有此苦，望陛下做主則個！」天子笑道：「此事容易，你是李行首兄弟，誰敢拿你！」燕青以目送情與李師師。李師師撒嬌撒痴，奏天子道：「我只要陛下親書一道赦書，赦免我兄弟，他纔放心。」天子云：「又無御寶在此，如何寫得？」李師師又奏道：「陛下親書御筆，便強似玉寶天符。救濟兄弟做的護身符時，也是賤人遭際聖時。」天子被逼不過，只得命取紙筆。奶子隨即捧過文房四寶。燕青磨得墨濃，李師師遞過紫毫象管，天子拂開花箋黃紙，橫內大書一行。臨寫，又問燕青道：

註

※8極天罔地：指遍天下。

評點

◎19.好皇帝。（容夾）
◎20.曲中詞意妙不可言，令人觀之樂然。（余評）
◎21.已得玉音。（袁夾）

「寡人忘卿姓氏。」燕青道：「男女喚做燕青。」天子便寫御書道：

> 神霄玉府眞主宣和羽士虛靖道君皇帝，特赦燕青本身一應無罪，諸司不許拿問。

寫罷，下面押個御書花字※9。燕青再拜，叩頭受命，李師師執盞擎杯謝恩。天子便問：「汝在梁山泊，必知那裏備細。」燕青奏道：「宋江這夥，旗上大書『替天行道』，堂設『忠義』爲名，不敢侵佔州府，不肯擾害良民，單殺贓官污吏讒佞之人，只是早望招安，願與國家出力。」天子乃曰：「寡人前者兩番降詔，遣人招安，如何抗拒，不伏歸降？」燕青奏道：「頭一番招安，詔書上並無撫恤招諭之言，更兼抵換了御酒，盡是村醪，以此變了事情。第二番招安，故把詔書讀破句讀，要除宋江，暗藏弊倖，因此又變了事情。童樞密引軍到來，只兩陣，殺得片甲不回。高太尉提督軍馬，又役天下民夫，修造戰船征進，不曾得梁山泊一根折箭。只三陣，殺得手腳無措，軍馬折其三停，自己亦被活捉上山，

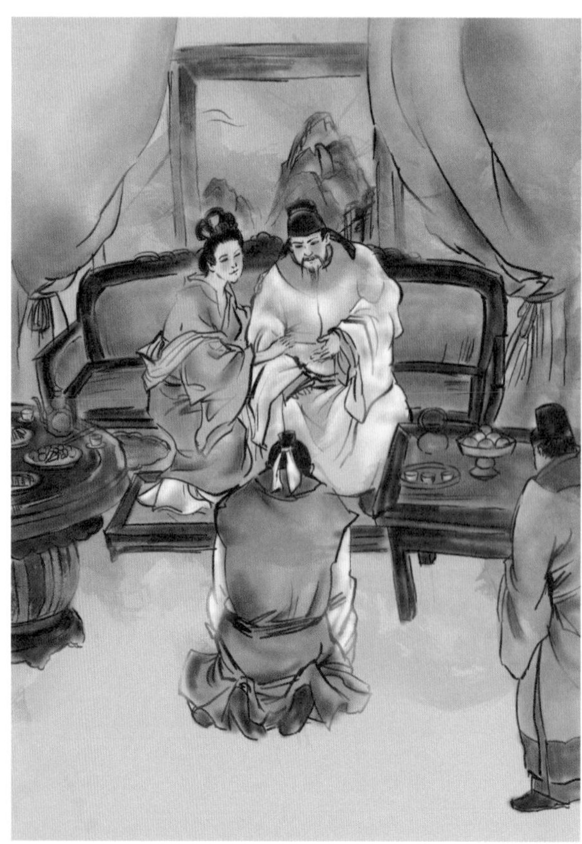

李師師向徽宗介紹燕青。（朱寶榮繪）

註

※9御書花字：皇帝寫的畫押。

燕青把赦書呈遞給宿太尉。（日版畫，出自《新編水滸畫傳》，葛飾戴斗繪）

許了招安，方纔放回，又帶了山上二人在此，卻留下聞參謀在彼質當。」◎22天子聽罷，便嘆道：「寡人怎知此事！童貫回京時奏說：『軍士不伏暑熱，暫且收兵罷戰。』高俅回京奏道：『病患不能征進，權且罷戰回京。』」李師師奏道：「陛下雖然聖明，身居九重，卻被奸臣閉塞賢路，如之奈何？」天子嗟嘆不已。約有更深，燕青拿了赦書，叩頭安置，自去歇息。天子與李師師上床同寢，當夜五更，自有內侍黃門接將去了。

燕青起來，推道清早幹事，逕來客店裏，把說過的話，對戴宗一一說知。戴宗道：「既然如此，多是幸事。我兩個去下宿太尉的書。」燕青道：「飯罷

評點

◎22.不好了，童貫、高俅露出事樣來了。畢竟燕青是個妙人。（容眉）

便去。」兩個吃了些早飯，打挾了一籠子金珠細軟之物，拿了書信，逕投宿太尉府中來。街坊上借問人時，說太尉在內裏未歸。燕青道：「這早晚正是退朝時分，如何未歸？」街坊人道：「宿太尉是今上心愛的近侍官員，早晚與天子寸步不離，歸早歸晚，難以指定。」正說之間，有人報道：「這不是太尉來也！」燕青大喜，便對戴宗道：「哥哥，你只在此衙門前伺候，我自去見太尉去。」燕青近前，看見一簇錦衣花帽從人，捧著轎子。燕青就當街跪下，便道：「小人有書札上呈太尉。」宿太尉見了，叫道：「跟將進來！」燕青隨到廳前。太尉下了轎子，便投側首書院裏坐下。太尉叫燕青入來，便問道：「你是那裏來的幹人？」燕青道：「小人從山東來，今有聞參謀書札上呈。」太尉道：「那個聞參謀？」燕青便向懷中取出書，呈遞上去。宿太尉看了封皮，說道：「我道是那個聞參謀，原來是我幼年間同窗的聞煥章。」遂拆開書來看時，寫道：

侍生聞煥章沐手百拜奉書

太尉恩相鈞座前：賤子※10自髫※11年時，出入門墻，已三十載矣。昨蒙高殿帥召至軍前，參謀大事。奈緣勸諫不從，忠言不聽，三番敗績，言之甚羞。高太尉與賤子，一同被擄，陷於縲絏。義士宋公明寬裕仁慈，不忍加害。今高殿帥帶領梁山蕭讓、樂和赴京，欲請招安，留賤子在此質當。萬望恩相不惜齒牙，早晚於天子前題奏，速降招安之典，俾令義士宋公明等，早得釋罪獲恩，建功立業，國家幸甚！天下幸甚！救取賤子，實領再生之賜。拂楮※12拳拳，幸垂照察。

宣和四年春正月　日　煥章再拜奉上◎23

宿太尉看了書，大驚，便問道：「你是誰？」燕青答道：「男女是梁山泊浪子燕青。」隨即出來，取了籠子，逕到書院裏。燕青稟道：「太尉在華州降香時，多曾伏侍太尉來，恩相緣何忘了？宋江哥哥有些微物相送，聊表我哥哥寸心。每日占卜課內，只著求太尉提拔救濟。宋江等滿眼只望太尉來招安。若得恩相早晚於天子前題奏此事，則梁山泊十萬人之衆，皆感大恩！哥哥責著限次，男女便回。」燕青拜辭了，便出府來。宿太尉使人收了金珠寶物，已有在心。

且說燕青便和戴宗回店中商議：「這兩件事都有些次第，只是蕭讓、樂和在高太尉府中，怎生得出？」戴宗道：「我和你依舊扮作公人，去高太尉府前伺候。等他府裏有人出來，把些金銀賄賂與他，賺得一個廝見。通了消息，便有商量。」當時兩個換了結束，帶將金銀，逕投太平橋來，在衙門前窺望了一回。只見府裏一個年紀小的虞候，搖擺將出來，燕青便向前與他施禮。那虞候道：「你是甚人？」燕青道：「請幹辦到茶肆中說話。」兩個到閣子內，與戴宗相見了，同坐吃茶。燕青道：「實不瞞幹辦

註

※10賤子：對自己的謙稱。

※11髫：音條，古代小孩頭上扎起來的下垂頭髮，指童年。

※12拂楮：楮，音楚。落葉喬木，樹皮是製造桑皮紙和宣紙的原料，因此比喻文稿。拂楮，意思爲寫完文稿之後用手撫摸。

◎23.觀參謀此書，足見才力有餘，句句哀切。（余評）

說，前者太尉從梁山泊帶來那兩個人，一個跟的叫做樂和，與我這哥哥是親眷，欲要見他一見，因此上相央幹辦。」虞候道：「你兩個且休說，節堂深處的勾當，誰理會得？」戴宗便向袖內取出一錠大銀，放在桌子上，對虞候道：「足下只引得樂和出來，相見一面，不要出衙門，便送這錠銀子與足下。」那人見了財物，一時利動人心，便道：「端的有這兩個人在裏面。太尉鈞旨，只教養在後花園裏歇宿。我與你喚他出來，說了話，你休失信，把銀子與我。」戴宗道：「這個自然。」那人便起身分付道：「你兩個只在此茶坊裏等我。」那人急急入府去了。戴宗、燕青兩個在茶坊中，等不到半個時辰，只見那小虞候慌慌出來說道：「先把銀子來，◎24樂和已叫出在耳房裏了。」戴宗與燕青附耳低言，如此如此，就把銀子與他。虞候得了銀子，便引燕青耳房裏來見樂和。那虞候道：「你兩個快說了話便去！」燕青便與樂和道：「我同戴宗在這裏，定計賺得你兩個出去。」樂和道：「直

❀ 開封位於黃河邊，故高俅家後院有河極為正常。圖為河南開封柳園口黃河遊覽區明代鎮河鐵犀。拍攝時間2003年10月26日。（聶鳴／fotoe提供）

把我兩個養在後花園中，墻垣又高，無計可出。折花梯子，盡都藏過了，如何能夠出來？」燕青道：「靠墻有樹麼？」樂和道：「旁邊一遭，都是大柳樹。」燕青道：「今夜晚間，只聽咳嗽爲號。我在外面，漾過兩條索去，你就相近的柳樹上，把索子絞縛了。我兩個在墻外，各把一條索子扯住，你兩個就從索上盤將出來。四更爲期，不可失誤。」那虞候便道：「你兩個只管說甚的？快去罷！」樂和自入去了，暗暗通報了蕭讓。燕青急急去與戴宗說知，當日至夜伺候著。且說燕青、戴宗兩個，就街上買了兩條粗索，藏在身邊，先去高太尉府後看了落腳處。原來離府後是條河，河邊卻有兩隻空船纜著，離岸不遠。兩個便就空船裏伏了，看看聽得更鼓已打四更，兩個便上岸來，繞著墻後咳嗽。只聽得墻裏應聲咳嗽，兩邊都已會意，燕青便把索來漾將過去。約莫裏面拴縛牢了，兩個在外面對絞定，緊緊地拽住索頭。只見樂和先盤出來，隨後便是蕭讓。兩個都溜將下來，卻把索子丟入墻內去了。卻去敲開客店門，房中取了行李，就店中打火，做了早飯吃，算了房宿錢。四個來到城門邊，等門開時，一湧出來，望梁山泊回報消息。不是這四個回來，有分教：宿太尉單奏此事，梁山泊全受招安。畢竟宿太尉怎生奏請聖旨？且聽下回分解。◎25

◎24.人家伴當只是要銀子。（容眉）

◎25.謀大事，必須一等極伶俐人，又須一等有主意人。若燕小乙爲李師師所引動，如何成得招安一事。（袁評）

第八十二回

梁山泊分金大買市　宋公明全夥受招安

話說燕青在李師師家遇見道君皇帝，告得一道本身赦書，次後見了宿太尉，又和戴宗定計，去高太尉府中，賺出蕭讓、樂和。四個人等城門開時，隨即出城，逕趕回梁山泊來，報知上項事務。且說李師師當夜不見燕青來家，心中亦有些疑慮。卻說高太尉府中親隨人，次日供送茶飯與蕭讓、樂和，就房中不見了二人，慌忙報知都管。都管便來花園中看時，只見柳樹邊拴著兩條粗索，已知走了二人，只得報知太尉。高俅聽罷，吃了一驚，越添憂悶，只在府中推病不出。

次日五更，道君皇帝設朝，駕坐文德殿。文武班齊，天子宣命捲簾，旨令左右近臣，宣樞密使童貫出班。問道：「你去歲統十萬大軍，親為招討，征進梁山泊，勝敗如何？」◎1童貫跪下，便奏道：「臣舊歲統率大軍，前去征進，非不效力，奈緣暑熱，軍士不伏水土，患病者衆，十死二三，臣見軍馬艱難，以此權且收兵罷戰，各歸本營操練。所有御林軍，於路病患，多有損折。次後降詔，此夥賊人，不伏招撫。及高俅以舟師征進，亦中途抱病而返。」天子大怒，喝道：「都是汝等妒賢嫉能，奸佞之臣，瞞著寡人行事！◎2你去歲統兵征伐梁山泊，如何只兩陣，被寇兵殺得人馬辟易※1，片甲隻騎無還，遂令王師敗績。次後高俅那廝，廢了州郡多少錢糧，陷害了許多兵船，折了若

千軍馬，自己又被寇活捉上山，宋江等不肯殺害，放將回來。寡人聞宋江這夥，不侵州府，不驚良民，只待招安，與國家出力，都是汝等不才貪佞之臣，枉受朝廷爵祿，壞了國家大事！◎3汝掌管樞密，豈不自慚！本當拿問，姑免這次，再犯不饒！」童貫默默無言，退在一邊。天子又問：「你大臣中，誰可前去招撫梁山泊宋江等一班人衆？」聖宣未了，有殿前太尉宿元景出班跪下，奏道：「臣雖不才，願往一遭。」天子大喜：「寡人御筆親書丹詔。」便叫擡上御案，拂開詔紙，天子就御案上親書丹詔。左右近臣捧過御寶，天子自行用訖。◎4又命庫藏官，教取金牌三十六面、銀牌七十二面、紅錦三十六匹、綠錦七十二匹、黃封御酒一百八瓶，盡付與宿太尉。又贈正從表裏二十四匹、金字招安御旗一面，限次日便行。◎5宿太尉就文德殿辭了天子。百官朝罷，童樞密羞慚滿面，回府推病，不敢入朝。高太尉聞知，恐懼無措，亦不敢入朝。◎6有詩爲證：

一封恩詔出明光※2，儜看※3梁山盡束裝。
知道懷柔勝征伐，悔教赤子受痍傷。

且說宿太尉打擔了御酒、金銀牌面、緞匹表裏之物，上馬出城，打起御賜金字黃旗，衆官相送出南熏門，投濟州進發，不在話下。卻說燕青、戴宗、蕭讓、樂和四個，連夜到山寨，把上件事都說與宋公明並頭領知道。燕青便取出道君皇帝御筆親寫赦書，

註

※1辟易：退避。多指受驚嚇後控制不住而離開原地。
※2明光：皇宮中宮殿的名稱，未必是宋代的，作者借用，以下多個宮殿均如此。
※3儜看：儜，音能，怯懦的意思，膽戰心驚地看。

評點

◎1.發作了。（容夾）
◎2.做書的口代天言，罵得痛快。（芥眉）
◎3.才像個皇帝。（容眉）
◎4.無此事，卻鄭重。（芥眉）
◎5.才像樣。（芥眉）
◎6.還是有愧於宋江。（容夾）

宿太尉領命去梁山招安。跪下者為宿太尉。（朱寶榮繪）

與宋江等眾人看了。◎7吳用道：「此回必有佳音。」宋江焚起好香，取出九天玄女課來，望空祈禱祝告了，卜得個上上大吉之兆。宋江大喜，此事必成。再煩戴宗、燕青前去探聽虛實，作急回報，好做準備。戴宗、燕青去了數日，回來報說：「朝廷差宿太尉親齎丹詔，更有御酒、金銀牌面、紅綠錦緞表裏，前來招安，早晚到也！」宋江聽罷，大喜，在忠義堂上忙傳將令，分撥人員，從梁山泊直抵濟州地面，扎縛起二十四座山棚，上面都是結彩懸花，下面陳設笙簫鼓樂。各處附近州郡，雇倩樂人，分撥於各山棚去處，迎接詔敕。每一座山棚上，撥一個小頭目監管。一壁教人分投買辦果品、海味、按酒、乾食等項，準備筵宴茶飯席面。

且說宿太尉奉敕來梁山泊招安，一干人馬，迤邐都到濟州。太守張叔夜出郭迎接入城，館驛中安下。太守起居宿太尉已畢，把過接風酒。張叔夜稟道：「朝廷頒詔敕來招安，已是二次，蓋因不得其人，誤了國家大事。今者太尉此行，必與國家立大功也！」宿太尉乃言：「天子近聞梁山泊一夥，以義爲主，不侵州郡，不害良民，口稱替天行道，今差下官齎到天子御筆親書丹詔、敕賜金牌三十六面、銀牌七十二面、紅錦三十六匹、綠錦七十二匹、黃封御酒一百八瓶、表裏二十四匹，來此招安，禮物輕否？」張叔夜道：「這一班人非在禮物輕重，要圖忠義報國，揚名後代。◎8若得太尉早來如此，也不教國家損兵折將，虛耗了錢糧。此一夥義士歸降之後，必與朝廷建功立業。」宿太尉道：「下官在此專侍，有煩太守親往山寨報知，著令準備迎接。」張叔夜答道：「小官

◎7.此事亦奇。（容夾）
◎8.這太守便是義士眞知己。（袁眉）

願往。」◎9隨即上馬出城，帶了十數個從人，逕投梁山泊來。到得山下，早有小頭目接著，報上寨裏來。宋江聽罷，慌忙下山，迎接張太守上山。到忠義堂上，相見罷，張叔夜道：「義士恭喜！朝廷特遣殿前宿太尉，齎擎丹詔，御筆親書，前來招安。敕賜金牌、表裏、御酒、緞匹，現在濟州城內。義士可以準備迎接詔旨。」宋江大喜，以手加額道：「宋江等再生之幸！」當時留請張太守茶飯。張叔夜道：「非是下官拒意，惟恐太尉見怪回遲。」宋江道：「略奉一杯，非敢爲禮。」張叔夜堅執便行。宋江忙教托出一盤金銀相送。張太守見了，便道：「這個決不敢受！」宋江道：「些少微物，聊表寸心。若事畢之後，尚容圖報。」張叔夜道：「深感義士厚意，且留於大寨，卻來請領，亦未爲晚。」◎10太守可謂廉以律己者矣！有詩爲證：

濟州太守世無雙，不愛黃金愛宋江。
信是清廉能服眾，非關威勢可招降。

宋江等到金沙灘迎接宿太尉。圖為宿太尉乘坐的官船。（日版畫，出自《新編水滸畫傳》，葛飾戴斗繪）

宋江便差大小軍師吳用、朱武，並蕭讓、樂和四個，跟隨張太守下山，直往濟州來，參見宿太尉。約至後日，衆多大小頭目，離寨三十里外，伏道相迎。當時吳用等跟隨太守張叔夜連夜下山，直到濟州。次日，來館驛中參見宿太尉，拜罷，跪在面前。宿太尉教平身起來，俱各命坐。四個謙讓，那裏敢坐。太尉問其姓氏，吳用答道：「小生吳用，在下朱武、蕭讓、樂和，奉兄長宋公明命，特來迎接恩相。兄長與弟兄，後日離寨三十里外，伏道迎接。」宿太尉大喜，便道：「加亮先生，自從華州一別之後，已經數載，誰想今日得與重會！下官知汝弟兄之心素懷忠義，只被奸臣閉塞，讒佞專權，使汝衆人下情不能上達。目今天子悉已知之，特命下官齎到天子御筆親書丹詔、金銀牌面、紅綠錦緞、御酒、表裏，前來招安。汝等勿疑，盡心受領。」吳用等再拜稱謝道：「山野狂夫，有勞恩相降臨。感蒙天恩，皆出太尉之賜。衆弟兄刻骨銘心，難以補報。」張叔夜一面設宴管待。到第三日清晨，濟州裝起香車三座，將御酒另一處龍鳳盒內擡著。金銀牌面、紅綠錦緞，另一處扛擡。御書丹詔，龍亭內安放。宿太尉上了馬，靠龍亭東行，太守張叔夜騎馬在後相陪。吳用等四人，乘馬跟著。大小人伴，一齊簇擁。前面馬上，打著御賜銷金黃旗，金鼓旗旛隊伍開路，出了濟州，迤邐前行。未及十里，早迎著山棚。宿太尉在馬上看了，見上面結彩懸花，下面笙簫鼓樂，迫道迎接。再行不過數十里，又是結彩山棚。前面望見香煙拂道，宋江、盧俊義跪在面前，背後衆頭領齊齊都跪在地下迎接恩詔。宿太尉道：「都教上馬。」一同迎至水邊，那梁山泊千百

◎9.觀張叔夜答願往之句，乃知梁山衆漢忠義。（余評）
◎10.惟清廉，故能知宋江等心中事。（袁眉）

隻戰船，一齊渡將過去，直至金沙灘上岸。三關之上，三關之下，鼓樂喧天，軍士導從，儀衛不斷，異香繚繞，直至忠義堂前下馬。香車龍亭，擡放忠義堂上。中間設著三個几案，都用黃羅龍鳳桌圍著。正中設萬歲龍牌，將御書丹詔放在中間；金銀牌面，放在左邊；紅綠錦緞，放在右邊；御酒、表裏，亦放於前。金爐內焚著好香。宋江、盧俊義邀請宿太尉、張太守上堂設坐。左邊立著蕭讓、樂和，右邊立著裴宣、燕青。宋江、盧俊義等，都跪在堂前。裴宣喝拜。拜罷，蕭讓開讀詔文：

制曰：朕自即位以來，用仁義以治天下，公賞罰以定干戈，求賢未嘗少怠，愛民如恐不及，遐邇赤子，咸知朕心。切念宋江、盧俊義等，素懷忠義，不施暴虐，歸順之心已久，報效之志凜然。雖犯罪惡，各有所由，察其衷情，深可憐憫。◎11朕今特差殿前太尉宿元景，齎捧詔書，親到梁山水泊，將宋江等大小人員所犯罪惡，盡行赦免。給降金牌三十六面、紅錦

宋真宗封禪玉冊，1931年出土。玉冊，又被稱為玉策、玉牒，是用玉製成的簡冊，上面刻寫天子向上天禱告的文書。宋真宗玉冊有十六簡，共227字，金線串連。（fotoe提供）

三十六匹，賜與宋江等上頭領；銀牌七十二面、緣錦七十二匹，賜與宋江部下頭目。赦書到日，莫負朕心，早早歸順，必當重用。故茲詔敕，想宜悉知。

宣和四年春二月　日詔示

蕭讓讀罷丹詔，宋江等山呼萬歲，再拜謝恩已畢，宿太尉取過金銀牌面、紅綠錦緞，令裴宣依次照名給散已罷。叫開御酒，取過銀酒海，都傾在裏面，隨即取過旋杓舀酒，就堂前溫熱，傾在銀壺內。宿太尉執著金鍾，斟過一杯酒來，對眾頭領道：「宿元景雖奉君命，特齎御酒到此，命賜眾頭領，誠恐義士見疑，元景先飲此杯，與眾義士看，勿得疑慮。」◎12眾頭領稱謝不已。宿太尉飲畢，再斟酒來，先勸宋江，宋江舉杯跪飲。然後盧俊義、吳用、公孫勝，陸續飲酒，遍勸一百單八名頭領，俱飲一杯。宋江傳令，教收起御酒，卻請太尉居中而坐，眾頭領拜覆起居。宋江進前稱謝道：「宋江昨者西嶽得識臺顏，多感太尉恩厚，於天子左右力奏，救拔宋江等再見天日之光，銘心刻骨，不敢有忘。」宿太尉道：「元景雖知義士等忠義凜然，替天行道，奈緣不知就裏委曲之事，因此，天子左右未敢題奏，以致耽誤了許多時。前者收到聞參謀書，又蒙厚禮，方知有此衷情。其日天子在披香殿上，官家與元景閑論，問起義士，以此元景奏知此事。不期天子已知備細，與某所奏相同。次日，天子駕坐文德殿，就百官之前，痛責童樞密，深怪高太尉累次無功，親命取過文房四寶，天子御筆親書丹詔，特差宿某，親到大寨啓請眾頭領。煩望義士早早收拾朝京，休負聖天子宣召撫安之意。」眾皆大喜，

◎11.得制誥體。（袁眉）
◎12.更有眞情感人。（袁眉）

拜手稱謝。禮畢，張太守推說地方有事，別了太尉，自回城內去了。

這裏且說宋江，教請出聞參謀相見，宿太尉欣然話舊，滿堂歡喜。當請宿太尉居中上坐，聞參謀對席相陪。堂上堂下，皆列位次，大設筵宴，輪番把盞。廳前大吹大擂。雖無炮龍烹鳳，端的是肉山酒海。當日盡皆大醉，各扶歸幕次安歇。次日又排筵宴，各各傾心露膽，講說平生之懷。第三日，再排席面，請宿太尉遊山，至暮盡醉方散。倏爾已經數日，宿太尉要回，宋江等堅意相留。宿太尉道：「義士不知就裏，元景奉天子敕旨而來，到此間數日之久，荷蒙英雄慨然歸順，大義俱全。若不急回，誠恐奸臣相妒，別生異議。」宋江等道：「太尉既然如此，不敢苦留。今日盡此一醉，來早拜送恩相下山。」當時會集大小頭領，盡來集義飲宴。吃酒中間，衆皆稱謝。宿太尉又用好言撫恤，至晚方散。次日清晨，安排車馬，宋江親捧一盤金珠，到宿太尉幕次，再拜上獻。宿太尉那裏肯受。宋江再三獻納，方纔收了，打疊衣箱，拴束行李鞍馬，準備起程。其餘跟來人數，連日自是朱武、樂和管待，依例飲饌，酒量高低，並皆厚贈金銀財

宋公明全夥受招安

❀ 宋公明全夥受招安，兵馬一起奔赴東京。（選自《水滸傳版刻圖錄》，江蘇廣陵古籍刻印社）

帛，衆人皆喜。仍將金寶齎送聞參謀，亦不肯受。宋江堅執奉承，纔肯收納。宋江遂請聞參謀隨同宿太尉回京師。梁山泊大小頭領，金鼓細樂，相送太尉下山，渡過金沙灘，俱送過三十里外，衆皆下馬，與宿太尉把盞餞行。宋江當先執盞擎杯道：「太尉恩相回見天顏，善言保奏。」宿太尉回道：「義士但且放心，只早早收拾朝京爲上。軍馬若到京師來，可先使人到我府中通報，俺先奏聞天子，使人持節來迎，方見十分公氣。」◎13宋江道：「恩相容覆。小可水窪，自從王倫上山開創之後，卻是晁蓋上山，今至宋江，已經數載，附近居民，擾害不淺。小可愚意，今欲罄竭資財，買市※4十日，收拾已了，便當盡數朝京，安敢遲滯。亦望太尉將此愚衷，上達天聽，以寬限次。」宿太尉應允，別了衆人，帶了開詔一干人馬，自投濟州而去。宋江等卻回大寨，到忠義堂上，鳴鼓聚衆，大小頭領坐下，諸多軍校都到堂前。宋江傳令：「衆弟兄在此，自從王倫開創山寨以來，次後晁天王上山建業，如此興旺。我自江州得衆兄弟相救到此，推我爲尊，已經數載。今日喜得朝廷招安，重見天日之面，早晚要去朝京，與國家出力。今來汝等衆人，但得府庫之物，納於庫中公用，其餘所得之資，並從均分。我等一百八人，上應天星，生死一處。今者天子寬恩降詔，赦罪招安，大小衆人，盡皆釋其所犯。我等一百八人，早晚朝京面聖，莫負天子洪恩。汝等軍校，也有自來落草的，也有隨衆上山的，亦有軍官失陷的，亦有擄掠來的。今次我等受了招安，俱赴朝廷。你等如願去的，作

註

※4買市：古時官府或豪富設立臨時集市，招徠小經紀人，並給與賞賜，而使市場繁榮興旺。以之作爲一種德政或善舉。

評點

◎13.見得透，破盡疑心。（芥眉）

數上名進發；如不願去的，就這裏報名相辭，我自齎發你等下山，任從生理。」宋江號令已罷，著落裴宣、蕭讓照數上名。號令一下，三軍各各自去商議。當下辭去的，也有三、五千人。宋江皆賞錢物，齎發去了。願隨去充軍者，作數報官。次日，宋江又令蕭讓寫了告示，差人四散去貼，曉示臨近州郡、鄉鎮、村坊，各各報知，仍請諸人到山買市十日。其告示曰：◎14

梁山泊義士宋江等，謹以大義布告四方。向因聚眾山林，多擾四方百姓。今日幸蒙天子寬仁厚德，特降詔敕，赦免本罪，招安歸降，朝暮朝覲，無以酬謝，就本身買市十日。倘蒙不外，齎價※5前來，一一報答，並無虛謬。特此告知，遠近居民，勿疑辭避，惠然光臨，不勝萬幸。

宣和四年三月　日梁山泊義士宋江等謹請

蕭讓寫畢告示，差人去附近州郡及四散村坊，盡行貼遍。發庫內金珠、寶貝、彩緞、綾羅、紗絹等項，分散各頭領並軍校人員，另選一分，為上國進奉，其餘堆集山寨，盡行招人買市十日。於三月初三日為始，至十三日止，宰下牛羊，醞造酒醴，但到山寨裏買市的人，盡以酒食管待，犒勞從人。至期，四方居民，擔囊負笈※6，霧集雲屯，俱至山寨。宋江傳令，以一舉十，俱各歡喜，拜謝下山。一連十日，每日如此。十日已外，住罷買市，號令大小，收拾赴京朝覲。宋江便要起送各家老小還鄉。吳用諫道：「兄長未可，且留眾寶眷在此山寨。待我等朝覲面君之後，承恩已定，那時發遣各

評點

◎14. 今人一巾進士，便先吃附近居民起了，那肯買市十日？（容眉）

家老小還鄉未遲。」宋江聽罷道：「軍師之言極當。」再傳將令，教頭領即便收拾，整頓軍士。宋江等隨即火速起身，早到濟州，謝了太守張叔夜。太守即設筵宴，管待衆多義士，賞勞三軍人馬。宋江等辭了張太守，出城進發，帶領衆多軍馬，逕投東京來。先令戴宗、燕青前來京師宿太尉府中報知。太尉見說，隨即便入內裏，奏知天子，宋江等衆軍馬朝京。天子聞奏大喜，便差太尉並御駕指揮使一員，手持旌旄、節鉞，出城迎接。當下宿太尉領聖旨出郭。且說宋江軍馬在路，甚是擺得整齊。前面打著兩面紅旗：一面上書「順天」二字，一面上書「護國」二字。衆頭領都是戎裝披掛，惟有吳學究綸巾羽服，公孫勝鶴氅道袍，魯智深烈火僧衣，武行者香皀直裰；其餘都是戰袍金鎧，本身服色。在路非止一日，來到京師城外，前逢御駕指揮使，持節迎著軍馬。宋江聞知，領衆頭領前來參見宿太尉已畢，且把軍馬屯駐新曹門外，下了寨柵，聽候聖旨。

且說宿太尉並御駕指揮使入城，回奏天子說：「宋江等軍馬，俱屯在新曹門外，

梁山泊分金大買市，將財產半賣半送給周圍人家。（選自《水滸傳版刻圖錄》，江蘇廣陵古籍刻印社）

註

※5齋價：帶著價錢，估量好價錢。
※6負笈：背著書箱去求學。

聽候聖旨。」天子乃曰：「寡人久聞梁山泊宋江等有一百八人，上應天星，更兼英雄勇猛。今已歸降，到於京師。寡人來日引百官登宣德樓，可教宋江等，俱依臨敵披掛戎裝服色，休帶大隊人馬，只將三、五百馬、步軍進城，自東過西，寡人親要觀看。也教在城軍民，知此英雄豪傑，爲國良臣。然後卻令卸其衣甲，除去軍器，都穿所賜錦袍，從東華門而入，就文德殿朝見。」◎15御駕指揮使直至行營寨前，口傳聖旨與宋江等知道。

次日，宋江傳令，教鐵面孔目裴宣，選揀彪形大漢，五、七百步軍，前面打著金鼓旗旛，後面擺著槍刀斧鉞，中間竪著「順天」、「護國」二面紅旗，軍士各懸刀劍弓矢，衆人各各都穿本身披掛，戎裝袍甲，擺成隊伍，從東郭門而入。只見東京百姓軍民，扶老挈幼，迫路觀看，如睹天神。是時天子引百官在宣德樓上，臨軒觀看。見前面擺列金鼓旗旛，槍刀斧鉞，各分隊伍；中有踏白馬軍，打起「順天」、「護國」二面紅旗，外有二、三十騎馬上隨軍鼓樂；後面衆多好漢，簇簇而行。怎見得英雄好漢，入城朝覲，但見：

風清玉陛，露挹金盤。東方旭日初升，北闕珠簾半捲。南熏門外，百八員義士歸心；宣德樓前，億萬歲君王刮目。肅威儀乍行朝典，逞精神猶整軍容。風雨日星，並識天顏之霽；電雷霹靂，不煩天討之威。帝闕前萬靈咸集：有聖、有仙、有哪吒、有金剛、有閻羅、有判官、有門神、有太歲，乃至夜叉鬼魔，共仰道君皇帝。鳳樓下百獸來朝：爲彪、爲豹、爲麒麟、爲狻猊、爲犴律※7、爲金翅、爲鵰鵬、爲龜猿，以及犬鼠蛇蝎，皆知宋主人王。五龍夾日，是爲入雲龍、混江龍、出林龍、九紋龍、獨角龍，如出洞蛟、翻江蜃，自逐隊朝天。眾虎離山，是爲插翅虎、跳澗虎、錦毛虎、花項虎、青眼虎、笑面虎、矮腳虎、中箭虎，若病大蟲、母大蟲，亦隨班行禮。原稱公侯伯子的，應諳朝儀；誰知塵舞山呼，亦許園丁、醫算、匠作、船工之輩。凡生毛髮鬚髯的，自堪寵命；豈意緋袍紫綬※8，並加婦人、浪子、和尚、行者之身。擬空名，則太保、軍師、郡馬、孔目、郎將、先鋒，官銜早列；比古人，則霸王、李廣、關索、溫侯、尉遲、仁貴，當代重生。有那生得好的，如白面郎插一枝花，擎著笛扇鼓幡，欲歌且舞；看這生得醜的，似青面獸蒙鬼臉兒，拿著槍刀鞭箭，會戰能征。長的比險道神，身長一丈；狠的像石將軍，力鎮三山。髮可赤，眼可青，俱各抱丹心一片；撲得天，跳得浪，決不走邪佞兩途。喜近君王，不似昔時無面目；恩寬防禦，果然此日沒遮攔。試看全夥裏舞槍弄棒的書生，猶勝滿朝中欺君害民的官吏。義士今欣遇主，皇家始慶得人！

且說道君皇帝同百官在宣德樓上，看了梁山泊宋江等這一行部從，喜動龍顏，心中大悅，與百官道：「此輩好漢，眞英雄也！」嘆羨不已。命殿頭官傳旨，教宋江等各換御賜錦袍見帝。殿頭官領命，傳與宋江等，向東華門外脫去戎裝幘帶，穿了御賜紅綠錦

註

※7犴律：音岸四，黑嘴形如狐狸的北方野狗。

※8紫綬：紫色絲帶。古代高級官員用作印綬，或作服飾。

評點

◎15.如觀社會，復見威儀，極好做作。（袁眉）

袍，懸帶金銀牌面，各帶朝天巾幘，抹綠朝靴。◎16惟公孫勝將紅錦裁成道袍，魯智深縫做僧衣，武行者改作直裰，皆不忘君賜也。宋江、盧俊義爲首，吳用、公孫勝爲次，引領衆人從東華門而入。當日整肅朝儀，陳設鑾駕，辰牌時候，天子駕升文德殿。儀禮司官引宋江等依次入朝，排班行禮。殿頭官贊拜舞起居，山呼萬歲已畢，天子欣喜，敕令宣上文德殿來，照依班次賜坐。命排御筵：敕光祿寺擺宴，良醞署進酒，珍羞署進食，掌醢署造飯，大官署供膳，教坊司奏樂。天子親御寶座陪宴，◎17只見：

九重門啓，鳴噦噦之鸞聲；閶闔※9天開，睹巍巍之龍衮※10。筵開玳瑁，七寶器黃金嵌就；爐列麒麟，百和香龍腦修成。玻璃盞間琥珀鍾，瑪瑙杯聯珊瑚斝※11。赤瑛盤內，高堆麟脯鸞肝；紫玉碟中，滿飣駝蹄熊掌。桃花湯潔，縷塞北之黃羊；銀絲膾鮮，剖江南之赤鯉。黃金盞滿泛香醪，紫霞杯灩浮瓊液。五俎※12八簋※13，百味庶羞。糖澆就甘甜獅仙，麵製成香酥定勝。方當酒

河南開封大梁門，拍攝時間2000年。
（李江樹／fotoe提供）

進五巡，正是湯陳三獻。教坊司鳳鸞韶舞，禮樂司排長伶官※14。朝鬼門道，分明開說。頭一個裝外的，黑漆幞頭，有如明鏡，描花羅襴※15，儼若生成；第二個戲色※16的，繫離水犀角腰帶，裹紅花綠葉羅巾，黃衣襴長襯短靿靴※17，衫袖襟密排山水樣；第三個末色※18的，裹結絡球頭帽子，著箍役※19疊勝羅衫，最先來提掇甚分明，念幾段雜文眞罕有；第四個淨色※20的，語言動眾，顏色繁過，依院本塡腔調曲，按格範打諢發科；第五個貼淨的，忙中九伯※21，眼目張狂，隊額角塗一道明戧※22，劈面門抹兩色蛤粉。裹一頂油油膩膩舊頭巾，穿一領邋邋遢遢潑戲襖，吃六棒枒板※23不嫌疼，打兩杖麻鞭渾似耍。這五人引領著六十四回隊舞優人，百二十名散做樂工，搬演雜劇，裝孤打攛※24。個個青巾

註

※9閶闔：傳說中的天門。
※10龍袞：天子禮服。上繡龍紋。
※11斝：音假，古代青銅製的酒器，圓口，三足。
※12俎：音組，古代祭祀時放祭品的器物。
※13簋：音鬼，古代盛食物之器具，圓口，雙耳。
※14伶官：樂官。《詩．邶風．簡兮序》：「衛之賢者，仕於伶官。」鄭玄箋：「伶官，樂官也。伶氏世掌樂而善焉，故後世多號樂官爲伶官。」伶，一本作「泠」。後以稱供職宮廷的伶人。
※15羅襴：古代絲製公服。按官品的高下，有紫襴、緋襴、綠襴等區別。
※16戲色：嬉笑輕侮的表情。
※17靿靴：靿，音要。高腰靴子。
※18末色：傳統戲劇角色名，一般扮演中年以上男子。
※19箍役：箍，音決，古代朝會時表示位次的茅束，指雜役。
※20淨色：傳統戲劇中的花臉。
※21九伯：上古九州的方伯。方伯，諸侯之長。泛指地方長官。
※22戧：音窗，傷疤。
※23枒板：木板。
※24裝孤打攛：各種角色在臺上跑來跑去。

評點

◎16.脫換一番，得棄舊從新、改邪歸正之意。（袁眉）
◎17.無此事，說來卻使人慰快。（袁眉）

桶帽，人人紅帶花袍。吹龍笛，擊鼉鼓，聲震雲霄；彈錦瑟，撫銀箏，韻驚魚鳥。吊百戲眾口喧嘩，縱諧語齊聲喝采。裝扮的是：太平年※25萬國來朝，雍熙世※26八仙慶壽。搬演的是：玄宗夢遊廣寒殿，狄青夜奪崑崙關。也有神仙道侶，亦有孝子順孫。觀之者，眞可堅其心志；聽之者，足以養其性情。須臾間，八個排長，簇擁著四個美人，歌舞雙行，吹彈並舉。歌的是：朝天子、賀聖朝、感皇恩、殿前歡，治世之音；舞的是：醉回回、活觀音、柳青娘、鮑老兒，淳正之態。果然道：百寶裝腰帶，珍珠絡臂鞲※27；笑時花近眼，舞罷錦纏頭。◎18大宴已成，眾樂齊舉。主上無爲千萬壽，天顏有喜萬方同。

有詩爲證：

九重鳳闕新開宴，千歲龍墀舊賜衣。
蓋世功名能自立，矢心忠義豈相違。

且說天子賜宋江等筵宴，至暮方散。謝恩已罷，宋江等俱各簪花出內，在西華門外，各各上馬，回歸本寨。次日入城，禮儀司引至文德殿謝恩，喜動龍顏，天子欲加官爵，敕令宋江等來日受職。宋江等謝恩，出朝回寨，不在話下。又說樞密院官，具本上奏：「新降之人，未效功勞，不可輒便加爵，可待日後征討，建立功勳，量加官賞。現今數萬之眾，逼城下寨，甚爲不宜。陛下可將宋江等所部軍馬，原是京師有被陷之將，仍還本處。外路軍兵，各歸原所。其餘人眾，分作五路，山東、河北分調開去，此爲上

策。」◎19次日，天子命御駕指揮使，直至宋江營中，口傳聖旨，令宋江等分開軍馬，各歸原所。衆頭領聽得，心中不悅，◎20回道：「我等投降朝廷，都不曾見些官爵，便要將俺弟兄等分遣調開。俺等衆頭領生死相隨，誓不相捨！端的要如此，我們只得再回梁山泊去。」宋江急忙止住，遂用忠言懇求來使，煩乞善言回奏。那指揮使回到朝廷，那裏敢隱蔽，只得把上項所言奏聞天子。天子大驚，急宣樞密院官計議。有樞密使童貫奏道：「這廝們雖降，其心不改，終貽大患。以臣愚意，不若陛下傳旨，賺入京城，將此一百八人盡數剿除，然後分散他的軍馬，以絕國家之患。」天子聽罷，聖意沉吟未決。向那御屏風背後，轉出一大臣，紫袍象簡，高聲喝道：「四邊狼煙未息，中間又起禍胎，都是汝等庸惡之臣，壞了聖朝天下！」◎21正是：只凭立國安邦口，來救驚天動地人。畢竟御屏風後喝的那員大臣是誰？且聽下回分解。

註

※25太平年：宋太宗年號爲太平興國，西元九七六～九八四年間。
※26雍熙世：宋太宗年號，西元九八四～九八七年間。
※27臂鞲：從肩到手腕的部分。

評點

◎18.說入一番梨園本色，十分熱鬧。（芥眉）
◎19.是正論？是胡言？大頭巾經濟多作此腔板，所以敗壞國家。（芥眉）
◎20.又野了。（容夾）
◎21.說盡亡國時事，眞名言。（芥夾）

第八十三回

宋公明奉詔破大遼　陳橋驛滴淚斬小卒

話說當年有遼國郎主※1，起兵前來，侵佔山後※2九州邊界。兵分四路而入，劫擄山東、山西，搶掠河南、河北。各處州縣，申達表文，奏請朝廷求救，先經樞密院，然後得到御前。所有樞密童貫，同太師蔡京、太尉高俅、楊戩商議，納下表章不奏。◎1只是行移鄰近州府，催趲※3各處逕調軍馬，前去策應，正如擔雪填井※4一般。此事人皆盡知，只瞞著天子一個。◎2適來四個賊臣設計，教樞密童貫啓奏，將宋江等衆，要行陷害。不期那御屛風後，轉出一員大臣來喝住，正是殿前都太尉宿元景，便向殿前啓奏道：「陛下，宋江這夥好漢，方始歸降，一百八人，恩同手足，意若同胞，他們決不肯便拆散分開，雖死不捨相離。如何今又要害他衆人性命？此輩好漢，智勇非同小可。倘或城中翻變起來，將何解救？現今遼國興兵十萬之衆，侵佔山後九州所屬縣治。各處申達表文求救，累次調兵前去征剿交鋒，如湯潑蟻。賊勢浩大，所遣官軍又無良策，每每只是折兵損將，瞞著陛下不奏。以臣愚見，正好差宋江等全夥良將，部領所屬軍將人馬，直抵本境，收伏遼賊，◎3令此輩好漢建功，進用於國，實有便益。微臣不敢自專，乞請聖鑑。」天子聽罷宿太尉所奏，龍顏大喜，詢問衆官，俱言有理。天子大罵樞密院童貫等官：「都是汝等讒佞之徒、誤國之輩，妒賢嫉能，閉塞賢路，飾詞矯情，壞盡朝

評點

◎1.有此事，國家那得沒事？（袁眉）
◎2.千古通弊。（袁眉）
◎3.即是前策，卻用得好。（袁眉）
◎4.何曾罵，卻借口罵得妙。（袁眉）
◎5.畢竟疲軟。（容夾）
◎6.作第一件，只是不忘死友。（芥眉）

廷大事！[4]姑恕情罪，免其追問。」[5]天子親書詔敕，賜宋江爲破遼都先鋒，盧俊義爲副先鋒，其餘諸將，待建功之後，加官受爵。就差太尉宿元景親齎詔敕，去宋江軍前行營開讀。天子退朝，百官皆散。且說宿太尉領了聖旨出朝，逕到宋江行寨軍前開讀。宋江等忙排香案迎接，跪聽詔敕已罷，衆皆大喜。宋江等拜謝宿太尉道：「某等衆人，正欲如此，與國家出力，建功立業，以爲忠臣。今得太尉恩相，力賜保奏，恩同父母。只有梁山泊晁天王靈位，未曾安厝，[6]亦有各家老小家眷，未曾發送還鄉，所有城垣未曾拆毀，戰船亦未曾將來。有煩恩相題奏，乞降聖旨，寬限旬日，還山了此數事，整頓器具、槍刀、甲馬，便當盡忠報國。」宿太尉聽罷大喜，回奏天子。即降聖旨，敕賜庫內取金一千兩、銀五千兩、彩緞五千匹，頒賜衆將，就令太尉於庫藏開支，去行營俵散與衆將。原有老小者，賞賜給付與老小養贍終身；原無老小者，給付本人，自行收受。宋江奉敕，謝恩已畢，給散衆人收訖。宿太尉回朝，分付宋江道：「將軍還山，可速去快來，先使人報知下官，不可遲誤！」

再說宋江聚衆商議，所帶還山人數是誰。宋江與同軍師吳用、公孫勝、林沖、劉唐、杜遷、宋萬、朱貴、宋清、阮家三弟兄，馬、步、水軍一萬餘人回去。其

註

※1郎主：歷史上北方少數民族稱其君主爲郎主。
※2山後：古代地名，在今天河北、山西與長城之間區域。
※3催趲：催趕、催促。
※4擔雪塡井：把雪扔到井裏，比喻沒有一點作用，沒有一點影響。

《番騎圖》，遼李贊華繪，美國波士頓美術博物館藏。李贊華（西元899年～936年），原名耶律倍，契丹人，遼太祖長子，封渤海王，因受猜疑而出奔後唐，改名李贊華，世稱「東丹王」，遼畫家，擅長繪畫遼國人物鞍馬。《番騎圖》又名《出行圖》。（李贊華／fotoe提供）

餘大隊人馬，都隨盧先鋒在京師屯扎。宋江與吳用、公孫勝等，於路無話，回到梁山泊忠義堂上坐下，便傳將令，教各家老小眷屬，收拾行李，準備起程。一面叫宰殺豬羊牲口，香燭錢馬，祭獻晁天王，然後焚化靈牌。隨即將各家老小，各各送回原所州縣，上車乘馬，俱已去了。然後教自家莊客，送老小、宋太公併家眷人口，再回鄆城縣宋家村，復為良民。隨即叫阮家三弟兄，揀選合用船隻，其餘不堪用的小船，盡行給散與附近居民收用。山中應有屋宇房舍，任從居民搬拆。三關城垣，忠義等屋，盡行拆毀。一應事務，整理已了，收拾人馬，火速還京。一路無話，早到東京。盧俊義等接至大寨。先使燕青入城，報知宿太尉，要辭天子，引領大軍起程。宿太尉見報，入內奏知天子。次日，引宋江於武英殿朝見天子，龍顏欣悅，賜酒已罷，玉音道：「卿等休辭道途跋涉，軍馬驅馳，與寡人征虜破遼，早奏凱歌而回，朕當重加錄用。其眾將校，量功加爵。卿勿怠焉！」宋江叩頭稱謝，端簡啓奏：「臣乃鄙猥小吏，誤犯刑典，流遞江州。醉後狂言，臨刑棄市，眾力救之，無處逃避，遂乃潛身水泊，苟延微命。所犯罪惡，萬死難逃。今蒙聖上寬恤收錄，大敷曠蕩之恩，得蒙赦免本罪。臣披肝瀝膽，尚不能補報皇上之恩。今奉詔命，敢不竭力盡忠，死

宋江等獲得徽宗接見。（選自《水滸傳版刻圖錄》，江蘇廣陵古籍刻印社）

而後已！」天子大喜，再賜御酒，教取描金鵲畫弓箭一副、名馬一匹、全副鞍轡、寶刀一口，賜與宋江。宋江叩首謝恩，辭陛出內，將領天子御賜寶刀、鞍馬、弓箭，就帶回營，傳令諸軍將校，準備起行。且說徽宗天子次早令宿太尉傳下聖旨，教中書省院官二員，就陳橋驛與宋江先鋒犒勞三軍，每名軍士酒一瓶、肉一斤，對衆關支，毋得剋減。中書省得了聖旨，一面連更曉夜，整頓酒肉，差官二員，前去給散※5。

再說宋江傳令諸軍，便與軍師吳用計議，將軍馬分作二起進程：令五虎八彪將引軍先行，十驃騎將在後，宋江、盧俊義、吳用、公孫勝統領中軍。水軍頭領三阮、李俊、張橫、張順，帶領童威、童猛、孟康、王定六，並水手頭目人等，撐駕戰船，自蔡河內出黃河，投北進發。宋江催趲三軍，取陳橋驛大路而進。號令軍將，毋得動擾鄉民。有詩爲證：

招搖旌旆出天京，受命專師事遠征。
請看梁山軍紀律，何如太尉御營兵。

且說中書省差到二員廂官※6，在陳橋驛給散酒肉，賞勞三軍。誰想這夥官員貪濫無厭，徇私作弊，剋減酒肉。都是那等讒佞之徒，貪愛賄賂的人，◎7卻將御賜的官酒，每瓶剋減只有半瓶，肉一斤剋減六兩。前隊軍馬，盡行給散過了。後軍散到一隊皂軍※7之

註

※5給散：供給並發散。

※6廂官：官名。宋自大中祥符以後，將京城外劃分爲若干廂，特置廂官，歸京府統領，受理居民爭鬥訴訟之事，凡情節較輕者，可以直接判決。南宋沿以爲例，在臨安也設廂官。

※7皂軍：穿黑色服裝的軍隊。

評點

◎7.說了又說，妙。（袁夾）

中，都是頭上黑盔，身披玄甲，卻是項充、李衮所管的牌手。那軍漢中一個軍校，接得酒肉過來看時，酒只半瓶，肉只十兩，指著廂官罵道：「都是你這等好利之徒，壞了朝廷恩賞！」廂官喝道：「我怎地是好利之徒？」那軍校道：「皇帝賜俺一瓶酒、一斤肉，你都剋減了。不是我們爭嘴，堪恨你這廝們無道理，佛面上去刮金※8！」廂官罵道：「你這大膽，剮不盡、殺不絕的賊！梁山泊反性，尚不改！」軍校大怒，把這酒和肉，劈臉都打將去。廂官喝道：「捉下這個潑賊！」那軍校就團牌邊掣出刀來。廂官指著手大罵道：「腌臢草寇，拔刀敢殺誰？」軍校道：「俺在梁山泊時，強似你的好漢，被我殺了萬千。量你這等賊官，直些甚鳥？」◎8廂官喝道：「你敢殺我？」那軍校走入一步，手起一刀飛去，正中廂官臉上，剁著撲地倒了。眾人發聲喊，都走了。那軍漢又趕將入來，再剁了幾刀，眼見得不能夠活了。眾軍漢簇住了不行。當下項充、李衮飛報宋江。宋江聽得大驚，便與吳用商議，此事如之奈何。吳學究道：「省院官甚是不喜我等，今又做

宋江在陳橋驛揮淚斬了犯法的軍校。（朱寶榮繪）

得這件事來，正中了他的機會。只可先把那軍校斬首號令，一面申復省院，勒兵聽罪。急急可叫戴宗、燕青悄悄進城，備細告知宿太尉。煩他預先奏知委曲，令中書省院讒害不得，方保無事。」◎9宋江計議定了，飛馬親到陳橋驛邊。那軍校立在死屍邊不動。宋江自令人於館驛內搬出酒肉，賞勞三軍，都教進前，卻喚這軍校直到館驛中，問其情節。◎10那軍校答道：「他千梁山泊反賊，萬梁山泊反賊，罵俺們殺剮不盡，因此一時性起，殺了他，專待將軍聽罪。」宋江道：「他是朝廷命官，我兀自懼他，你如何便把他來殺了？須是要連累我等眾人！俺如今方始奉詔去破大遼，未曾見尺寸之功，倒做了這等的勾當，如之奈何？」那軍校叩首伏死。宋江哭道：「我自從上梁山泊以來，大小兄弟，不曾壞了一個。今日一身入官所管，寸步也由我不得。雖是你強氣未滅，使不得舊時性格。」這軍校道：「小人只是伏死。」◎11宋江令那軍校痛飲一醉，教他樹下縊死，卻斬頭來號令。將廂官屍首，備棺槨盛貯，然後動文書申呈中書省院，不在話下。

再說戴宗、燕青潛地進城，逕到宿太尉府內，備細訴知衷情。當晚宿太尉入內，將上項事務奏知天子。次日，皇上於文德殿設朝，當有中書省院官出班奏曰：「新降將宋江部下兵卒，殺死省院差去監散酒肉命官一員，乞聖旨拿問。」天子曰：「寡人待不委你省院來，事卻該你這衙門！你們又委用不得其人，以致惹起事端。賞軍酒肉，大破小用，軍士有名無實，以致如此。」省院等官又奏道：「御酒之物，誰敢剋減？」是時天威震

註

※8佛面上去刮金：太歲頭上動土的意思，形容搜刮過分了。

評點

◎8.這個軍校實是可取。（容眉）

◎9.才出門便有此等事，見貪官之惡，受制之苦；亦見小卒舊性尚存，主帥忠心愈篤。（袁眉）

◎10.見作略。（袁夾）

◎11.妙人。（容夾）

怒，喝道：「寡人已自差人暗行體察，深知備細，爾等尚自巧言令色，對朕支吾！寡人御賜之酒，一瓶剋半瓶，賜肉一斤，只有十兩，以致壯士一怒，目前流血！」◎12天子喝問：「正犯安在？」省院官奏道：「宋江已自將本犯斬首號令示衆，申呈本院，勒兵聽罪。」天子曰：「他既斬了正犯軍士，宋江禁治不嚴之罪，權且紀錄，待破遼回日，量功理會。」省院官默默無言而退。天子當時傳旨，差官前去，催督宋江起程，所殺軍校，就於陳橋驛梟首示衆。

卻說宋江正在陳橋驛勒兵聽罪，只見駕上差官來到，著宋江等進兵征遼，違犯軍校，梟首示衆。宋江謝恩已畢，將軍校首級，掛於陳橋驛號令，將屍埋了。宋江大哭一場，◎13垂淚上馬，提兵望北而進。每日兵行六十里，扎營下寨，所過州縣，秋毫無犯。沿路無話。將次相近遼境，宋江便請軍師吳用商議道：「即日遼兵四路侵犯，我等分兵前去征討的是？只打城池的是？」吳用道：「若是分兵前去，奈緣地廣人稀，首尾不能救應。不如只是打他幾個城池，卻再商量。若還攻擊得緊，他自然收兵。」宋江道：「軍師此計甚高！」隨即喚過段景住來，分付道：「你走北路甚熟，可引領軍馬前進。近的是甚州縣？」段景住稟道：「前面便是檀州，※9正是遼國緊要隘口。有條水路，港汊最深，喚做潞水※10，團團繞著城池。這潞水直通渭河，須用戰船征進。宜先趲水軍頭領船隻到了，然後水陸並進，船騎相連，可取檀州。」宋江聽罷，便使戴宗催促水軍頭領李俊等，曉夜趲船至潞水取齊。卻說宋江整點人馬、水軍船隻，約會日期，水陸並

行，殺投檀州來。且說檀州城內，守把城池番官，卻是遼國洞仙侍郎手下四員猛將，一個喚做阿里奇，一個喚做咬兒惟康，一個喚做楚明玉，一個喚做曹明濟。此四員戰將，皆有萬夫不當之勇。聞知宋朝差宋江全夥到來，一面寫表申奏郎主，一面關報鄰近薊州※11、霸州※12、涿州※13、雄州※14救應，一面調兵出城迎敵。便差阿里奇、楚明玉兩個，引兵出戰。且說大刀關勝在於前部先鋒，引軍殺近檀州所屬密雲縣來。縣官聞得，飛報與兩個番將說道：「宋朝軍馬，大張旗號，乃是梁山泊新受招安宋江這夥。」阿里奇聽了笑道：「既是這夥草寇，何足道哉！」傳令教番兵扎掂※15已了，來日出密雲縣與宋江交鋒。次日，宋江聽報遼兵已近，即時傳令將士，交鋒要看頭勢，休要失支脫節。眾將得令，披掛上馬。宋江、盧俊義俱各戎裝擐帶，親在軍前監戰。遠遠望見遼兵蓋地而來，黑洞洞遮天蔽日，都是皂鵰旗。兩下齊把弓弩射住陣腳。只見對陣皂旗開處，正中間捧出一員番將，騎著一匹達馬※16，彎環踢跳。宋江看那番將時，怎生打扮，但見：

戴一頂三叉紫金冠，冠口內拴兩根雉尾。穿一領襯甲白羅袍，袍背上繡三個鳳凰。披一副連環鑌鐵鎧，繫一條嵌寶獅蠻帶，著一對雲根鷹爪靴，掛一條護項

註

※9檀州：州名，在今天河北密雲縣內。
※10潞水：潞河，現名潮白河。在北運河上游地區。
※11薊州：州名，在今天河北薊縣。
※12霸州：州名，在今天河北霸縣。
※13涿州：州名，在今天河北涿縣。
※14雄州：州名，在今天河北雄縣。
※15扎掂：裝束，準備。
※16達馬：蒙古馬。蒙古族又稱韃靼，韃靼又作達旦、達達。

評點

◎12.皇帝亦大偏了。（容眉）
◎13.秀才氣。（容夾）

銷金帕，帶一張鵲畫鐵胎弓，懸一壺鵰翎鈚子箭。
手掿梨花點鋼槍※17，坐騎銀色拳花馬。

那番官旗號上寫得分明：「大遼上將阿里奇。」宋江看了，與諸將道：「此番將不可輕敵！」言未絕，金槍手徐寧出戰，橫著鈎鐮槍，驟坐下馬，直臨陣前。番將阿里奇見了，大罵道：「宋朝合敗，命草寇爲將，敢來侵犯大國，尚不知死！」徐寧喝道：「辱國小將，敢出穢言！」兩軍吶喊。徐寧與阿里奇搶到垓心交戰，兩馬相逢，兵器並舉。二將鬥不過三十餘合，徐寧敵不住番將，望本陣便走。花榮急取弓箭在手，那番將正趕將來。張清又早按住鞍轎，探手去錦袋內取個石子，看著番將較親，照面門上只一石子，正中阿里奇左眼，翻筋斗落於馬下。這裏花榮、林沖、秦明、索超，四將齊出，先搶了那匹好馬，活捉了阿里奇歸陣。副將楚明玉見折了阿里奇，急要向前去救時，被宋江大隊軍馬，前後掩殺將來，就棄了密雲縣，大敗虧輸，奔檀州來。宋江且不追趕，就在密雲縣屯扎下營。看番將阿里奇時，打破眉梢，損其一目，負痛身死。宋江傳令，教把番官屍骸燒化。功績簿上，標寫張清第一功。就將阿里奇連環鑌鐵鎧、出白梨花槍、嵌寶獅蠻帶、銀色拳花馬，並靴、袍、弓、箭，都賜了張清。是日且就密雲縣中，衆皆作賀，設宴飲酒，不在話下。

次日，宋江升帳，傳令起軍，都離密雲縣，直抵檀州來。卻說檀州洞仙侍郎聽得報

天佑星徐寧。
（葉雄繪）

來，折了一員正將，堅閉城門，不出迎敵。又聽得報有水軍戰船，在於城下，遂乃引衆番將上城觀看。只見宋江陣中猛將，搖旗吶喊，耀武揚威，搦戰廝殺。洞仙侍郎見了說道：「似此，怎不輸了小將軍阿里奇？」當下副將楚明玉答應道：「小將軍那裏是輸與那廝？蠻兵先輸了，俺小將軍趕將過去，被那裏一個穿綠的蠻子，一石子打下馬去。那廝隊裏四個蠻子，四條槍，便來攢住了。俺這壁廂措手不及，以此輸與他了。」洞仙侍郎道：「那個打石子的蠻子，怎地模樣？」左右有認得的，指著說道：「城下兀那個帶青包巾，現今披著小將軍的衣甲，騎著小將軍的馬，那個便是。」洞仙侍郎攀著女墻邊看時，只見張清已自先見了，趲馬向前，只一石子飛來。左右齊叫一聲躲時，那石子早從洞仙侍郎耳根邊擦過，把耳輪擦了一片皮。洞仙侍郎負疼道：「這個蠻子，直這般利害！」下城來，一面寫表申奏大遼郎主，一面行報外境各州提備。

卻說宋江引兵在城下，一連打了三、五日，不能取勝，再引軍馬回密雲縣屯駐，帳中坐下，計議破城之策。只見戴宗報來，取到水軍頭領，乘駕戰船，都到潞水。宋江便教李俊等到軍中商議。李俊等都到帳前參見宋江。宋江道：「今次廝殺，不比在梁山泊時，可要先探水勢深淺，方可進兵。我看這條潞水，水勢甚急，倘或一失，難以救應。爾等宜仔細，不可托大！將船隻蓋伏的好著，只扮作運糧船相似。你等頭領，各帶暗器，潛伏於船內。止著三、五人撐駕搖櫓，岸上著兩人牽拽，一步步挨到城下，把船泊

註

※17梨花點鋼槍：傳說中樊梨花創造了梨花槍法，所以以此來命名槍。

在兩岸，待我這裏進兵。城中知道，必開水門來搶糧船。爾等伏兵卻起，奪他水門，可成大功。」李俊等聽令去了。只見探水小校報道：「西北上有一彪軍馬捲殺而來，都打著皂鵰旗，約有一萬餘人，望檀州來了。」吳用道：「必是遼國調來救兵。我這裏先差幾將攔截廝殺，殺得散時，免令城中得他壯膽。」宋江便差張清、董平、關勝、林沖，各帶十數個小頭領，五千軍馬，飛奔前來。原來遼國郎主，聞知說是梁山泊宋江這夥好漢，領兵殺至檀州，圍了城子，特差這兩個皇侄前來救應：一個喚做耶律國珍，一個喚做國寶。兩個乃是遼國上將，又是皇侄，皆有萬夫不當之勇。引起一萬番兵，來救檀州。看看至近，迎著宋兵。兩邊擺開陣勢，兩員番將，一齊出馬。但見：

　　頭戴妝金嵌寶三叉紫金冠，身披錦邊珠嵌鎖子黃金鎧。身上猩猩血染戰紅袍，袍上斑斑錦織金翅鵰。腰繫白玉帶，背插虎頭牌。左邊袋內插鵰弓，右手壺中攢硬箭。手中搭丈二綠沉槍，坐下騎九尺銀鬃馬。

那番將是弟兄兩個，都一般打扮，都一般使槍。宋兵迎著，擺開陣勢。雙槍將董平出馬，厲聲高叫：「來者甚處番賊？」那耶律國珍大怒，喝道：「水窪草寇，敢來犯吾大國，倒問俺那裏來的？」董平也不再問，躍馬挺槍，直搶耶律國珍。◎14那番家年少的將軍，性氣正剛，那裏肯饒人一步，挺起鋼槍，直迎過來。二馬相交，三槍亂舉。二將正在征塵影裏，殺氣叢中，使雙槍的，另有槍法；使單槍的，各用神機。兩個鬥過五十合，不分勝敗。那耶律國寶見哥哥戰了許多時，恐怕力怯，就中軍篩起鑼來。耶律國珍正門到熱處，聽得鳴鑼，急要脫身，被董平兩條槍絞住，那裏肯放。耶律國珍此時心忙，槍法慢了些，被董平右手逼過綠沉槍，使起左手槍來，望番將項根上只一槍，搠個正著。可憐耶律國珍，金冠倒卓，兩腳登空，落於馬下。兄弟耶律國寶看見哥哥落馬，便搶出陣來，一騎馬，一條槍，奔來救取。宋兵陣上沒羽箭張清，見他過來，這裏那得放空，在馬上約住梨花槍，探隻手去錦袋內，拈出一個石子，把馬一拍，飛出陣前。這耶律國寶飛也似來，張清迎頭撲將去。兩騎馬隔不得十來丈遠近，番將不提防，只道他來交戰。只見張清手起，喝聲道：「著！」那石子望耶律國寶面上打個正著，翻筋斗落馬。關勝、林沖擁兵掩殺。遼兵無主，東西亂竄。只一陣，殺散遼兵萬餘人馬，把兩個番官，全副鞍馬，兩面金牌，收拾寶冠袍甲，仍割下兩顆首級，當時奪了戰馬一千餘匹，解到密雲縣來見宋江獻納。宋江大喜，賞勞三軍，書寫董平、張清第二功，等打破檀州，一併申奏。宋江與吳用商議，到晚寫下軍帖，差調林沖、關勝，引領一彪軍馬，從西北上去取檀州。再調呼延灼、董平，也引一彪軍馬，從東北上進兵。卻教盧俊義引一彪軍馬，從西南上取路。「我等中軍，從東南路上去，只聽得炮響，一齊進發。」卻差炮手凌振及李逵、樊瑞、鮑旭，並牌手項充、李袞，將帶滾牌軍一千餘人，直去城下，施放號炮。至二更爲期，水陸並進。各路軍兵，都要廝應。號令已了，諸軍各各準備取城。

且說洞仙侍郎正在檀州堅守，專望救兵到來。卻有皇侄敗殘人馬，逃命奔入城中，

◎14.張清、董平入夥最後，而招安後出戰最先，亦有意用。（芥眉）

備細告說，兩個皇侄大王，耶律國珍被個使雙槍的害了，耶律國寶被個戴青包巾的，使石子打下馬來拿去。洞仙侍郎◎15跌腳罵道：「又是這蠻子！◎16不爭損了二位皇侄，教俺有甚面目去見郎主？拿住那個青包巾的蠻子時，碎碎的割那廝！」◎17至晚，番兵報洞仙侍郎道：「潞水河內，有五、七百隻糧船，泊在兩岸，遠遠處又有軍馬來也！」洞仙侍郎聽了道：「那蠻子不識俺的水路，錯把糧船直行到這裏。岸上人馬，一定是來尋糧船。」便差三員番將，楚明玉、曹明濟、咬兒惟康，前來分付道：「那宋江等蠻子，今晚又調許多人馬來，卻有若干糧船在俺河裏。可教咬兒惟康引一千軍馬出城衝突，卻教楚明玉、曹明濟開放水門，從緊溜裏放船出去。三停之內，截他二停糧船，便是汝等幹大功也！」不知成敗何如，有詩為證：

妙算從來迥不同，檀州城下列艨艟。
侍郎不識兵家意，反自開門把路通。◎18

董平大戰耶律國珍。
（朱寶榮繪）

再說宋江人馬，當晚黃昏左側，李逵、樊瑞為首，將引步軍在城下大罵。洞仙侍郎叫咬兒惟康催趲軍馬，出城衝殺。城門開處，放下吊橋，遼兵出城。卻說李逵、樊瑞、鮑旭、項充、李袞五個好漢，引一千步軍，盡是悍勇刀牌手，就吊橋邊衝住，番軍人馬，那裏能夠出得城來。凌振卻在軍中，搭起炮架，準備放炮，只等時候來到。由他城上放箭，自有牌手左右遮抵著，鮑旭卻在後面吶喊。雖是一千餘人，卻是萬餘人的氣象。洞仙侍郎在城中見軍馬衝突不出，急叫楚明玉、曹明濟開了水門搶船。此時宋江水軍頭領都已先自伏在船中準備，未曾動彈。見他水門開了，一片片絞起閘板，放出戰船來。凌振得了消息，便先點起一個風火炮來。炮聲響處，兩邊戰船廝迎將來，抵敵番船。左邊踴出李俊、張橫、張順，右邊踴出阮家三弟兄，都使著戰船，殺入番船隊裏。◎19番將楚明玉、曹明濟見戰船踴躍而來，抵敵不住，料道有埋伏軍兵，急待要回船，早被這裏水手軍兵，都跳過船來，只得上岸而走。宋江水軍那六個頭領，先搶了水門。管門番將，殺的殺了，走的走了。這楚明玉、曹明濟，各自逃命去了。水門上預先一把火起，凌振又放一個車箱炮來。那炮直飛在半天裏響。洞仙侍郎聽得火炮連天聲響，嚇得魂不附體。李逵、樊瑞、鮑旭引領牌手項充、李袞等眾，直殺入城。洞仙侍郎和咬兒惟康在城中，看見城門已都被奪了，又見四路宋兵一齊都殺到來，只得上馬，棄了城池，出北門便走。未及二里，正撞著大刀關勝、豹子頭林沖，攔住去路。正是：天羅密布難移步，地網高張怎脫身。畢竟洞仙侍郎怎地逃生？且聽下回分解。◎20

評點

◎15.此段連損二皇侄，見侍郎心膽皆喪。（余評）
◎16.這個蠻子真好石子。（容眉）
◎17.只怕石子利害。（容夾）
◎18.一首中見侍郎無勇無謀，不知兵機。（余評）
◎19.蠻子原來卻識水路。（容眉）
◎20.讀至宋公明滴淚斬小卒，其由衷之言，令人感泣不能已已。（袁評）

第八十四回

宋公明兵打薊州城　盧俊義大戰玉田縣

話說洞仙侍郎見檀州已失，只得奔走出城，同咬兒惟康擁護而行。正撞著林沖、關勝，大殺一陣，那裏有心戀戰，望刺斜裏死命撞出去。關勝、林沖要搶城子，也不來追趕，且奔入城。卻說宋江引大隊軍馬入檀州，趕散番軍，一面出榜，安撫百姓軍民，秋毫不許有犯。傳令教把戰船盡數收入城中。一面賞勞三軍，及將在城遼國所用官員，有姓者仍前委用，無姓番官※1盡行發遣出城，還於沙漠。◎1一面寫表申奏朝廷，得了檀州，盡將府庫財帛金寶，解赴京師，寫書申呈宿太尉，題奏此事。◎2天子聞奏，龍顏大喜。隨即降旨，欽差東京府同知趙安撫統領二萬御營軍馬，前來監戰。卻說宋江等聽得報來，引衆將出郭遠遠迎接，入到檀州府內歇下，權爲行軍帥府。諸將頭目，盡來參見，施禮已畢。原來這趙安撫，祖是趙家宗派，爲人寬仁厚德，作事端方，亦是宿太尉於天子前保奏，特差此人上邊，監督兵馬。這趙安撫見了宋江仁德，十分歡喜，◎3說道：「聖上已知你等衆將用心，軍士勞苦，特差下官前來軍前監督，就齎賞賜金銀、緞匹二十五車，但有奇功，申奏朝廷，請降官封。將軍今已得了州郡，下官再當申達朝廷。衆將皆須盡忠竭力，早成大功，班師回京，天子必當重用。」宋江等拜謝道：「請煩安撫相公鎮守檀州，小將等分兵攻取遼國緊要州郡，教他首尾不能相顧。」一面將賞賜俵散軍將，一面勒回各路軍馬聽調，攻取遼國州郡。有楊雄稟道：「前面便是薊州相近◎4。此處是個大郡，錢糧極廣，米麥豐盈，乃是遼國庫藏。打了薊州，諸處可取。」宋江聽罷，便請軍師吳用商議。

卻說洞仙侍郎與咬兒惟康正往東走，撞見楚明玉、曹明濟，引著些敗殘軍馬，一同投奔薊州。入得城來，見了御弟大王耶律得重，訴說：「宋江兵將浩大，內有一個使石子的蠻子，十分了得。那石子百發百中，不放一個空，最會打人。兩位皇侄並小將阿里奇，盡是被他石子打死了。」耶律大王道：「既是這般，你且在這裏幫俺殺那蠻子。」說猶未了，只見流星探馬報將來，說道：「宋江兵分兩路，來打薊州，一路殺至平峪縣※2，一路殺至玉田縣※3。」御弟大王聽了，隨即便教洞仙侍郎：「將引本部軍馬，把住平峪縣口，不要和他廝殺。俺先引兵，且拿了玉田縣的蠻子，卻從背後抄將過來，平峪縣的蠻子，走往那裏去？一邊關報霸州、幽州，教兩路軍馬前來接應。」原來這薊州，卻是遼國郎主差御弟耶律得重守把。部領四個孩兒：長子宗雲，次子宗電，三子宗雷，四子宗霖。手下十數員戰將，一個總兵大將，喚做寶密聖，一個副總兵，喚做天山勇，守住著薊州城池。當時御弟大王囑付寶密聖守城，親引大軍，將帶四個孩兒，並副總兵天山勇，飛奔玉田縣來。且說宋江引兵前至平峪縣，見前面把住關隘，未敢進兵，就平峪縣

註

※1番官：當時遼國的官員。
※2平峪縣：平谷縣，在今天北京市西北。
※3玉田縣：在今天河北省內。

評點

◎1.俱有經略。（芥眉）
◎2.要緊著數。（芥夾）
◎3.非這個監軍，安能成事？（芥眉）
◎4.有來歷，有照應。（袁夾）

西屯住。卻說盧俊義引許多戰將，三萬人馬，前到玉田縣，早與遼兵相近。盧俊義便與軍師朱武商議道：「目今與遼兵相近，只是吳人不識越境，到他地理生疏，何策可取？」朱武答道：「若論愚意，未知他地理，諸軍不可擅進。可將隊伍擺爲長蛇之勢，首尾相應，循環無端，如此則不愁地理生疏。」◎5盧先鋒道：「軍師所言，正合吾意。」遂乃催兵前進。遠遠望見遼兵蓋地而來，但見：

黃沙漫漫，黑霧濃濃。皂鵰旗展一派烏雲，拐子馬※4蕩半天殺氣。青氈笠帽，似千池荷葉弄輕風；鐵打兜鍪，如萬頃海洋凝凍日。人人衣襟左掩，個個髮搭齊肩。連環鐵鎧重披，刺納戰袍緊繫。番軍壯健，黑面皮碧眼黃鬚；達馬咆哮，闊膀膊鋼腰鐵腳。羊角弓攢沙柳箭，虎皮袍襯窄雕鞍。生居邊塞，長成會拽硬弓；世本朔方※5，養大能騎劣馬。銅羫※6羯鼓※7軍

❀ 薊州，現在天津薊縣，歷來為兵家必爭之地。圖為薊縣黃崖關長城城門樓。拍攝時間2006年11月4日。（李鷹／fotoe提供）

前打，蘆葉胡笳※8馬上吹。

那御弟大王耶律得重引兵先到玉田縣，將軍馬擺開陣勢。宋軍中朱武上雲梯看了，下來回報盧先鋒道：「番人布的陣，乃是五虎靠山陣，不足爲奇。」朱武再上將臺，把號旗招動，左盤右旋，調撥眾軍，也擺一個陣勢。盧俊義看了不識，問道：「此是何陣勢？」朱武道：「此乃是鯤化爲鵬陣。」盧俊義道：「何爲鯤化爲鵬？」朱武道：「北海有魚，其名曰鯤，能化大鵬，一飛九萬里。此陣遠觀近看，只是個小陣，若來攻時，便變做大陣，因此喚做鯤化爲鵬。」盧俊義聽了，稱讚不已。對陣敵軍鼓響，門旗開處，那御弟大王親自出馬，四個孩兒，分在左右，都是一般披掛。但見：

頭戴鐵縵笠戧箭番盔，上拴純黑球纓。身襯寶圓鏡柳葉細甲，繫條獅蠻金帶。踏鐙靴半彎鷹嘴※9，梨花袍錦繡盤龍。各掛強弓硬弩，都騎駿馬雕鞍。腰間盡插錕鋙劍，手內齊拿掃帚刀。

中間御弟大王，兩邊四個小將軍，身上兩肩胛，都懸著小小明鏡，鏡邊對嵌著皂纓。四口寶刀，四騎快馬，齊齊擺在陣前。那御弟大王背後，又是層層擺列，自有許多戰將。

註

※4拐子馬：遼國的重甲騎兵，三匹聯爲一體，故稱。

※5朔方：郡名。西漢元朔二年（西元前一二七年）置。治所在朔方，今內蒙古自治區杭錦旗北。東漢末廢。後泛指北方。

※6銅羫：羫同腔，銅嗩吶一類的樂器。

※7羯鼓：中國古代的一種鼓。兩面蒙皮，腰部細。據說來源於羯族。

※8胡笳：中國古代北方民族的一種樂器，類似笛子。

※9踏鐙靴半彎鷹嘴：指馬鐙上使用鷹嘴形狀。

評點

◎5.放屁。（容眉）

那四員小將軍高聲大叫：「汝等草賊，何敢犯吾邊界！」盧俊義聽得，便問道：「兩軍臨敵，那個英雄當先出戰？」說猶未了，只見大刀關勝舞起青龍偃月刀，爭先出馬。那邊番將耶律宗雲，舞刀拍馬，來迎關勝。兩個鬥不上五合，耶律宗霖拍馬舞刀，便來協助。呼延灼見了，舉起雙鞭，直出迎住廝殺。那兩個耶律宗電、耶律宗雷弟兄，挺刀躍馬，齊出交戰。這裏徐寧、索超，各舉兵器相迎。四對兒在陣前廝殺，絞做一團，打成一塊。

正鬥之間，沒羽箭張清看見，悄悄的縱馬趲向陣前。卻有檀州敗殘的軍士認得張清，慌忙報知御弟大王道：「這對陣穿綠戰袍的蠻子，便是慣飛石子的。他如今趲馬出陣來，又使前番手段。」天山勇聽了便道：「大王放心，教這蠻子吃俺一弩箭！」原來那天山勇，馬上慣使漆抹弩，一尺來長鐵翎箭，有名喚做一點油。那天山勇在馬上把了事環帶住，趲馬出陣，教兩個副將在前面影射著，三騎馬悄悄直趲至陣前。張清又先見了，偷取石子在手，看著那番官當頭的，只一石子，急叫：「著！」早從盔上擦過。◎6那天山勇卻閃在這將馬背後，安得箭穩，扣得弦正，覷著張清較親，直射將來。張清叫聲：「阿也！」急躲時，射中咽喉，翻身落馬。雙槍將董平、九紋龍史進，將引解珍、解寶，死命去救回。盧先鋒看了，急教拔出箭來，血流不止，項上便束縛兜住。隨即叫鄒淵、鄒潤扶張清上車子，護送回檀州，教神醫安道全調治。

車子卻纔去了，只見陣前喊聲又起，報道：「西北上有一彪軍馬飛奔殺來，並不打

盧俊義大戰玉田縣，一槍刺死一個遼將。（選自《水滸傳版刻圖錄》，江蘇廣陵古籍刻印社）

話，橫衝直撞，趕入陣中。」盧俊義見箭射了張清，無心戀戰。四將各佯輸詐敗，退回去了。四個番將，乘勢趕來。西北上來的番軍，刺斜裏又殺將來。對陣的大隊番軍，山倒也似踴躍將來，那裏變的陣法。◎7三軍衆將，隔得七斷八續，你我不能相救，只留盧俊義一騎馬、一條槍，倒殺過那邊去了。天色傍晚，四個小將軍卻好回來，正迎著盧俊義。一騎馬、一條槍，力敵四個番將，並無半點懼怯。約鬥了一個時辰，盧俊義得便處，賣個破綻，耶律宗霖把刀砍將入來，被盧俊義大喝一聲，那番將措手不及，著一槍，刺下馬去。那三個小將軍各吃了一驚，皆有懼色，無心戀戰，拍馬去了。盧俊義下馬，拔刀割了耶律宗霖首級，拴在馬項下。翻身上馬，望南而行，又撞見一夥遼兵，約有一千餘人。被盧俊義又撞殺入去，遼兵四散奔走。◎8再行不到數里，又撞見一彪軍馬。此夜月黑，不辨是何處的

評點

◎6.石子再著也沒趣了。（容眉）
好伸縮。（容夾）
◎7.變不得，才見行文用意之變。（芥眉）
◎8.是個漢子。（容眉）

人馬，只聽得語音，卻是宋朝人說話。盧俊義便問：「來軍是誰？」卻是呼延灼答應。盧俊義大喜，合兵一處。呼延灼道：「被遼兵衝散，不能救應。小將撞開陣勢，和韓滔、彭玘直殺到此，不知諸將如何。」盧俊義又說：「力敵四將，被我殺了一個，三個走了。次後又撞著一千餘人，亦被我殺散。來到這裏，不想迎著將軍。」兩個並馬，帶著從人，望南而行。不過十數里路，前面早有軍馬攔路。呼延灼道：「黑夜怎地廝殺？待天明決一死戰！」對陣聽得，便問道：「來者莫非呼延灼將軍？」呼延灼認得聲音，是大刀關勝，便叫道：「盧頭領在此！」眾頭領都下馬，且來草地上坐下。盧俊義、呼延灼說了本身之事。關勝道：「陣前失利，你我不相救應。我和宣贊、郝思文、單廷珪、魏定國五騎馬，尋條路走，然後收拾得軍兵一千餘人，來到這裏。不識地理，只在此伏路，待天明卻行。不想撞著哥哥。」合兵一處，眾人捱到天曉，迤邐望南再行。將次到玉田縣，見一

盧俊義一路追殺遼兵。（日版畫，出自《新編水滸畫傳》，葛飾戴斗繪）

彪人馬哨路。看時，卻是雙槍將董平、金槍手徐寧，弟兄們都扎住玉田縣中，遼兵盡行趕散，說道：「侯健、白勝兩個去報宋公明，只不見了解珍、解寶、楊林、石勇。」盧俊義教且進兵，在玉田縣界檢點眾將軍校，不見了五千餘人，心中煩惱。巳牌時分，有人報道：「解珍、解寶、楊林、石勇，將領二千餘人來了。」盧俊義又喚來問時，解珍道：「俺四個倒撞過去了！深入重地，迷蹤失路，急切不敢回轉。今早又撞見遼兵，大殺了一場，方纔到得這裏。」盧俊義叫將耶律宗霖首級於玉田縣號令，撫諭三軍百姓。

未到黃昏前後，軍士們正要收拾安歇，只見伏路小校來報道：「遼兵不知多少，四面把縣圍了。」盧俊義聽得大驚，引了燕青上城看時，遠近火把，有十里厚薄。一個小將軍當先指點，正是耶律宗雲，騎著一匹劣馬，在火把中間，催趲三軍。燕青道：「昨日張清中他一冷箭，今日回禮則個！」◎9燕青取出弩子，一箭射去，正中番將鼻凹，番將落馬。眾兵急救時，宗雲已自傷悶不醒。番軍早退五里。盧俊義縣中與眾將商議：「雖然放了一冷箭，遼兵稍退，天明必來攻，圍裏得鐵桶相似，怎生救解？」朱武道：「宋公明若得知這個消息，必然來救。裏應外合，方可免難。」眾人捱到天明，望見遼兵四面擺得無縫。只見東南上塵土起，兵馬數萬人而來，眾將皆望南兵。朱武道：「此必是宋公明軍馬到了！等他收軍，齊望南殺去，這裏盡數起兵，隨後一掩。」且說對陣遼兵，從辰時直圍到未牌，正待困倦，卻被宋江軍馬殺來，抵當不住，盡數收拾都去。朱武道：「不就這裏追趕，更待何時！」盧俊義當即傳令，開縣四門，盡領軍馬，出

◎9.禮尚往來，妙甚。（容眉）

城追殺，遼兵大敗，殺得星落雲散，七斷八續，遼兵四散敗走。宋江趕得遼兵去遠，到天明鳴金收軍，進玉田縣。盧先鋒合兵一處，訴說攻打薊州。留下柴進、李應、李俊、張橫、張順、阮家三弟兄、王矮虎、一丈青、孫新、顧大嫂、張青、孫二娘、裴宣、蕭讓、宋清、樂和、安道全、皇甫端、童威、童猛、王定六，都隨趙安撫在檀州守禦。其餘諸將，分作左右二軍。宋先鋒總領左軍人馬四十八員：軍師吳用、公孫勝、林沖、花榮、秦明、楊志、朱仝、雷橫、劉唐、李逵、魯智深、武松、楊雄、石秀、黃信、孫立、歐鵬、鄧飛、呂方、郭盛、樊瑞、鮑旭、項充、李袞、穆弘、穆春、孔明、孔亮、燕順、馬麟、施恩、薛永、宋萬、杜遷、朱貴、朱富、凌振、湯隆、蔡福、蔡慶、戴宗、蔣敬、金大堅、段景住、時遷、郁保四、孟康。盧先鋒總領右軍人馬三十七員：軍師朱武、關勝、呼延灼、董平、張清、索超、徐寧、燕青、史進、解珍、解寶、韓滔、彭玘、宣贊、郝思文、單廷珪、魏定國、陳達、楊春、李忠、周通、陶宗旺、鄭天壽、龔旺、丁得孫、鄒淵、鄒潤、李立、李雲、焦挺、石勇、侯健、杜興、曹正、楊林、白勝。分兵已罷，作兩路來取薊州。宋先鋒引軍取平峪縣進發，盧俊義引兵取玉田縣進發。趙安撫與二十三將，鎮守檀州，不在話下。◎10

且說宋江見軍士連日辛苦，且教暫歇。攻打薊州，自有計較了。先使人往檀州，問張清箭瘡如何。◎11神醫安道全使人回話道：「雖然外損皮肉，卻不傷內，請主將放心。調理得膿水乾時，自然無事。即目炎天，軍士多病，已稟過趙安撫相公，遣蕭讓、宋清前往東京收買藥餌，就向太醫院關支暑藥。皇甫端亦要關給官局內啖馬※10的藥材物料，都委蕭讓、宋清去了。就報先鋒知道。」宋江聽得，心中頗喜，再與盧先鋒計較，先打薊州。◎12宋江道：「我未知你在玉田縣受圍時，已自先商量下計了。有公孫勝原是薊州人，楊雄亦曾在那府裏做節級，石秀、時遷亦在那裏住得久遠。前日殺退遼兵，我教時遷、石秀也只做敗殘軍馬，雜在裏面，必然都投薊州城內住扎。他兩個若入得城中，自有去處。時遷曾獻計道：『薊州城有一座大寺，喚叫寶嚴寺，廊下有法輪寶藏※11，中間是大雄寶殿，前有一座寶塔，直聳雲霄。』石秀說道：『教他去寶塔頂上躲著，每日飯食，我自對付來與他吃。只等城外哥哥軍馬攻打得緊急時，然後卻就寶嚴寺塔上，放起火來爲號。』時遷自是個慣飛檐走壁的人，那裏不躲了身子？石秀臨期自去州衙內放火，他兩個商量已定，自去了。我這裏一面收拾進兵。」有西江月爲證：

山後遼兵侵境，中原宋帝興軍。水鄉取出眾天星，奉詔去邪歸正。暗地時遷放火，更兼石秀同行。等閑打破永平城，千載功勳可敬！◎13

次日，宋江引兵，撇了平峪縣，與盧俊義合兵一處，催起軍馬，逕奔薊州來。

且說御弟大王自折了兩個孩兒，不勝懊恨，便同大將寶密聖、天山勇、洞仙侍郎等商議道：「前次涿州、霸州兩路救兵，各自分散前去。如今宋江合兵在玉田縣，早晚進兵，來打薊州，似此怎生奈何？」大將寶密聖道：「宋江兵若不來，萬事皆休。若是

註
※10啖馬：喂馬。
※11法輪寶藏：佛教的典籍。

評點
◎10.前俱不整，此處須提清一番。（芥眉）
◎11.情到數到。（袁夾）
◎12.公明屢使人問張清箭槍安未，此見公明觀諸人如同骨肉，何有不竭心而事之也！（余評）
◎13.一首中見公明等之才能，破遼兵如反掌。（余評）

那夥蠻子來時，小將自出去與他相敵。若不活拿他幾個，這廝們那裏肯退？」洞仙侍郎道：「那蠻子隊有那個穿綠袍的，慣使石子，◎14好生利害，可以提防他。」天山勇道：「這個蠻子，已被俺一弩箭射中咽喉，多是死了也！」洞仙侍郎道：「除了這個蠻子，別的都不打緊。」正商議間，小校來報，宋江軍馬殺奔薊州來。御弟大王連忙整點三軍人馬，教寶密聖、天山勇火速出城迎敵。離城三十里外，與宋江對敵。各自擺開陣勢，番將寶密聖橫槊出馬。宋江在陣前見了，便問道：「斬將奪旗，乃見頭功！」說猶未了，只見豹子頭林沖便出陣前來，與番將寶密聖大戰。兩個鬥了三十餘合，不分勝敗。林沖要見頭功，持丈八蛇矛，鬥到間深裏，暴雷也似大叫一聲，拔過長槍，用蛇矛去寶密聖脖項上刺中一矛，搠下馬去。◎15宋江大喜。兩軍發喊。番將天山勇見刺了寶密聖，橫槍便出。宋江陣裏，徐寧挺鉤鐮槍直迎將來。二馬相交，鬥不到二十來合，被徐寧手起一槍，把天山勇搠於馬下。◎16宋江見連贏了二將，心中大喜，催軍混戰。遼兵大敗，望薊州奔走。宋江軍馬趕了十數里，收兵回來。當日宋江扎下營寨，賞勞三軍，次日傳令，拔寨都起，直抵薊州。第三日，御弟大王見折了二員大將，十分驚慌，又見報道：「宋軍到了！」忙與洞仙侍郎道：「你可引這支軍馬，出城迎敵，替俺分憂也好。」洞仙侍郎不敢不依，只得引了咬兒惟康、◎17楚明玉、曹明濟，領起一千軍馬，就城下擺開。宋江軍馬漸近城邊，雁翅般排將來。門旗開處，索超橫擔大斧，出馬陣前。番兵隊裏，咬兒惟康便搶出陣來。兩個並不打話，二將相交，鬥到二十餘合。番將終是膽怯，

評點

◎14.還怕！（容夾）
◎15.何必石子！（袁眉）
◎16.兩員大將都忒容易不見殺。（袁眉）
◎17.形容得妙。（容眉）

無心戀戰，只得要走。索超縱馬趕上，雙手掄起大斧，覷著番將腦門上劈將下來，把這咬兒惟康腦袋，劈做兩半個。洞仙侍郎見了，慌忙叫楚明玉、曹明濟快去策應。這兩個已自八分膽怯，因吃逼不過，只得挺起手中槍，向前出陣。宋江軍中九紋龍史進，見番軍中二將雙出，便舞刀拍馬，直取二將。史進逞起英雄，手起刀落，先將楚明玉砍於馬下。這曹明濟急待要走，史進趕上一刀，也砍於馬下。史進縱馬殺入遼軍陣內，宋江見了，鞭梢一指，驅兵大進，直殺到吊橋邊。耶律得重見了，越添愁悶，便教緊閉城門，各將上城緊守。一面申奏郎主，一面差人往霸州、幽州求救。

且說宋江與吳用計議道：「似此城中緊守，如何擺佈？」吳用道：「既城中已有石秀、時遷在裏面，如何耽擱得長遠？教四面豎起雲梯炮架，即便攻城。再教凌振將火炮

薊縣長城一景。（美工圖書社：中國圖片大系提供）

四下裏施放，打將入去。攻擊得緊，其城必破。」宋江即便傳令，四面連夜攻城。再說御弟大王，見宋兵四下裏攻擊得緊，盡驅薊州在城百姓，上城守護。當下石秀在城中寶嚴寺內，守了多日，不見動靜。只見時遷來報道：「城外哥哥軍馬，打得城子緊。我們不就這裏放火，更待何時？」石秀見說了，便和時遷商議，先從寶塔上放起一把火來，然後去佛殿上燒著。時遷道：「你快去州衙內放火。在南門要緊的去處，火著起來，外面見了，定然加力攻城，愁他不破！」兩個商量了，都自有引火的藥頭、火刀、火石、火筒、煙煤，藏在身邊。當日晚來，宋江軍馬打城甚緊。卻說時遷，他是個飛檐走壁的人，跳墻越城，如登平地。當時先去寶嚴寺塔上，點起一把火來。那寶塔最高，火起時，城裏城外，那裏不看見。火光照得三十餘里遠近，似火鑽一般。然後卻來佛殿上放火。那兩把火起，城中鼎沸起來。百姓人民，家家老幼慌忙，戶戶兒啼女哭，大小逃生。石秀直爬去薊州衙門庭屋上搏風板裏，點起火來。薊州城中，見三處火起，知有細作，百姓那裏有心守護城池，已都阻當不住，各自逃歸看家。沒多時，山門裏又一把火起，卻是時遷出寶嚴寺來，又放了一把火。◎18那御弟大王，見了城中無半個更次，四、五路火起，知宋江有人在城裏。慌慌急急，收拾軍馬，帶了老小，並兩個孩兒，裝載上車，開了北門便走。宋江見城中軍馬慌亂，催促軍兵，捲殺入城。城裏城外，喊殺連天，早奪了南門。洞仙侍郎見寡不敵眾，只得跟隨御弟大王，投北門而走。宋江引大隊軍馬，入薊州城來，便傳下將令，先教救滅了四邊風火。天明出榜，安撫薊州百姓。

將三軍人馬，盡數收入薊州屯住，賞勞三軍諸將。功績簿上，標寫石秀、時遷功次，便行文書，申覆趙安撫知道得了薊州大郡，請相公前來駐扎。趙安撫回文書來說道：「我在檀州，權且屯扎，教宋先鋒且守住薊州。即目炎暑，天氣暄熱，未可動兵。待到天氣微涼，再作計議。」宋江得了回文，便教盧俊義分領原撥軍將，於玉田縣屯扎，其餘大隊軍兵，守住薊州。待到天氣微涼，別行聽調。

卻說御弟大王耶律得重與洞仙侍郎，將帶老小，奔回幽州，直至燕京，來見大遼郎主。且說遼國郎主，升坐金殿，聚集文武兩班臣僚，朝參已畢。有閤門大使※12奏道：「薊州御弟大王，回至門下。」郎主聞奏，忙教宣召，宣至殿下。那耶律得重與洞仙侍郎，俯伏御階之下，放聲大哭。郎主道：「俺的愛弟，且休煩惱，有甚事務，當以盡情奏知寡人。」那耶律得重奏道：「宋朝童子皇帝，差調宋江領兵前來征討，軍馬勢大，難以抵敵。送了臣的兩個孩兒，殺了檀州四員大將。宋軍席捲而來，又失陷了薊州，特來殿前請死！」大遼國主聽了，傳聖旨道：「卿且起來，俺的這裏好生商議。」郎主道：「引兵的那蠻子，是甚人？這等嘍囉※13！」班部中右丞相太師褚堅出班奏道：「臣聞宋江這夥，原是梁山泊水滸寨草寇，卻不肯殺害良民，專一替天行道，只殺濫官污吏、詐害百姓的人。後來童貫、高俅引兵前去收捕，被宋江只五陣，殺得片甲不回。他

註

※12 閤門大使：宋代設置閤門使，負責大臣上朝時候的禮儀、接待等工作。
※13 嘍囉：這裏是凶橫、奸詐的意思。

評點

◎18.放火亦見錯落。（芥眉）

丞相太師褚堅向大遼國主介紹宋江的情況。（朱寶榮繪）

註

※14白身人：指沒有官職名目的人。

這夥好漢，剿捕他不得。童子皇帝遣使三番降詔去招安，他後來都投降了。只把宋江封為先鋒使，又不曾實授官職，其餘都是白身人※14。今日差將他來，便和俺們廝殺。他道有一百八人，應天上星宿。這夥人好生了得，郎主休要小覷了他！」◎19郎主道：「你這等話說時，恁地怎生是好？」班部叢中轉出一員官，乃是歐陽侍郎，襴袍拂地，象簡當胸奏道：「郎主萬歲！臣雖不才，願獻小計，可退宋兵。」郎主大喜道：「你既有好的見識，當下便說。」歐陽侍郎言無數句，話不一席，有分教：宋江名標青史，事載丹書。正是：護國謀成欺呂望，順天功就賽張良。畢竟歐陽侍郎奏出甚事來？且聽下回分解。◎20

評點

◎19.須著此一番表白，出自敵國口中更妙。（芥眉）

◎20.俊義單騎力敵四將，燕青一弩，虜退五里，技勇絕倫。有是主，方有是僕。（袁評）

第八十五回

宋公明夜度益津關※1　吳學究智取文安縣※2

話說當下歐陽侍郎奏道：「宋江這夥，都是梁山泊英雄好漢。如今宋朝童子皇帝，被蔡京、童貫、高俅、楊戩四個賊臣弄權，嫉賢妒能，閉塞賢路，非親不進，非財不用，久後如何容得他們！論臣愚意，郎主可加官爵，重賜金帛，多賞輕裘肥馬。臣願爲使臣，說他來降俺大遼國。郎主若得這夥軍馬來，覷中原如同反掌。◎1臣不敢自專，乞郎主聖鑑不錯。」郎主聽罷，便道：「你也說得是。你就爲使臣，將帶一百八騎好馬、一百八匹好緞子、俺的敕命一道，封宋江爲鎮國大將軍，總領遼兵大元帥，賜與金一提、銀一秤，權當信物。教把衆頭目的姓名，都抄將來，盡數封他官爵。」只見班部中兀顏都統軍出來啓奏郎主道：「宋江這一夥草賊，招安他做甚？放著奴婢手下，有二十八宿將軍、十一曜大將，有的是強兵猛將，怕不贏他？若是這夥蠻子不退呵，奴婢親自引兵去剿殺這廝。」國主道：「你便是了得好漢，如插翅大蟲，再添得這夥呵，你又加生兩翅。你且休得阻當。」遼主不聽兀顏之言，再有誰敢多言？原來這兀顏光都統軍，正是遼國第一員上將，十八般武藝，無有不通，兵書戰策，盡皆熟閑。年方三十五、六，堂堂一表，凜凜一軀，八尺有餘身材，面白唇紅，鬚黃眼碧，威儀猛勇。上陣時，仗條渾鐵點鋼槍，殺到濃處，不時掣出腰間鐵簡，使得錚錚有聲，◎2端的是有萬夫不當之勇。且不說兀顏統軍諫奏，卻說那歐陽侍郎領了遼國敕旨，將了許多禮物馬匹，上了馬，逕投薊州來。宋江正在薊州作養軍士，聽得遼國有使命至，未審來意吉凶，遂取玄女之課，當下一卜，卜得個上上之兆。便與吳用商議道：「封中上上之兆，多是遼國來招安我們，◎3似此如之奈何？」吳用道：「若是如此時，正可將計就計，受了他招安。將此薊州與盧先鋒管了，卻取他霸州。若更得了他霸州，不愁他遼國不破。即今取了他檀州，先去遼國一隻左手。此事容易，只是放此先難後易，令他不疑。」

且說那歐陽侍郎已到城下，宋江傳令，教開城門，放他進來。歐陽侍郎入到城中，至州衙前下馬，直到廳上。敘禮罷，分賓主而坐。宋江便問：「侍郎來意何幹？」歐陽侍郎道：「有件小事，上達鈞聽，乞屏左右。」宋江遂將左右喝退，請進後堂深處說話。歐陽侍郎至後堂，欠身與宋江道：「俺大遼國久聞將軍大名，爭奈山遙水遠，無由拜見威顏。又聞將軍在梁山大寨，替天行道，眾弟兄同心協力。今日宋朝奸臣們閉塞賢路，有金帛投於門下者，便得高官重用；無賄賂投於門下者，總有大功於國，空被沉埋，不得升賞。如此奸黨弄權，讒佞僥倖，嫉賢妒能，賞罰不明，以致天下大亂。江南、兩浙、山東、河北，盜賊並起，草寇猖狂，良民受其塗炭，不得聊生。今將軍統十萬精兵，赤心歸順，止得先鋒之職，又無升受品爵。眾弟兄劬勞報國，俱各白身之士。遂命引兵直抵沙漠，受此勞苦，與國建功，朝廷又無恩賜。此皆奸臣之計。若沿途擄掠

註

※1益津關：古代關隘名，故址在今天河北霸縣境內。

※2文安縣：古縣名，在今天河北中部。

評點

◎1.計則妙矣，但能料宋皇帝而不能料宋公明，何也？（容眉）

◎2.描寫得有氣色，有聲響。（袁眉）

◎3.如何便猜到此？（袁夾）

金珠寶貝，令人饋送浸潤與蔡京、童貫、高俅、楊戩四個賊臣，可保官爵，恩命立至。若還不肯如此行事，將軍縱使赤心報國，建大功勳，回到朝廷，反坐罪犯。◎4歐某今奉大遼國主，特遣小官齎敕命一道，封將軍爲遼邦鎮國大將軍，總領兵馬大元帥。贈金一提、銀一秤、彩緞一百八匹、名馬一百八騎。便要抄錄一百八位頭領姓名赴國，照名欽授官爵。非來誘說將軍，此是國主久聞將軍盛德，特遣歐某前來，預請將軍衆將，同意協心，輔助本國。」宋江聽罷，便答道：「侍郎言之極是。爭奈宋江出身微賤，鄆城小吏，犯罪在逃，權居梁山水泊，避難逃災。宋天子三番降詔，赦罪招安，雖然官小職微，亦未曾立得功績，以報朝廷赦罪之恩。今蒙郎主賜我以厚爵，贈之以重賞，然雖如此，未敢拜受，請侍郎且回。即今溽暑炎熱，權令軍馬停歇，暫且借國王這兩個城子屯兵，守待早晚秋涼，再作商議。」歐陽侍郎道：「將軍不棄，權且受下遼王金帛、彩緞、鞍馬。俺回去，慢慢地再來說話，未爲晚矣！」宋江道：「侍郎不知我等一百八人，耳目最多，倘或走透消息，先惹其

遼朝時宴樂圖。（fotoe提供）

註

※3熏風：和暖的南風或東南風。

天機星吳用，人稱智多星。（葉雄繪）

禍。」歐陽侍郎道：「兵權執掌，盡在將軍手內，誰敢不從？」宋江道：「侍郎不知就裏。我等弟兄中間，多有性直剛勇之士。等我調和端正，衆所同心，卻慢慢地回話，亦未爲遲。」有詩爲證：

金帛重駄出薊州，熏風※3回首不勝羞。
遼王若問歸降事，雲在青山月在樓。

於是令備酒肴相待，送歐陽侍郎出城上馬去了。宋江卻請軍師吳用商議道：「適來遼國侍郎這一席話如何？」吳用聽了，長嘆一聲，低首不語，肚裏沉吟。◎5宋江便問道：「軍師何故嘆氣？」吳用答道：「我尋思起來，只是兄長以忠義爲主，小弟不敢多言。我想歐陽侍郎所說這一席話，端的是有理。目今宋朝天子，至聖至明，果被蔡京、童貫、高俅、楊戩四個奸臣專權，主上聽信。設使日後縱有成功，必無升賞。我等三番招安，兄長爲尊，只得個先鋒虛職。若論我小子愚意，棄宋從遼，豈不爲勝，只是負了兄長忠義之心。」宋江聽

評點

◎4.透心刺骨，眞堪流涕，當與蒯通說韓信並傳。（芥眉）
◎5.只是愈顯出宋江忠義。（袁眉）

罷，便道：「軍師差矣！若從遼國，此事切不可提。縱使宋朝負我，我忠心不負宋朝。◎6久後縱無功賞，也得青史上留名。若背正順逆，天不容恕！吾輩當盡忠報國，死而後已！」吳用道：「若是兄長存忠義於心，只就這條計上，可以取他霸州。目今盛暑炎天，且當暫停，將養軍馬。」宋江、吳用計議已定，且不與衆人說。同衆將屯駐薊州，待過暑熱。

次日，與公孫勝在中軍閑話，宋江問道：「久聞先生師父羅眞人，乃盛世之高士。前番因打高唐州，要破高廉邪法，特地使戴宗、李逵來尋足下，說：『尊師羅眞人，術法靈驗。』敢煩賢弟，來日引宋江去法座前，焚香參拜，一洗塵俗。未知尊意如何？」公孫勝便道：「貧道亦欲歸望老母，參省本師。爲見兄長連日屯兵未定，不敢開言。今日正欲要稟仁兄，不想兄長要去。來日清晨，同往參禮本師，貧道就行省視老母。」◎7次日，宋江暫委軍師掌管軍馬。收拾了名香、淨果、金珠、彩緞，將帶花榮、戴宗、呂方、郭盛、燕順、馬麟六個頭領。宋江與公孫勝共八騎馬，帶領五千步卒，取路投九宮縣二仙山來。宋江等在馬上，離了薊州，來到山峰深處。但見青松滿徑，涼氣翛翛※4，炎暑全無，端的好座佳麗之山。公孫勝在馬上道：「有名喚做呼魚鼻山。」宋江看那山時，但見：

四圍巑岏※5，八面玲瓏。重重曉色映晴霞，瀝瀝琴聲飛瀑布。溪澗中漱玉飛瓊，石壁上堆藍疊翠。白雲洞口，紫藤高掛綠蘿垂；碧玉峰前，丹桂懸崖青蔓

梟。引子蒼猿獻果，呼群麋鹿銜花。千峰競秀，夜深白鶴聽仙經；萬壑爭流，風暖幽禽相對語。地僻紅塵飛不到，山深車馬幾曾來。

當下公孫勝同宋江直至紫虛觀前，衆人下馬，整頓衣巾。小校托著信香禮物，逕到觀裏鶴軒前面。觀裏道衆，見了公孫勝，俱各向前施禮，同來見宋江，亦施禮罷。公孫勝便問：「吾師何在？」道衆道：「師父近日只在後面退居※6靜坐，少曾到觀。」公孫勝聽了，便和宋公明逕投後山退居內來。轉進觀後，崎嶇徑路，曲折階衢。行不到一里之間，但見荊棘爲籬，外面都是青松翠柏，籬內盡是瑤草琪花。中有三間雪洞，羅眞人在內端坐誦經。童子知有客來，開門相接。公孫勝先進草庵鶴軒前，禮拜本師已畢，便稟道：「弟子舊友，山東宋公明，受了招安，今奉敕命，封先鋒之職，統兵來破遼虜。今到薊州，特地要來參禮我師，現在此間。」羅眞人見說，便教請進。宋江進得草庵，羅眞人降階迎接。宋江再三懇請羅眞人，坐受拜禮。羅眞人道：「將軍國家上將，貧道乃山野村夫，何敢當此？」宋江堅意謙讓，要禮拜他。羅眞人方纔肯坐。宋江先取信香爐中焚爇，參禮了八拜，便呼花榮等六個頭領，俱各禮拜已了。羅眞人都教請坐，命童子烹茶獻果已罷。羅眞人乃曰：「將軍上應星魁，外合列曜，一同替天行道，今則歸順宋朝，此清名萬載不磨矣！」宋江道：「江乃鄆城小吏，逃罪上山，感謝四方豪

註

※4翛翛：狀聲詞，音蕭蕭，形容冷風。
※5巀嵲：音節聶，形容山勢高大險峻。
※6退居：寺院中方丈的居所。

評點

◎6.食厚祿、騙高爵者，可以三復此言，流汗愧死。（袁眉）
◎7.有此一番招安，方頓挫出此一段照應文字，又忙中取閒，情事兼妙。（袁眉）

傑，望風而來。同聲相應，同氣相求，恩如骨肉，情若股肱。天垂景象，方知上應天星地曜，會合一處。今奉詔命，統領大兵，征進遼國。逕涉仙境，夙生有緣，得一瞻拜。萬望眞人指迷前程之事，不勝萬幸。」羅眞人道：「蒙將軍不棄，折節下問。出家人違俗已久，心如死灰，無可效忠，幸勿督過。」宋江再拜求教。羅眞人道：「將軍少坐，當具素齋。天色已晚，就此荒山草榻，權宿一宵，來早回馬。未知尊意若何？」宋江便道：「宋江正欲我師指教，點悟愚迷，安忍便去？」隨即喚衆人托過金珠、彩緞，上獻羅眞人。羅眞人乃曰：「貧道僻居野叟，寄形宇內，縱使受此金珠，亦無用處。隨身自有布袍遮體，綾錦、彩緞，亦不曾穿。將軍統數萬之師，軍前賞賜，日費浩繁，所賜之物，乞請納回。」宋江再拜，望請收納。羅眞人堅執不受，當即供獻素齋，齋罷，又吃了茶。羅眞人令公孫勝回家省母，明早卻來，隨將軍回城。當晚留宋江

宋江帶花榮、公孫勝等人去拜訪羅真人，後者迎接宋江進入鶴軒。（朱寶榮繪）

宋江拜見羅真人。（日版畫，出自《新編水滸畫傳》，葛飾戴斗繪）

庵中閑話。宋江把心腹之事，備細告知羅眞人，願求指迷。羅眞人道：「將軍一點忠義之心，與天地均同，神明必相護佑。他日生當封侯，死當廟食，決無疑慮。只是將軍一生命薄，不得全美。」宋江告道：「我師，莫非宋江此身不得善終？」羅眞人道：「非也！將軍亡必正寢，死必歸墳。只是所生命薄，爲人好處多磨，憂中少樂。得意濃時，便當退步，切勿久戀富貴。」◎8宋江再告：「我師，富貴非宋江之意，但願弟兄常常完聚，雖居貧賤，亦滿微心。只求大家安樂。」羅眞人笑道：「大限到來，豈容汝等留戀乎？」宋江再拜，求羅眞人法語。羅眞人命童子取過紙筆，寫下八句法語※7，度與宋江。

註

※7法語：道教中用語。

評點

◎8.千載名言。然在宋江身上，不是久戀富貴，倒是久戀忠義，可敬可憐。（袁眉）

那八句說道是：

忠心者少，義氣者稀。◎9幽燕功畢，明月虛輝※8。
始逢冬暮，鴻雁分飛。吳頭楚尾※9，官祿同歸。

宋江看畢，不曉其意，再拜懇告：「乞我師金口剖決，指引迷愚。」羅眞人道：「此乃天機，不可泄漏。他日應時，將軍自知。夜深更靜，請將軍觀內暫宿一宵，來日再會。貧道當年寢寐，未曾還的，再欲赴夢去也。將軍勿罪！」宋江收了八句法語，藏在身邊，辭了羅眞人，來觀內宿歇。◎10衆道衆接至方丈，宿了一宵。次日清晨，來參眞人，其時公孫勝已到草庵裏了。羅眞人叫備素饌齋飯相待。早饌已畢，羅眞人再與宋江道：「將軍在上，貧道一言可稟。這個徒弟公孫勝，本從貧道山中出家，遠絕塵俗，正當其理。奈緣是一會下星辰，不由他不來。今俗緣日短，道行日長。若今日便留下，在此伏侍貧道，卻不見了弟兄往日情分。從今日跟將軍去幹大功，如奏凱還京，此時相辭，卻望將軍還放。一者使貧道有傳道之人，二乃免他老母倚門之望。將軍忠義之士，必舉忠義之行。未知將軍雅意肯納貧道否？」宋江道：「師父法旨，弟子安敢不聽？況公孫勝先生與江弟兄，去住從他，焉敢阻當？」羅眞人同公孫勝都打個稽首道：「謝承將軍金諾。」當下衆人，拜辭羅眞人，羅眞人直送宋江等出庵相別。羅眞人道：「將軍善加保重，早得建節封侯。」宋江拜別，出到觀前。所有乘坐馬匹，在觀中喂養，從人已牵在觀外俟候。衆道士送宋江等出到觀外相別。宋江教牽馬至半山平坦之處，與公孫勝等一

同上馬，再回薊州。◎11一路無話，早到城中州衙前下馬。黑旋風李逵接著說道：「哥哥去望羅眞人，怎生不帶兄弟去走一遭？」◎12戴宗道：「羅眞人說，你要殺他，好生怪你。」李逵道：「他也奈何的我也夠了！」眾人都笑。◎13宋江入進衙內，眾人都到後堂。宋江取出羅眞人那八句法語，遞與吳用看詳，不曉其意。眾人反覆看了，亦不省的。公孫勝道：「兄長，此乃天機玄語，不可泄漏。收取過了，終身受用，休得只顧猜疑。師父法言，過後方知。」宋江遂從其說，藏於天書之內。

自此之後，屯駐軍馬，在薊州一月有餘，並無軍情之事。至七月半後，檀州趙安撫行文書到來，說奉朝廷敕旨，催兵出戰。宋江接得樞密院劄付，便與軍師吳用計議，前到玉田縣，合會盧俊義等，操練軍馬，整頓軍器，分撥人員已定，再回薊州，祭祀旗纛※10，選日出師。聞左右報道：「遼國有使來到。」宋江出接，卻是歐陽侍郎，便請入後堂。敘禮已罷，宋江問道：「侍郎來意如何？」歐陽侍郎道：「乞退左右。」宋江隨即喝散軍士。侍郎乃言：「俺大遼國主，好生慕公之德。若蒙將軍慨然歸順，肯助大遼，必當建節封侯。全望早成大義，免俺國主懸望之心。」宋江答道：「這裏也無外人，亦當盡忠告訴。侍郎不知，前番足下來時，眾軍皆知其意。內中有一半人，不肯歸順。若是宋江便隨侍郎出幽州，朝見郎主時，有副先鋒盧俊義，必然引兵追趕。若就那裏城下

註

※8幽燕功畢，明月虛輝：指宋江等人打完遼國以後，獲得的只是如同月光一樣虛幻的封賞。

※9吳頭楚尾：今江西北部，春秋時是吳、楚兩國交界的地方，它處於吳地長江的上游，楚地長江的下游，好像首尾互相銜接。

※10旗纛：纛，音到。旗纛，飾以鳥羽的大旗。

評點

◎9.眞正法語。（容眉）
◎10.如同李大哥來，定有一場好笑。（容眉）
◎11.如何不去參見公孫老母？（容眉）
◎12.好點綴。（容眉）
◎13.不跟去仍照出，妙。若滯筆，決說作跟去，添一番做作矣。（芥眉）

廝併，不見了我弟兄們日前的義氣。我今先帶些心腹之人，不揀那座城子，借我躲避。他若引兵趕來，知我下落，那時卻好迴避他。他若不聽，卻和他廝併，也未遲。他若不知我等下落時，他軍馬回報東京，必然別生支節。我等那時朝見郎主，引領大遼軍馬，卻來與他廝殺，未為晚矣！」歐陽侍郎聽了宋江這一席言語，心中甚喜，便回道：「俺這裏緊靠霸州，有兩個隘口，一個喚做益津關，兩邊都是險峻高山，中間只一條驛路；一個是文安縣，兩面都是惡山，過得關口，便是縣治。這兩座去處，是霸州兩扇大門。將軍若是如此，可往霸州躲避。本州是俺遼國國舅康里定安守把。將軍可就那裏，與國舅同住，卻看這裏如何。」宋江道：「若得如此，宋江星夜使人回家，搬取老父，以絕根本。侍郎可暗地使人來引宋江去。只如此說，今夜我等收拾也。」歐陽侍郎大喜，別了宋江，上馬去了。有詩為證：

國士※11從胡志可傷，常山罵賊※12姓名香。
宋江若肯降遼國，何似梁山作大王。

當日宋江令人去請盧俊義、吳用、朱武到薊州，一同計

2006年北京懷柔縣雲蒙山風光，雲蒙山素有「小黃山」之稱，古稱「雲夢山」。（劉兆明／fotoe提供）

較智取霸州之策，下來便見。宋江酌量已定，盧俊義領令去了。吳用、朱武暗暗分付衆將，如此如此而行。宋江帶去人數，林沖、花榮、朱仝、劉唐、穆弘、李逵、樊瑞、鮑旭、項充、李衮、呂方、郭盛、孔明、孔亮，共計一十五員頭領，止帶一萬來軍校。撥定人數，只等歐陽侍郎來到便行。望了兩日，只見歐陽侍郎飛馬而來，對宋江道：「俺郎主知道將軍實是好心的人，既蒙歸順，怕他宋兵做甚麼？俺大遼國，有的是好兵好將，強人壯馬相助。你既然要取令大人，不放心時，且請在霸州與國舅作伴，俺卻差人去取未遲。」宋江聽了，與侍郎道：「願去的軍將，收拾已完備，幾時可行？」歐陽侍郎道：「則今夜便行，請將軍傳令。」宋江隨即分付下去，都教馬摘鑾鈴，軍卒銜枚疾走，當晚便行。一面管待來使。黃昏左側，開城西門便出。歐陽侍郎引數十騎，在前領路。宋江引一支軍馬，隨後便行。約行過二十餘里，只見宋江在馬上猛然失聲，叫聲：「苦也！」說道：「約下軍師吳學究同來歸順大遼，不想來的慌速，不曾等得他來。軍馬慢行，卻快使人取接他來。」當時已是三更左側，前面已是益津關隘口。歐陽侍郎大喝一聲：「開門！」當下把關的軍將開放關口，軍馬人將盡數度關，直到霸州。天色將曉，歐陽侍郎請宋江入城，報知國舅康里定安。原來這國舅，是大遼郎主皇后親兄，為人最有權勢，更兼膽勇過人。將著兩員侍郎，守住霸州，一個喚做金福侍郎，一個喚做葉清侍郎。聽得報道宋江來降，便叫軍馬且在城外下寨，只教為頭的宋先鋒請進城來。

註

※11 國士：一國中才能最優秀的人物。
※12 常山罵賊：唐末安祿山造反，常山太守顏杲卿起兵反抗被俘虜，大罵安祿山，直至被割掉舌頭。

歐陽侍郎便同宋江入城，來見定安國舅。國舅見了宋江，一表非俗，便乃降階而接，請至後堂，敘禮罷，請在上坐。宋江答道：「國舅乃金枝玉葉，小將是投降之人，怎消受國舅殊禮重待？宋江將何報答？」定安國舅道：「多聽得將軍的名傳寰海，威鎮中原，聲名聞於大遼。俺的國主，好生慕愛。」宋江道：「小將比領國舅的福蔭，宋江當盡心報答郎主大恩。」定安國舅大喜，忙叫安排慶賀筵宴。一面又叫椎牛宰馬，賞勞三軍。城中選了一所宅子，教宋江、花榮等安歇，方纔教軍馬盡數入城屯扎。花榮等眾將，都來見了國舅等眾人。番將同宋江一處安歇已了，宋江便請歐陽侍郎分付道：「可煩侍郎差人報與把關的軍漢，怕有軍師吳用來時，分付便可教他進關來，我和他一處安歇。昨夜來得倉卒，不曾等候得他。我一時與足下只顧先來了，正忘了他。軍情主事，少他不得。更兼軍師文武足備，智謀並優，六韜三略，無有不會。」歐陽侍郎聽了，隨即便傳下言語，差人去與益津關、文安縣二處把關軍將說知：「但有一個秀才模樣的人，姓吳名用，便可放他過來。」

且說文安縣得了歐陽侍郎的言語，便差人轉出益津關上，報知就裏，說與備細。上關來望時，只見塵頭蔽日，土霧遮天，有軍馬奔上關來。把關將士準備擂木炮石，安排對敵，只見山前一騎馬上，坐著一人，秀才模樣，背後一個行腳僧、一個行者，隨後又有數十個百姓，都趕上關來。◎14馬到關前，高聲大叫：「我是宋江手下軍師吳用，欲待來尋兄長，被宋兵追趕得緊，你可開關救我！」把關將道：「想來正是此人。」隨即開關，放入吳學究來。只見那兩個行腳僧人、行者，也挨入關。關上人當住，那行者早撞在門裏了。和尚便道：「俺兩個出家人，被軍馬趕的緊，救咱們則個！」把關的軍，定要推出關去。那和尚發作，行者焦躁，大叫道：「俺不是出家人，俺是殺人的太歲魯智深、武松的便是！」花和尚掄起鐵禪杖，攔頭便打。武行者掣出雙戒刀，就便殺人，正如砍瓜切菜一般。那數十個百姓，便是解珍、解寶、李立、李雲、楊林、石勇、時遷、段景住、白勝、郁保四這夥人，早奔關裏，一發奪了關口。盧俊義引著軍兵，都趕到關上，一齊殺入文安縣來。把關的官員，那裏迎敵得住。這夥都到文安縣取齊。卻說吳用飛馬奔到霸州城下，守門的番官報入城來。宋江與歐陽侍郎在城邊相接，便教引見國舅康里定安。吳用說道：「吳用不合來的遲了些個。正出城來，不想盧俊義知覺，直趕將來，追到關前。小生今入城來，此時不知如何。」又見流星探馬報來說道：「宋兵奪了文安縣，軍馬殺近霸州。」定安國舅便教點兵，出城迎敵，宋江道：「未可調兵，等他到城下，宋江自用好言招撫他。如若不從，卻和他廝併未遲。」只見探馬又報將來說：「宋兵離城不遠！」定安國舅與宋江一齊上城看望。見宋兵整整齊齊，都擺列在城下。盧俊義頂盔掛甲，躍馬橫槍，點軍調將，耀武揚威，立馬在門旗之下，高聲大叫道：「只教反朝廷的宋江出來！」宋江立在城樓下女墻邊，指著盧俊義說道：「兄弟，所有宋朝賞罰不明，奸臣當道，讒佞專權，我已順了大遼國主。汝可同心，也來幫助我，同扶大遼郎主，不失了梁山許多時相聚之意。」盧俊義大罵道：「俺在北京安家樂業，你

評點

◎14.跟隨搭配得妙。（袁夾）

來賺我上山。◎15宋天子三番降詔，招安我們，有何虧負你處？你怎敢反背朝廷？你那短見無能之人，早出來打話，見個勝敗輸贏！」宋江大怒，喝教開城門，便差林沖、花榮、朱仝、穆弘四將齊出，活拿這廝。盧俊義一見了四將，約住軍校，躍馬橫槍，直取四將，全無懼怯。林沖等四將鬥了二十餘合，撥回馬頭，望城中便走。盧俊義把槍一招，後面大隊軍馬，一齊趕殺入來。林沖、花榮佔住吊橋，回身再殺，詐敗佯輸，誘引盧俊義搶入城中。背後三軍，齊聲吶喊，城中宋江等諸將，一齊兵變，接應入城，四方混殺，人人束手，個個歸心。定安國舅氣的目睜口呆，罔知所措，與衆等侍郎束手被擒。宋江引軍到城中，諸將都至州衙內來，參見宋江。宋江傳令，先請上定安國舅並歐陽侍郎、金福侍郎、葉清侍郎，並皆分坐，以禮相待。宋江道：「汝遼國不知就裏，看的俺們差矣！我這夥好漢，非比嘯聚山林之輩。一個個乃是列宿之臣，豈肯背主降遼？◎16只要取汝霸州，特地乘此機會。今已成功，國舅等請回本國，切勿憂疑，俺無殺害之心。但是汝等部下之人，並各家老小，俱各還本國。霸州城子，

宋江詐降，吳用等趁機騙開了益津關城門，佔領了關口。（朱寶榮繪）

已屬天朝，汝等勿得再來爭執。今後刀兵到處，無有再容。」◎17宋江號令已了，將城中應有番官，盡數驅遣起身，隨從定安國舅，都回幽州。宋江一面出榜安民，令副先鋒盧俊義將引一半軍馬，回守薊州，宋江等一半軍將，守住霸州。差人齎奉軍帖，飛報趙安撫，得了霸州。趙安撫聽了大喜，一面寫表申奏朝廷。

且說定安國舅與同三個侍郎，帶領衆人歸到燕京，來見郎主，備細奏說宋江詐降一事，因此被那夥蠻子佔了霸州。遼主聽了大怒，喝罵歐陽侍郎：「都是你這奴婢佞臣，往來搬鬥※13，折了俺的霸州緊要的城池，教俺燕京如何保守？快與我拿去斬了！」班部中轉出兀顏統軍，啓奏道：「郎主勿憂，量這厮何須國主費力。奴婢自有個道理，且免斬歐陽侍郎。若是宋江知得，反被他恥笑。」遼主准奏，赦了歐陽侍郎。兀顏統軍奏道：「奴婢引起部下二十八宿將軍，十一曜大將，前去布下陣勢，把這些蠻子一鼓兒平收※14。」說言未絕，班部中卻轉出賀統軍前來奏道◎18：「郎主不用憂心，奴婢自有個見識。常言道：『殺雞焉用牛刀。』那裏消得正統軍自去，只賀某聊施小計，教這一夥蠻子，死無葬身之地！」◎19郎主聽了，大喜道：「俺的愛卿，願聞你的妙策。」賀統軍啓口搖舌，說這妙計，有分教：盧俊義來到一個去處，馬無料草，人絕口糧。直教：三軍驍勇齊消魄，一代英雄也皺眉。畢竟賀統軍道出甚計來？且聽下回分解。◎20

註

※13搬鬥：慫恿，挑撥。

※14平收：平定，收捕。

評點

◎15.兩邊都是眞話作假話，妙甚。（袁眉）

◎16.說得有理，怨他不得。（容眉）

◎17.處分得妙。（袁眉）

◎18.接前又不直接，再生出賀統軍一節來，才有頓挫。（袁眉）

◎19.人人會說大話。（容眉）

◎20.李載贄曰：歐陽侍郎不特忠於大郎主，抑且忠於宋公明兄弟，特是信得宋公明大過耳。不可便以成敗論他。（容評）

第八十六回

宋公明大戰獨鹿山　盧俊義兵陷青石峪

話說賀統軍，姓賀名重寶，是遼國中兀顏統軍部下副統軍之職，身長一丈，力敵萬人，善行妖法，使一口三尖兩刃刀，現今守住幽州，就行提督諸路軍馬。當時賀重寶奏郎主道：「奴婢這幽州地面，有個去處，喚做青石峪，只一條路入去，四面盡是高山，並無活路。臣撥十數騎人馬，引這夥蠻子直入裏面，卻調軍馬外面圍住。教這廝前無出路，後無退步，必然餓死。」兀顏統軍道：「怎生便得這廝們來？」賀統軍道：「他打了俺三個大郡，氣滿志驕，必然想著幽州。俺這裏分兵去誘引他，他必然乘勢來趕，引入陷坑山內，走那裏去！」兀顏統軍道：「你的計策，怕不濟事，必還用俺大兵撲殺。且看你去如何。」當下賀統軍辭了國主，帶了盔甲刀馬，引了一行步從兵卒，回到幽州城內。將軍馬點起，分作三隊：一隊守住幽州，二隊望霸州、薊州進發。傳令已了，便驅遣兩隊軍馬出城。差兩個兄弟前去領兵，大兄弟賀拆去打霸州，小兄弟賀雲去打薊州，都不要贏他，只佯輸詐敗，引入幽州境界，自有計策。卻說宋江等，守住霸州，有人來報：「遼兵侵犯薊州，恐有疏失，望調軍兵救護。」宋江道：「既然來打，必須迎敵，就此機會，去取幽州。」宋江留下些少軍馬，守定霸州，其餘大隊軍兵，拔寨都起。引軍前去薊州，會合盧俊義軍馬，約日進兵。且說番將賀拆引兵霸州來，宋江正調

軍馬出來，卻好半路裏接著。不曾鬥得三合，賀拆引軍敗走，宋江不去追趕。卻說賀雲去打薊州，正迎著呼延灼，不戰自退。

宋江會合盧俊義一同上帳，商議攻取幽州之策。吳用、朱武便道：「幽州分兵兩路而來，此必是誘引之計，且未可行。」◎1盧俊義道：「軍師錯矣！那廝連輸了數次，如何是誘敵之計？當取不取，過後難取，不就這裏去取幽州，更待何時？」宋江道：「這廝勢窮力盡，有何良策可施？正好乘此機會。」遂不從吳用、朱武之言，引兵往幽州便進，將兩處軍馬，分作大小三路起行。只見前軍報來說：「遼兵在前攔住。」宋江到軍前看時，山坡後轉出一彪皂旗來。宋江便教前軍擺開人馬，只見那番軍番將，分作四路，向山坡前擺開。宋江、盧俊義與眾將看時，如黑雲踴出千百萬人馬相似，簇擁著一員番官，橫著三尖兩刃刀，立馬陣前。那番官怎生打扮，但見：

頭戴明霜鑌鐵※1盔，身披曜日連環甲，足穿抹綠雲根靴，腰繫龜背狻猊帶。襯著錦繡緋紅袍，執著鐵桿狼牙棒。手持三尖兩刃八環刀，坐下四蹄雙翼千里馬。

前面行軍旗上，寫得分明：「大遼副統軍賀重寶。」躍馬橫刀，出於陣前。宋江看了道：「遼國統軍，必是上將，誰敢出馬？」說猶未了，大刀關勝舞起青龍偃月刀，縱坐下赤兔馬，飛出陣來，也不打話，便與賀統軍相併。鬥到三十餘合，賀統軍氣力不加，

註

※1鑌鐵：泛指精鐵。

◎1.朱武未必曉得。（容眉）

大刀關勝戰敗遼國上將。（選自《水滸傳版刻圖錄》，江蘇廣陵古籍刻印社）

撥過刀，望本陣便走。關勝驟馬追趕，賀統軍引了敗兵，奔轉山坡。宋江便調軍馬追趕。約有四、五十里，聽得四下裏戰鼓齊響。宋江急叫回軍時，山坡左邊，早撞過一彪番軍攔路。宋江急分兵迎敵時，右手下又早撞出一支遼兵。前面賀統軍勒兵回來夾攻。宋江兵馬，四下救應不迭，被番兵撞做兩段。卻說盧俊義引兵在後面廝殺時，不見了前面軍馬，急尋門路，要殺回來，只見脇窩裏又撞出番軍來廝併。遼兵喊殺連天，四下裏撞擊，左右被番軍圍住在垓心。盧俊義調撥衆將，左右衝突，前後捲殺，尋路出去，衆將揚威耀武，抖擻精神，正奔四下裏廝殺，忽見陰雲閉合，黑霧遮天，白晝如夜，不分東西南北。盧俊義心慌，急引一支軍馬，死命殺出。昏黑中，聽得前面鸞鈴聲響，縱馬引兵殺過去。至一山口，只聽得裏面人語馬嘶，領軍趕將入去，只見狂風大作，走石飛沙，對面不見。盧俊義殺到裏面，約莫二更前後，方纔風靜雲開，復見一天星斗。衆人打一看時，四面盡是高山，左右是懸崖峭壁，只見高山峻嶺，無路可登。隨行人馬，只見徐寧、索超、韓滔、彭玘、陳達、楊春、周通、李忠、鄒淵、鄒潤、楊林、白勝，大小十二個頭領，有五千軍馬。星光之下，待尋歸路，四下高山圍匝，不能得出。盧俊義道：「軍士廝殺了一日，神思困倦，且就這裏權歇一宵，暫停戰馬，明日卻尋歸路。」再說宋江正廝殺間，只見黑雲四起，走石飛沙，軍士對面都不相見。隨軍內卻有公孫勝在馬上見了，知道此是妖法，急拔寶劍在手，就馬上作用，口中念念有詞，喝聲道：「疾！」把寶劍指點之處，只見陰雲四散，狂風頓息，遼軍不戰自退。宋江驅兵殺透重圍，退到一座高山，迎著本部軍馬。且把糧車頭尾相銜，權做寨柵。計點大小頭領，於內不見了盧俊義等一十三人，並五千餘軍馬。至天明，宋江便遣呼延灼、林沖、秦明、關勝，各帶軍兵，四下裏去尋了一日，不知些消息回覆。宋江便取玄女課，焚香占卜已罷，說道：「大象不妨，只是陷在幽陰之處，急

解珍、解寶扮作獵戶去深山裏探路，遇到一戶人家。（朱寶榮繪）

切難得出來。」宋江放心不下，遂遣解珍、解寶扮作獵戶，繞山來尋。又差時遷、石勇、段景住、曹正，四下裏去打聽消息。

且說解珍、解寶披上虎皮袍，拕了鋼叉，只望深山裏行。看看天色向晚，兩個行到山中，四邊只一望，不見人煙，都是亂山疊嶂。解珍、解寶又行了幾個山頭。是夜月色朦朧，遠遠地望見山畔一點燈光。弟兄兩個道：「那裏有燈光之處，必是有人家。我兩個且尋去討些飯吃。」望著燈光處，拽開腳步奔將來。未得一里多路，來到一個去處，傍著樹林坡，有作三數間草屋，屋下破壁裏閃出燈光來。解珍、解寶推開扇門，燈光之下，見是個婆婆，年紀六旬之上。弟兄兩個，放下鋼叉，納頭便拜。那婆婆道：「我只道是俺孩兒來家，不想卻是客人到此。客人休拜。你是那裏獵戶？怎生到此？」解珍道：「小人原是山東人氏，舊日是獵戶人家。因來此間做些買賣，不想正撞著軍馬熱鬧，連連廝殺，以此消折了本錢，無甚生理。弟兄兩個，只得來山中尋討些野味養口。誰想不識路徑，迷蹤

解珍、解寶深夜與獵人家深談。（日版畫，出自《新編水滸畫傳》，葛飾戴斗繪）

失跡，來到這裏，投宅上暫宿一宵。望老奶奶收留則個！」那婆婆道：「自古云：『誰人頂著房子走哩！』我家兩個孩兒，也是獵戶，敢如今便回來也！客人少坐，我安排些晚飯，與你兩個吃。」解珍、解寶謝道：「多感老奶奶！」那婆婆入裏面去了。弟兄兩個，卻坐在門前。不多時，只見門外兩個人，扛著一個獐子入來，口裏叫道：「娘，你在那裏？」只見那婆婆出來道：「孩兒，你們回了。且放下獐子，與這兩位客人廝見。」解珍、解寶慌忙下拜。那兩個答禮已罷，便問：「客人何處？因甚到此？」解珍、解寶便把卻纔的話再說一遍。那兩個道：「俺祖居在此。俺是劉二，兄弟劉三。父是劉一，◎2不幸死了，只有母親。專靠打獵營生，在此三、二十年了。此間路徑甚雜，俺們尚有不認得去處。你兩個是山東人氏，如何到此間討得衣飯吃？你休瞞我，你二位敢不是打獵戶麼？」解珍、解寶道：「既到這裏，如何藏得？實訴與兄長。」◎3有詩為證：

峰巒重疊繞周遭，兵陷垓心※2不可逃。
二解欲知貔虎※3路，故將蹤跡混漁樵。◎4

當時解珍、解寶跪在地下說道：「小人們果是山東獵戶。弟兄兩個，喚做解珍、解寶，在梁山泊跟隨宋公明哥哥許多時落草。今來受了招安，隨著哥哥來破遼國。◎5前日正與賀統軍大戰，被他衝散一支軍馬，不知陷在那裏。特差小人弟兄兩個來打探消息。」

註

※2垓心：戰場的中心。
※3貔虎：貔，音皮，亦作「豼虎」。貔和虎，亦泛指猛獸。比喻勇猛的將士，亦比喻桀驁不馴的武夫。

評點

◎2.父親是一，大兒子是二，小兒子便是三了。好，好。（容眉）
◎3.都少關目。（容夾）
◎4.「峰巒」一首詩味爽人，令人觀之可愛。（余評）
◎5.還是劉二、劉三好哩。（容眉）

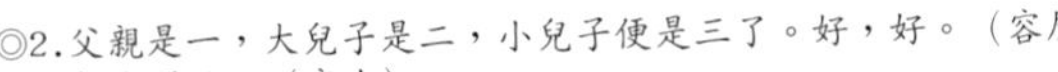

那兩個弟兄笑道：「你二位既是好漢，且請起，俺指與你路頭。你兩個且少坐，俺煮一腿獐子肉，暖杯社酒，安排請你二位。」◎6沒一個更次，煮得肉來。劉二、劉三管待解珍、解寶飲酒之間，動問道：「俺們久聞你梁山泊宋公明替天行道，不損良民，直傳聞到俺遼國。」解珍、解寶便答道：「俺哥哥以忠義爲主，誓不擾害善良，單殺濫官酷吏、倚強凌弱之人。」那兩個道：「俺們只聽得說，原來果然如此！」盡皆歡喜，便有相愛不捨之情。◎7解珍、解寶道：「我那支軍馬，有十數個頭領，三、五千兵卒，正不知下落何處？我想也得好一片地來排陷他。」那兩個道：「你不知俺這北邊地理。只此間是幽州管下，有個去處，喚做青石峪，只有一條路入去，四面盡是懸崖峻壑的高山。若是填塞了那條入去的路，再也出不來。多定只是陷在那裏了。此間別無這般寬闊去處。如今你那宋先鋒屯軍之處，喚做獨鹿山。這山前平坦地面，可以廝殺。若山頂上望時，都見四邊來的軍馬。你若要救那支軍馬，捨命打開青石峪，方纔可以救出。那青石峪口，必然多有軍馬，截斷這條路口。此山柏樹極多，惟有青石峪口兩株大柏樹，最大得好，形如傘蓋，四面盡皆望見。那大樹邊正是峪口。更提防一件，賀統軍會行妖法，教宋先鋒破他這一件要緊。」◎8

解珍、解寶得了這言語，拜謝了劉家兄弟兩個，連夜回寨來。宋江見了問道：「你兩個打聽得些分曉麼？」解珍、解寶卻把劉家弟兄的言語，備細說了一遍。宋

古幽州包括太行山。圖為太行山絕壁，河南輝縣郭亮村。拍攝時間2006年2月2日。（田志章／fotoe提供）

江失驚，便請軍師吳用商議。正說之間，只見小校報道：「段景住、石勇引將白勝來了。」宋江道：「白勝是與盧先鋒一同失陷，他此來必是有異。」隨即喚來帳下問時，段景住先說：「我和石勇正在高山澗邊觀望，只見山頂上一個大毡包滾將下來。我兩個看時，看看滾到山腳下，卻是一團毡衫，裏面四圍裹定，上用繩索緊拴。直到樹邊看時，裏面卻是白勝。」◎9白勝便道：「盧頭領與小弟等一十三人，正廝殺間，只見天昏地暗，日色無光，不辨東南西北。只聽得人語馬嘶之聲，盧頭領便教只顧殺將入去。誰想深入重地。那裏盡是四面高山，無計可出，又無糧草接濟，一行人馬，實是艱難。盧頭領差小弟從山頂上滾將下來，尋路報信。不想正撞著石勇、段景住二人，望哥哥早發救兵前去接應，遲則諸將必然死了。」宋江聽罷，連夜點起軍馬，令解珍、解寶爲頭引路，望這大柏樹，便是峪口。傳令教馬步軍兵，併力殺去，務要殺開峪口。人馬行到天明，遠遠的望見山前兩株大柏樹，果然形如傘蓋。當下解珍、解寶引著軍馬，殺到山前峪口。賀統軍便將軍馬擺開，兩個兄弟爭先出戰。宋江軍將要搶峪口，一齊向前。豹子頭林沖飛馬先到，正迎著賀拆，交馬只兩合，從肚皮上一槍搠著，把那賀拆搠於馬下。步軍頭領見馬軍先到贏了，一發都奔將入去。黑旋風李逵手掄雙斧，一路裏砍殺遼兵。背後便是混世魔王樊瑞、喪門神鮑旭，引著牌手項充、李袞，並衆多蠻牌，直殺入遼兵隊裏。李逵正迎著賀雲，搶到馬下，一斧砍斷馬腳，當時倒了，賀雲落馬。李逵雙斧如飛，連人帶馬，只顧亂剁。遼兵正擁將來，卻被樊瑞、鮑旭兩下衆牌手撞著。賀統軍

評點

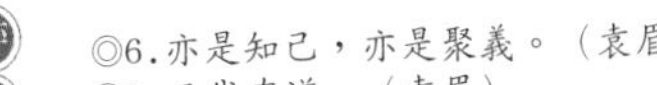

◎6.亦是知己，亦是聚義。（袁眉）

◎7.三代直道。（袁眉）

◎8.解珍兄弟此處劉二兄弟得此信息，此天星未休才遇此人，知其陷處。（余評）

◎9.裹著個白老鼠，趣甚；又不遇山裏貓，幸甚。（袁眉）

見折了兩個兄弟，便口中念念有詞，作起妖法，不知道些甚麼。只見狂風大起，就地生雲，黑暗暗罩住山頭，昏慘慘迷合峪口。正作用間，宋軍中轉過公孫勝來，在馬上掣出寶劍在手，◎10口中念不過數句，大喝一聲道：「疾！」只見四面狂風，掃退浮雲，現出明朗朗一輪紅日。馬步三軍衆將向前，捨死併殺遼兵。賀統軍見作法不靈，敵軍衝突得緊，自舞刀拍馬，殺過陣來。只見兩軍一齊混戰，宋兵殺的遼兵東西逃竄。馬軍追趕遼兵，步軍便去扒開峪口。原來被這遼兵重重疊疊將大塊青石塡塞住這條出路。步軍扒開峪口，殺進青石峪內。盧俊義見了宋江軍馬，皆稱慚愧。宋江傳令，教且休趕遼兵，收軍回獨鹿山，將息被困人馬。盧俊義見了宋江，放聲大哭道：「若不得仁兄垂救，幾喪了兄弟性命！」◎11宋江、盧俊義同吳用、公孫勝，並馬回寨，將息三軍，解甲暫歇。

次日，軍師吳學究說道：「可乘此機會，就好取幽州。若得了幽州，遼國之亡，唾手可待。」宋江便叫盧俊義等一十三人軍馬，且回薊州權歇，宋江自領大小諸將軍卒人等，離了獨鹿山，前來攻打幽州。賀統軍正退回在城中，爲折了兩個兄弟，心中好生納

公孫勝鬥法贏了賀統軍。（日版畫，出自《新編水滸畫傳》，葛飾戴斗繪）

悶。又聽得探馬報道：「宋江軍馬來打幽州。」番軍越慌。衆遼兵上城觀望，見東北下一簇紅旗，西北下一簇青旗，兩彪軍馬奔幽州來，即報與賀統軍。賀統軍聽得大驚，親自上城來看時，認得是遼國來的旗號，心中大喜。來的紅旗軍馬，盡寫銀字，這支軍乃是大遼國駙馬太眞胥慶，只有五千餘人。這一支青旗軍馬，旗上都是金字，盡插雉尾，乃是李金吾大將。原來那個番官，正受黃門侍郎左執金吾上將軍，姓李名集，呼爲李金吾，乃李陵之後，蔭襲金吾之爵，◎12現在雄州屯扎，部下有一萬來軍馬。侵犯大宋邊界，正是此輩。聽得遼主折了城子，因此調兵前來助戰。賀統軍見了，使人去報兩路軍馬：且休入城，教去山背後埋伏暫歇。待我軍馬出城，一面等宋江兵來，左右掩殺。賀統軍傳報已了，遂引軍兵出幽州迎敵。宋江諸將已近幽州，吳用便道：「若是他閉門不出，便無準備；若是他引兵出城迎敵，必有埋伏。我軍可先分兵作三路而進：一路直往幽州進發，迎敵來軍；兩路如羽翼相似，左右護持。若有埋伏軍起，便教這兩路軍去迎敵。」宋江便撥調關勝帶宣贊、郝思文領兵在左，再調呼延灼帶單廷珪、魏定國領兵在右，各領一萬餘人，從山後小路，慢慢而行。宋江等引大軍前來，逕往幽州進發。卻說賀統軍引兵前來，正迎著宋江軍馬。兩軍相對，林沖出馬，與賀統軍交戰。鬥不到五合，賀統軍回馬便走。宋江軍馬追趕，賀統軍分兵兩路，不入幽州，繞城而走。吳用在馬上便叫：「休趕！」說猶未了，左邊撞出太眞駙馬來，已有關勝卻好迎住。右邊撞出李金吾來，又有呼延灼卻好迎住。正來三路軍馬，逼住大戰，殺的屍橫遍野，流血成

評點

◎10.觀公孫勝屢破妖法，其劍而受此，皆邪法而不能勝正矣。（余評）
◎11.不濟。（容夾）
◎12.漢時將種，此時尚有餘遺，妙。（袁眉）

河。賀統軍情知遼兵不勝，欲回幽州時，撞過二將，接住便殺，乃是花榮、秦明，死戰定賀統軍。欲退回西門城邊，又撞見雙槍將董平，又殺了一陣。轉過南門，撞見朱仝，接著又殺一陣。賀統軍不敢入城，撞條大路，望北而走。不提防前面撞著鎮三山黃信，舞起大刀，直取賀統軍。賀統軍心慌，措手不及，被黃信一刀，正砍在馬頭上。賀統軍棄馬而走，不想脇窩裏又撞出楊雄、石秀兩步軍頭領齊上，把賀統軍掂翻在肚皮下。宋萬挺槍又趕將來。衆人只怕爭功，壞了義氣，就把賀統軍亂槍戳死。那隊遼兵，已自先散，各自逃生。太眞駙馬見統軍隊裏，倒了帥字旗，軍校漫散，情知不濟，便引了這彪紅旗軍，從山背後走了。李金吾正戰之間，不見了這紅旗軍，料道不濟事，也引了這彪青旗軍，望山後退去。宋江見這三路軍兵，盡皆退了，大驅人馬，奔來奪取幽州。不動聲色，一鼓而收。來到幽州城內，扎駐三軍，便出榜安撫百姓。隨即差人急往檀州報捷，請趙安撫移兵薊州守把，就取這支水軍頭領並船隻，前來幽州聽調，卻教副先鋒盧俊義分守霸州。前後共得了四個大郡。趙安撫見了來文大喜。一面申奏朝廷，一面行移薊、霸二州知會，再差水軍頭領，收拾進發，準備水陸並進。

且說遼主升殿，會集文武番官。左丞相幽西孛瑾，右丞相太師褚堅，統軍大將等衆，當廷商議：「即目宋江侵奪邊界，佔了俺四座大郡，早晚必來侵犯皇城，燕京難保。賀統軍弟兄三個已亡，汝等文武群臣，當國家多事之秋，如何處置？」有都統軍兀顏光奏道：「郎主勿憂！前者奴婢累次只要自去領兵，往往被人阻當，以致養成賊勢，

評點

◎13.觀兀顏之子足知兵法，奈公明部下文武全才，其能勝乎？（余評）

◎14.盧將軍深入虎穴，宋公明諸弟兄冒險出之，蓋其諸弟兄同懷報國之心，故破遼易於反掌。（袁評）

註

※4虎牌：古代君王頒發給大將的用來調動軍隊的兵符。

成此大禍。伏乞親降聖旨，任臣選調軍馬，會合諸處軍兵，克日興師，務要擒獲宋江等衆，恢復原奪城池。」郎主准奏，遂賜出明珠虎牌※4，金印敕旨，黃鉞白旄，朱幡皀蓋，盡付與兀顏統軍。「不問金枝玉葉，皇親國戚，不揀是何軍馬，並聽愛卿調遣。速便起兵，前去征進！」兀顏統軍領了聖旨兵符，便下教場，會集諸多番將，傳下將令，調遣諸處軍馬，前來策應。卻纔傳令已罷，有統軍長子兀顏延壽，直至演武亭上稟道：「父親一面整點大軍，孩兒先帶數員猛將，會集太眞駙馬、李金吾將軍二處軍馬，先到幽州，殺敗這蠻子們八分。待父親來時，甕中捉鱉，一鼓掃清宋兵。不知父親鈞意如何？」◎13兀顏統軍道：「吾兒言見得是。與汝突騎五千，精兵二萬，就做先鋒，即便會同太眞駙馬、李金吾，刻下便行。如有捷音，火速飛報。」小將軍欣然領了號令，整點三軍，逕奔幽州來。正是：萬馬奔馳天地怕，千軍踴躍鬼神愁。畢竟兀顏小將軍怎生搦戰？且聽下回分解。◎14

兀顏光領兵對抗宋江。（朱寶榮繪）

第八十七回

宋公明大戰幽州　呼延灼力擒番將

話說當時兀顏延壽將引二萬餘軍馬，會合了太眞駙馬、李金吾二將，共領三萬五千番軍，整頓槍刀弓箭，一應器械完備，擺佈起身。早有探子來幽州城裏，報知宋江。宋江便請軍師吳用商議：「遼兵累敗，今次必選精兵猛將，前來廝殺，當以何策應之？」吳用道：「先調兵出城，布下陣勢。待遼兵來，慢慢地挑戰。他若無能，自然退去。」宋江隨即調遣軍馬出城，離城十里，地名方山，地勢平坦，靠山傍水，排下九宮八卦陣勢。等候間，只見遼兵分做三隊而來。兀顏小將軍兵馬是皀旗，太眞駙馬是紅旗，李金吾軍是青旗。三軍齊到，見宋江擺成陣勢。那兀顏延壽在父親手下，曾習得陣法，深知玄妙，◎1便令青、紅旗二軍，分在左右，扎下營寨，自去中軍，竪起雲梯，看了宋兵果是九宮八卦陣勢，下雲梯來，冷笑不止。左右副將問道：「將軍何故冷笑？」兀顏延壽道：「量他這個九宮八卦陣，誰不省得？他將此等陣勢，瞞人不過。俺卻驚他則個！」令衆軍擂三通畫鼓，竪起將臺。就臺上用兩把號旗招展，左右列成陣勢已了。下將臺來，上馬，令首將哨開陣勢，親到陣前，與宋江打話。那小將軍怎生結束，但見：

戴一頂三叉如意紫金冠，穿一件蜀錦團花白銀鎧。足穿四縫鷹嘴抹綠靴，腰繫雙環龍角黃鞓帶※1。蚪螭※2吞首打將鞭，霜雪裁鋒殺人劍。左懸金畫寶雕弓，右插銀嵌狼牙箭。使一枝畫桿方天戟，騎一匹鐵腳棗騮馬。

兀顏延壽勒馬直到陣前，高聲叫道：「你擺九宮八卦陣，待要瞞誰？你卻識得俺的陣麼？」宋江聽得番將要鬥陣法，叫軍中豎起雲梯。宋江、吳用、朱武上雲梯觀望了遼兵陣勢，三隊相連，左右相顧。朱武早已認得，對宋江道：「此太乙三才陣也。」◎2宋江留下吳用同朱武在將臺上，自下雲梯來，上馬出到陣前，挺鞭直指遼將，喝道：「量你這太乙三才陣，何足爲奇！」兀顏小將軍道：「你識吾陣，看俺變法，教汝不識。」勒馬入中軍，再上將臺，把號旗招展，變成陣勢。吳用、朱武在將臺上看了，此乃變作河洛四象陣。使人下雲梯來，回復宋江知了。兀顏小將軍再出陣門，橫戟問道：「還識俺陣否？」宋江答道：「此乃變出河洛四象陣。」那兀顏小將搖著頭冷笑，再入陣中，上將臺，把號旗左招右展，又變成陣勢。吳用、朱武在將臺上看了，朱武道：「此乃變作循環八卦陣。」再使人報與宋江知道。那小將軍再出陣前，高聲問道：「還能識吾陣否？」宋江笑道：「料只是變出循環八卦陣，不足爲奇！」小將軍聽了，心中自忖道：「俺這幾個陣勢，都是秘傳來的，不期都被此人識破。宋兵之中，必有人物！」兀顏小將軍再入陣中，下馬上將臺，將號旗招展，左右盤旋，變成個陣勢：四邊都無門路，內藏八八六十四隊兵馬。朱武再上雲梯看了，對吳用說道：「此乃是武侯八陣圖，藏了首尾，人皆不曉。」便著人請宋公明到陣中，上將臺，看這陣法。「休欺負他遼兵，這等

註

※1鞓帶：皮革製成的腰帶。

※2虯螭：音球吃，古代傳說中一種沒有角的龍。

評點

◎1.先用兒子作引頭，只是不欲一直說去。（芥眉）

◎2.特顯出朱武。（芥眉）

壁畫：遼代出行圖。河北宣化縣遼張世卿墓壁畫。（fotoe提供）

陣圖，皆得傳授。此四陣皆從一派傳流下來，並無走移。先是太乙三才，生出河洛四象，四象生出循環八卦，八卦生出八八六十四卦，已變爲八陣圖。此是循環無比，絕高的陣法。」宋江下將臺，上戰馬，直到陣前。小將軍挪戟在手，勒馬陣前，高聲大叫：「能識俺陣否？」宋江喝道：「汝小將年幼學淺，如井底之蛙，只知此等陣法，以爲絕高。量這藏頭八陣圖法瞞誰？瞞吾大宋小兒，也瞞不過！」兀顏小將軍道：「你雖識俺陣法，你且排一個奇異的陣勢，瞞俺則個！」宋江喝道：「只俺這九宮八卦陣勢，雖是淺

呼延灼擒拿了遼將兀顏小將軍。
（朱寶榮繪）

薄，你敢打麼？」◎3小將軍大笑道：「量此等小陣，有何難哉！你軍中休放冷箭，看咱打你這個小陣！」

且說兀顏小將軍便傳將令，直教太眞駙馬、李金吾，各撥一千軍：「待俺打透陣勢，便來策應。」傳令已罷，衆軍擂鼓。宋兵已傳下將令，教軍中整擂三通戰鼓，門旗兩開，放打陣的小將入來。那兀顏延壽帶本部下二十來員牙將，一千披甲馬軍，用手掐算，當日屬火，不從正南離位※3上來，帶了軍馬，轉過右邊，從西方兌位※4上，蕩開白旗，殺入陣內，後面的被弓箭手射住，只有一半軍馬入得去，其餘都回本陣。卻說小將軍走到陣裏，便奔中軍，只見中間白蕩蕩如銀墻鐵壁，團團圍住小將軍。那兀顏延壽見了，驚得面如土色，心中暗想：「陣裏那得這等城子！」便教四邊且打通舊路，要殺出陣來。衆軍回頭看時，白茫茫如銀海相似，滿地只聽得水響，不見路徑。小將軍甚慌，引軍殺投南門來，只見千團火塊，萬縷紅霞，就地而滾，並不見一個軍馬。小將軍那裏敢出南門，鏟斜裏殺投東門來，只見帶葉樹木，連枝山柴，交橫塞滿地下，兩邊都是鹿角，無路可進。卻轉過北門來，又見黑氣遮天，烏雲蔽日，伸手不見掌，如黑暗地獄相似。那兀顏小將軍在陣內，四門無路可出，◎4心中疑道：「此必是宋江行持妖法。休問怎生，只就這裏死撞出去。」衆軍得令，齊聲吶喊，殺將出去。旁邊撞出一員大將，高聲喝道：「孺子小將，走那裏去！」兀顏小將軍欲待來戰，措手不及，腦門上早飛下一鞭來。那小將軍眼明手快，◎5便把方天戟來攔住。只聽得雙鞭齊下，早把戟桿折做兩

段。急待掙扎，被那將軍撲入懷內，輕舒猿臂，款扭狼腰，把這兀顏小將軍活捉過去，攔住後軍，都喝下馬來。衆軍黑天摸地，不辨東西，只得下馬受降。拿住小將軍的，不是別人，正是虎軍大將雙鞭呼延灼。當時公孫勝在中軍作法，見報捉了小將軍，便收了法術，陣中仍復如舊，青天白日。且說太眞駙馬並李金吾將軍，各引兵一千，只等陣中消息，便要來策應，卻不想不見些動靜，不敢殺過來。宋江出到陣前，高聲喝道：「你那兩軍不降，更待何時？兀顏小將軍已被吾生擒在此！」喝令群刀手簇出陣前。李金吾見了，一騎馬、一條槍，直趕過來，要救兀顏延壽。卻有霹靂火秦明正當前部，飛起狼牙棍，直取李金吾。二馬相交，軍器並舉，兩軍齊聲吶喊。李金吾先自心中慌了，手段緩急差遲，被秦明當頭一棍，連盔透頂，打得粉碎。李金吾攧下馬來。太眞駙馬見李金吾輸了，引軍便回。宋江催兵掩殺，遼兵大敗奔走。奪得戰馬三千餘匹，旗旛劍戟，棄滿川谷。宋江引兵逕望燕京進發，直欲長驅席捲，以復王封※5。◎6

卻說遼兵敗殘人馬，逃回遼國，見了兀顏統軍，稟說小將軍去打宋兵陣勢，被他活捉去了，其餘牙將，盡皆歸降，李金吾亦被他那裏一棍打死，太眞駙馬逃得性命，不知去向。兀顏統軍聽了大驚，便道：「吾兒自小習學陣法，頗知玄妙。宋江那廝，把甚陣勢，捉了吾兒？」左右道：「只是個九宮八卦陣勢，又無甚希奇。俺這小將軍布

註

※3正南離位：古代表示方位的詞。離代表南方。

※4西方兌位：古代表示方位的詞。兌代表西方。

※5王封：王朝的疆域。猶國土。

評點

◎3.不與他鬥陣法，極是。（容眉）

◎4.痴人卻要認眞。（容眉）

◎5.既在黑處，如何眼明？（容夾）

◎6.著意之句。（袁夾）

了四個陣勢，都被那蠻子識破了。臨了，對俺小將軍說道：『你識我九宮八卦陣，你敢來打麼？』俺小將軍便領了千百騎馬軍，從西門打將入去，被他強弓硬弩射住，只有一半人馬能夠入去，不知怎生被他生擒活捉了。」兀顏統軍道：「量這個九宮八卦陣，有甚難打？必是被他變了陣勢。」衆軍道：「俺們在將臺上，望見他陣中隊伍不動，旗旛不改，只見上面一派黑雲，罩定陣中。」兀顏統軍道：「恁地必是妖術。吾不起軍，這廝也來。若不取勝，吾當自刎！誰敢與吾作前部先鋒，引兵前去？俺驅大隊，隨後便來。」帳前轉過二將齊出：「某等兩個，願爲前部。」一個是番官瓊妖納延；一個是燕京驍將，姓寇，雙名鎭遠。兀顏統軍大喜，便道：「你兩個小心在意，與吾引一萬軍兵作前部先鋒，逢山開路，遇水疊橋。吾引大軍，隨後便到。」且不說瓊、寇二將起身，作先鋒開路，卻說兀顏統軍，隨即整點本部下十一曜大將，二十八宿將軍，盡數出征。先說那十一曜大將：

2006年「契丹王朝」的大型浮雕局部，內蒙古赤峰南山生態園契丹廣場浮雕。（劉兆明提供）

太陽星御弟大王耶律得重，引兵五千。
太陰星天壽公主荅里孛，引女兵五千。
羅睺星皇侄耶律得榮，引兵三千。
計都星皇侄耶律得華，引兵三千。
紫炁星皇侄耶律得忠，引兵三千。
月孛星皇侄耶律得信，引兵三千。
東方青帝木星大將只兒拂郎，引兵三千。
西方太白金星大將烏利可安，引兵三千。
南方熒惑火星大將洞仙文榮，引兵三千。
北方玄武水星大將曲利出清，引兵三千。
中央鎮星土星上將都統軍兀顏光，總領各飛兵馬首將五千，鎮守中壇。

兀顏統軍再點部下那二十八宿將軍：

角木蛟孫忠　亢金龍張起
氐土貉劉仁　房日兔謝武
心月狐裴直　尾火虎顧永興
箕水豹賈茂　斗木獬蕭大觀

濃眉大眼、身穿圓領窄袖寬袍的契丹人（內蒙古庫倫旗遼墓中壁畫）。

牛金牛薛雄　女土蝠俞得成
虛日鼠徐威　危月燕李益
室火豬祖興　壁水貐成珠那海
奎木狼郭永昌　婁金狗阿哩義
胃土雉高彪　昴日雞順受高
畢月烏國永泰　觜火猴潘異
參水猿周豹　井木犴童里合
鬼金羊王景　柳土獐雷春
星日馬卞君保　張月鹿李復
翼火蛇狄聖　軫水蚓班古兒

那兀顏光整點就十一曜大將、二十八宿將軍，引起大隊軍馬精兵二十餘萬，傾國而起，奉請郎主御駕親征。有古風一篇爲證：

羊角風※6旋天地黑，黃沙漠漠雲陰澀。
契丹兵動山岳摧，萬里乾坤皆失色。
狂嘶駿馬坐胡兒，躍溪超嶺流星馳。
攙槍※7發光天狗吠，迷離毒霧奔群魑※8。
寶雕弓挽烏龍脊※9，雪刃霜刀映寒日。

萬片霞光錦帶旗，千池荷葉青氈笠。
胡笳齊和天山歌，鼓聲震起白駱駝。
番王左右持繡斧，統軍前後揮金戈。
繡斧金戈勢相亞，打圍一路無禾稼。
海青放起鴻鵠愁，豹子鳴時神鬼怕。
幽州城下如沸波，連營列騎精兵多。
罡星天遣除妖祲※10，紛紛宿曜如予何。

且不說兀顏統軍興起大隊之師，◎7捲地而來。再說先鋒瓊、寇二將，引一萬人馬，先來進兵。早有細作報與宋江，這場廝殺不小。宋江聽了大驚，傳下將令，一面教取盧俊義部下盡數軍馬，一面又取檀州、薊州舊有人員，都來聽調。就請趙安撫前來監戰。再要水軍頭目，將帶水手人員，盡數登岸，都到霸州取齊，陸路進發。水軍頭領護持趙安撫在後而來，應有軍馬，盡在幽州。宋江等接見趙安撫，參拜已罷。趙安撫道：「將軍如此勞神，國之柱石，名傳萬載。下官回朝，於天子前必當重保。」宋江答道：

註

※6羊角風：旋風，龍捲風。
※7攙槍：彗星名。即天攙，天槍。《淮南子．俶眞訓》：「古之人處混冥之中……攙槍衡杓之氣，莫不彌靡，而不能爲害。」漢劉向《說苑．辨物》：「攙槍、彗孛、旬始、枉矢、蚩尤之旗，皆五星盈縮之所生也。」明梅鼎祚《崑崙奴》第一折：「眞個是戈揮太白，劍掃攙槍。」古人以攙槍爲妖星，主兵禍。故引申指凶兆。
※8魑：傳說中指山林裏能害人的怪物。
※9龍脊：山脊。
※10妖祲：妖氣。

評點

◎7.兀顏起傾國之兵自逞其能，後不免一大敗矣。（余評）

「無能小將，不足掛齒。上托天子洪福，下賴元帥虎威，偶成小功，非人能也！今有探細人報來就裏，聞知遼國兀顏統軍，起二十萬軍馬，傾國而來。興亡勝敗，決此一戰。特請安撫相公另立營寨，於十五里外屯扎，看宋江施犬馬之勞，與衆弟兄併力向前，決此一戰。」◎8趙安撫道：「將軍善覷方便。」宋江遂辭了趙安撫，與同盧俊義引起大兵，轉過幽州地面所屬永清縣界，把軍馬屯扎，下了營寨。聚集諸將頭領，上帳同坐，商議軍情大事。宋江道：「今次兀顏統軍親引遼兵，傾國而來，決非小可！死生勝負，在此一戰！汝等衆兄弟，皆宜努力向前，勿生退悔。但得微功，上達朝廷，天子恩賞，必當共用。」衆皆起身，都道：「兄長之命，誰敢不依！」正商議間，小校報來，有遼國使人下戰書來。宋江教喚至帳下，將書呈上。宋江拆書看了，乃是遼國兀顏統軍帳前先鋒使瓊、寇二將軍，統前部兵

❀ 空拍北京市（幽州）密雲水庫附近的山脈。拍攝時間2004年3月。（劉兆明提供）

馬，相期來日決戰。宋江就批書尾，回示來日決戰，叫與來使酒食，放回本寨。

此時秋盡冬來，軍披重鎧，馬掛皮甲，盡皆得時。次日，五更造飯，平明拔寨，盡數起行。不到四、五里，宋兵果與遼兵相迎。遙望皂鵰旗影裏，閃出兩員先鋒旗號來。戰鼓喧天，門旗開處，那個瓊先鋒當先出馬。怎生打扮，但見：

頭戴魚尾捲雲鑌鐵冠，披掛龍鱗傲霜嵌縫鎧，身穿石榴紅錦繡羅袍，腰繫荔枝七寶黃金帶，足穿抹綠鷹嘴金線靴，腰懸煉銀竹節熟鋼鞭。左掛硬弓，右懸長箭。馬跨越嶺巴山獸，槍搭翻江攪海龍。

當下那個瓊妖納延，橫槍躍馬，立在陣前。宋江在門旗下看了瓊先鋒如此英雄，便問：「誰與此將交戰？」當下九紋龍史進提刀躍馬，出來與瓊將軍挑鬥。戰馬相交，軍器並舉。二將鬥到三、二十合，史進一刀卻砍個空，吃了一驚，撥回馬望本陣便走。瓊先鋒縱馬趕來。宋兵陣上小李廣

病尉遲孫立。（葉雄繪）

◎8.觀公明對安撫之言，見公明忠義不忘。（余評）

花榮正在宋江背後，見輸了史進，便拈起弓，搭上箭，把馬挨出陣前，覷得來馬較近，颼的只一箭，正中瓊先鋒面門，翻身落馬。史進聽得背後墜馬，霍地回身，復上一刀，結果了瓊妖納延。那寇先鋒望見砍了瓊妖納延，怒從心起，躍馬提槍，直出陣前，高聲大罵：「賊將怎敢暗算吾兄！」當有病尉遲孫立飛馬直出，逕來奔寇鎮遠。軍中戰鼓喧天，耳畔喊聲不絕。那孫立的金槍，神出鬼沒。寇先鋒鬥不過二十餘合，勒回馬便走，不敢回陣，恐怕撞動了陣腳，繞陣東北而走。孫立正要建功，那裏肯放，縱馬趕去。寇先鋒去得遠了，孫立在馬上帶住槍，左手拈弓，右手取箭，搭上箭，拽滿弓，覷著寇先鋒後心較親，只一箭，那寇將軍聽得弓弦響，把身一倒，那枝箭卻好射到，順手只一綽，綽了那枝箭。孫立見了，暗暗地喝采。寇先鋒冷笑道：「這廝賣弄弓箭！」便把那枝箭咬在口裏，自把槍帶在了事環上，急把左手取出硬弓，右手就取那枝箭，搭上弦，扭過身來，望孫立前心窩裏一箭射來。孫立早已偷眼見了，在馬上左來右去。那枝箭到胸前，把身望後便倒，那枝箭從身上飛過去了。這馬收勒不住，只顧跑來。寇先鋒把弓穿在臂上，扭回身，且看孫立倒在馬上。寇先鋒想道：「必是中了箭！」原來孫立兩腿有力，夾住寶鐙，倒在馬上，故作如此，卻不墜下馬來。◎9寇先鋒勒轉馬，要來捉孫立。兩個馬頭，卻好相迎著，隔不得丈尺來去，孫立卻跳將起來，大喝一聲。寇先鋒吃了一驚，便回道：「你只躲得我箭，須躲不得我槍。」望孫立胸前，盡力一槍搠來。孫立挺起胸脯，受他一槍。槍尖到甲，略側一側，那槍從肋窩裏放將過去。那寇將軍卻撲

註

※11 垓垓攘攘：紛亂錯雜的樣子。

入懷裏來。孫立就手提起腕上虎眼鋼鞭，向那寇先鋒腦袋上飛將下來，削去了半個天靈骨。那寇將軍做了半世番官，死於孫立之手，屍骸落於馬前。孫立提槍回來陣前。宋江大縱三軍，掩殺過對陣來。遼兵無主，東西亂竄，各自逃生。宋江正趕之間，聽得前面連珠炮響，宋江便教水軍頭領先引一枝軍卒人馬，把住水口。差花榮、秦明、呂方、郭盛騎馬上山頂望時，只見垓垓攘攘※11，番軍人馬，蓋地而來。正是：鳴鏑如雷奔虜騎，揚塵若霧湧胡兵。畢竟來的番軍是何處人馬？且聽下回分解。◎10

評點

◎9.戰奇，文筆能出。（芥眉）

◎10.兀顏小將排陣，其胸中亦有武庫；番將如十一曜、二十八宿，其兵威亦有可觀，可謂當時勍敵。（袁評）

卓吾曰：描畫瓊妖納延、史進、花榮、寇鎮遠、孫立弓馬刀劍處，委曲次第，變化玲瓏，是丹青上手。若門陣法處，則村俗不可言矣。（容評）

第八十八回

顏統軍陣列混天象　宋公明夢授玄女法

話說當時宋江在高阜處，看了遼兵勢大，慌忙回馬來到本陣，且教將軍馬退回永清縣山口屯扎。便就帳中與盧俊義、吳用、公孫勝等商議道：「今日雖是贏了他一陣，損了他兩個先鋒，我上高阜處觀望遼兵，其勢浩大，漫天遍地而來，此乃是大隊番軍人馬。來日必用與他大戰交鋒，恐寡不敵衆，如之奈何？」吳用道：「古之善用兵者，能使寡敵衆。◎1昔晉謝玄※1五萬人馬，戰退苻堅百萬雄兵，先鋒何爲懼哉！可傳令與三軍衆將，來日務要旗旛嚴整，弓弩上弦，刀劍出鞘，深栽鹿角，謹守營寨。濠塹齊備，軍器並施，整頓雲梯、炮石之類，預先伺候。還只擺九宮八卦陣勢。如若他來打陣，依次而起，縱他有百萬之衆，安敢衝突。」宋江道：「軍師言之甚妙。」隨即傳令已畢，諸將三軍，盡皆聽令。五更造

⊗ 內蒙古赤峰南山生態園內契丹圖騰柱上的圖案。拍攝時間2006年。（劉兆明提供）

飯，平明拔寨都起，前抵昌平縣※2界，即將軍馬擺開陣勢，扎下營寨。前面擺列馬軍，還是虎軍大將：秦明在前，呼延灼在後，關勝居左，林沖居右，東南索超，東北徐寧，西南董平，西北楊志。宋江守領中軍，其餘衆將，各依舊職。後面步軍，另做一陣在後，盧俊義、魯智深、武松三個爲主。數萬之中，都是能征慣戰之將，個個摩拳擦掌，準備廝殺。陣勢已定，專候番軍。

不多時，遙望遼兵遠遠而來。◎2前面六隊番軍人馬，每隊各有五百，左設三隊，右設三隊，循環往來，其勢不定。此六隊游兵，又號哨路，又號壓陣。次後大隊蓋地來時，前軍盡是皂纛旗，一代※3有七座旗門，每門有千匹馬，各有一員大將。怎生打扮？頭頂黑盔，身披玄甲，上穿皂袍，坐騎烏馬。手中一般軍器，正按北方斗、牛、女、虛、危、室、壁。七門之內，總設一員把總上將，按上界北方玄武水星※4。怎生打扮？頭披青絲細髮，黃抹額緊束金箍，身穿禿袖皂袍，烏油甲密鋪銀鎧。足跨一匹烏騅千里馬，手擎一口黑柄三尖刀。乃是番將曲利出清，引三千披髮黑甲人馬，按北辰五炁星君※5。皂旗下軍兵，不計其數。正是：凍雲截斷東方日，黑氣平吞北海風。左軍盡是青龍

註

※1謝玄：東晉名將。字幼度，今河南太康人。宰相謝安侄子。在淝水之戰中，抓住戰機，大敗秦軍，取得以少勝多的巨大戰果。

※2昌平縣：在今天北京西北方向。

※3一代：一帶的意思。

※4北方玄武水星：古人把四個方向的星辰按照每七組星宿爲一組來排列，每個星辰都安排有星辰的神靈，下面東南西北神靈即各個星辰的神。

※5北辰五炁星君：北方星宿中辰方位的星神名，參見本回注釋4。

評點

◎1.只管之乎者也，眞是學究氣。（容眉）（容本此前爲「能使寡敵衆，斯爲美矣。」——編者按）

◎2.眞有森羅萬象、役使百靈氣色。（袁眉）

旗，一代也有七座旗門，每門有千匹馬，各有一員大將。怎生打扮？頭戴四縫盔，身披柳葉甲，上穿翠色袍，下坐青鬃馬。手拿一般軍器，正按東方角、亢、氐、房、心、尾、箕。七門之內，總設一員把總大將，按上界東方蒼龍木星※6。怎生打扮？頭戴獅子盔，身披狻猊鎧，堆翠繡青袍，縷金碧玉帶。手中月斧金絲桿，身坐龍駒玉塊青。乃是番將只兒拂郎，引三千青色寶旛人馬，按東震九炁星君。青旗下左右圍繞軍兵，不計其數。◎3正似：翠色點開黃道路，青霞截斷紫雲根。右軍盡是白虎旗，一代也有七座旗門，每門有千匹馬，各有一員大將。怎生打扮？頭戴水磨盔，身披爛銀鎧，上穿素羅袍，坐騎雪白馬。各拿伏手軍器，正按西方奎、婁、胃、昴、畢、觜、參。七門之內，總設一員把總大將，按上界西方咸池※7金星。怎生打扮？頭頂兜鍪鳳翅盔，身披花銀雙鉤甲，腰間玉帶迸寒光，稱體素袍飛雪練。騎一匹照夜玉狻猊馬，使一枝純鋼銀棗槊。乃是番將烏利可安，引

❀ 遼軍布下混天陣。（日版畫，出自《新編水滸畫傳》，葛飾戴斗繪）

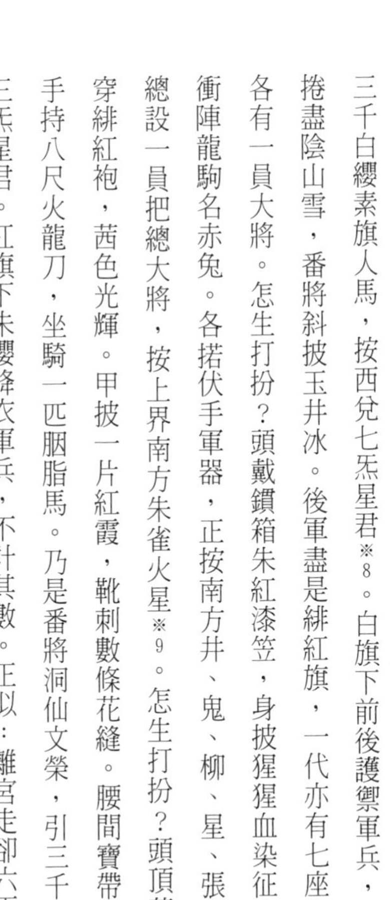

三千白纓素旗人馬，按西兌七炁星君※8。白旗下前後護禦軍兵，不計其數。正似：征駝捲盡陰山雪，番將斜披玉井冰。後軍盡是緋紅旗，一代亦有七座旗門，每門有千匹馬，各有一員大將。怎生打扮？頭戴鑌箱朱紅漆笠，身披猩猩血染征袍。桃紅鎖甲現魚鱗，衝陣龍駒名赤兔。各掿伏手軍器，正按南方井、鬼、柳、星、張、翼、軫。七門之內，總設一員把總大將，按上界南方朱雀火星※9。怎生打扮？頭頂著絳冠，朱纓粲爛。身穿緋紅袍，茜色光輝。甲披一片紅霞，靴刺數條花縫。腰間寶帶紅鞓，臂掛硬弓長箭。手持八尺火龍刀，坐騎一匹胭脂馬。乃是番將洞仙文榮，引三千紅羅寶旛人馬，按南離三炁星君。紅旗下朱纓絳衣軍兵，不計其數。正似：離宮走卻六丁神※10，霹靂震開三昧火。

陣前左有一隊五千猛兵，◎4人馬盡是金縷弁冠，鍍金銅甲，緋袍朱纓，火焰紅旗，絳鞍赤馬，簇擁著一員大將。頭戴簇芙蓉如意縷金冠，身披結連環獸面鎖子黃金甲，猩紅烈火繡花袍，碧玉嵌金七寶帶。使兩口日月雙刀，騎一匹五明赤馬。乃是遼國御弟大王耶律得重，正按上界太陽星君。正似：金烏※11擁出扶桑國，火傘※12初離東海洋。陣

註

※6 東方蒼龍木星：東方星辰的神靈名，參見本回注釋4。
※7 咸池：星名。
※8 西兑七炁星君：西方兑方位的星辰神名，參見本回注釋4。
※9 南方朱雀火星：南方星辰神名，參見本回注釋4。
※10 六丁神：道教認爲六丁（丁卯、丁巳、丁未、丁酉、丁亥、丁丑）爲陰神，爲天帝所役使；道士則可用符籙召請，以供驅使。
※11 金烏：指太陽。傳說太陽爲三足烏。
※12 火傘：比喻烈日。

評點

◎3.後人若依此陣法擺，也只好當得一個畫餅，濟得恁事？不要痴，不要痴。（容眉）
◎4.鋪敘處少伸縮變化之法。（容眉）

前右設一隊五千女兵，人馬盡是銀花弁冠，銀鉤鎖甲，素袍素纓，白旗白馬，銀桿刀槍，簇擁著一員女將。金鳳釵對插青絲，紅抹額亂鋪珠翠，雲肩巧襯錦裙，繡襖深籠銀甲。小小花靴金鐙穩，翩翩翠袖玉鞭輕。使一口七星寶劍，騎一匹銀鬃白馬。乃是遼國天壽公主答里孛，按上界太陰星君。正似：玉兔※13團團離海角，冰輪※14皎皎照瑤臺。

兩隊陣中，團團一遭，盡是黃旗簇簇，軍將盡騎黃馬，都披金甲。襯甲袍起一片黃雲，繡包巾散半天黃霧。黃軍隊中，有軍馬大將四員，各領兵三千，分於四角。每角上一員大將，團團守護。東南一員大將，青袍金甲，手持寶槍，坐騎粉青馬，立於陣前，按上界羅睺星君，乃是遼國皇侄耶律得榮。西南一員大將，紫袍銀甲，使一口寶刀，坐騎海騮馬，立於陣前，按上界計都星君，乃是遼國皇侄耶律得華。東北一員大將，綠袍銀甲，手執方天畫戟，坐騎五明黃馬，立於陣前，按上界紫炁星君，乃是遼國皇侄耶律得忠。西北一員大將，白袍銅甲，手仗七星寶劍，坐騎踢雲烏騅馬，立於陣前，按上界月孛星君，乃是遼國皇侄耶律得信。黃軍陣內，簇擁著一員上將，左有執青旗，右有持白鉞，前有擎朱旛，後有張皂蓋。周迴旗號，按二十四氣、六十四卦，南辰、北斗、飛龍、飛虎、飛熊、飛豹，戟分陰陽左右，暗合璇璣玉衡乾坤混沌之象。那員上將，使一枝朱紅畫桿方天戟。怎生打扮？頭戴七寶紫金冠，身穿龜背黃金甲，西川紅錦繡花袍，藍田美玉玲瓏帶。左懸金畫鐵胎弓，右帶鳳翎鈚子箭。足穿鷹嘴雲根靴，坐騎鐵脊銀鬃馬。錦雕鞍穩踏金鐙，紫絲韁牢絆山鞽。腰間掛劍驅番將，手內揮鞭統大軍。這簇軍馬光輝，四邊渾如金色，按上界中宮土星一炁天君，乃是遼國都統軍大元帥兀顏光。

黃旗之後，中軍是鳳輦龍車。前後左右，七重劍戟、槍刀圍繞。九重之內，又有三十六對黃巾力士，推捧車駕。前有九騎金鞍駿馬駕轅，後有八對錦衣衛士隨陣。輦上中間，坐著遼國郎主。頭戴衝天唐巾※15，身穿九龍黃袍，腰繫藍田玉帶，足穿朱履朝靴。左右兩個大臣：左丞相幽西孛瑾，右丞相太師褚堅。各帶貂蟬冠，火裙朱服，紫綬金章，象簡玉帶。龍床兩邊，金童玉女，執簡捧珪。龍車前後左右兩邊，簇擁護駕天兵。遼國郎主，自按上界北極紫微大帝，總領鎮星。左右二丞相，按上界左輔、右弼星君。正是一天星斗離乾位，萬象森羅降世間。有詩為證：

宿曜隨宜列八方，更將土德鎮中央。
胡人從不關天象，何事紛紛瀆※16上蒼？

宋江、吳用、朱武觀看遼軍混天陣。（選自《水滸傳版刻圖錄》，江蘇廣陵古籍刻印社）

註

※13玉兔：神話傳說月宮中有白兔搗藥，故借指月亮。
※14冰輪：圓月。
※15唐巾：唐代帝王的一種便帽，後來士人多戴這種帽子。明時進士巾也叫「唐巾」。
※16瀆：冒犯。

那遼國番軍擺列天陣已定，正如雞卵之形，似覆盆之狀，旗排四角，槍擺八方，循環無定，進退有則。◎5宋江看見，便教強弓硬弩，射住陣腳，就中軍豎起雲梯將臺，引吳用、朱武上臺觀望。宋江看了，驚訝不已。朱武看了，認得是天陣，便對宋江、吳用道：「此乃是太乙混天象陣也！」宋江問道：「如何攻擊？」朱武道：「此天陣變化無窮，機關莫測，不可造次攻打。」宋江道：「若不打得開陣勢，如何得他軍退？」吳用道：「急切不知他陣內虛實，如何便去打得？」◎6正商議間，兀顏統軍在中軍傳令，今日屬金，可差亢金龍張起、牛金牛薛雄、婁金狗阿哩義、鬼金羊王景四將，跟隨太白金星大將烏利可安，離陣攻打宋兵。宋江衆將在陣前，望見對陣右軍七門，或開或閉，軍中雷響，陣勢團團，那引軍旗在陣內自東轉北，北轉西，西投南。朱武見了，在馬上道：「此乃是天盤左旋之象。今日屬金，◎7天盤左動，必有兵來。」說猶未了，五炮齊響，早是對陣踴出軍來。中是金星，四下是四宿，引動五隊軍馬，捲殺過來，勢如山倒，力不可當。宋江軍馬，措手不及，望後急退。大隊壓住陣腳，遼兵兩面夾攻，宋江大敗，急忙退兵，回到本寨，遼兵也不來追趕。點視軍中頭領，孔亮傷刀，李雲中箭，朱富著炮，石勇著槍，中傷軍卒，不計其數。隨即發付上車，去後寨令安道全醫治。宋江教前軍下了鐵蒺藜，深栽鹿角，堅守寨門。

宋江在中軍納悶，與盧俊義等商議：「今日折了一陣，如之奈何？再若不出交戰，必來攻打。」盧俊義道：「來日著兩路軍馬，撞住他那壓陣軍兵。再調兩路軍馬，撞那廝正北七門。卻教步軍從中間打將入去，且看裏面虛實如何？」宋江道：「也是。」次日便依盧俊義之言，收拾起寨，前至陣前準備，大開寨門，引兵前進。遙望遼兵不遠，六隊壓陣遼兵，遠探將來。宋江便差關勝在左，呼延灼在右，引本部軍馬，撞退壓陣遼兵。大隊前進，與遼兵相接，宋江再差花榮、秦明、董平、楊志在左，林沖、徐寧、索超、朱仝在右，兩隊軍兵，來撞皂旗七門。果然撞開皂旗陣勢，殺散皂旗人馬，正北七座旗門，隊伍不整。宋江陣中，卻轉過李逵、樊瑞、鮑旭、項充、李袞五百牌手向前，背後魯智深、武松、楊雄、石秀、解珍、解寶，將帶應有步軍頭目，撞殺入去。混天陣內，只聽四面炮響，東西兩軍，正面黃旗軍撞殺將來。宋江軍馬，抵當不住，轉身便走。後面架隔不定，大敗奔走，退回原寨。急點軍時，折其大半。杜遷、宋萬，又帶重傷。於內不見了黑旋風李逵。原來李逵殺得性起，只顧砍入他陣裏去，被他撓鉤搭住，活捉去了。宋江在寨中聽得，心中納悶。傳令教先送杜遷、宋萬去後寨，令安道全調治。帶傷馬匹，叫牽去與皇甫端料理。宋江又與吳用等商議：「今日又折了李逵，輸了這一陣，似此怎生奈何？」吳用道：「前日我這裏活捉的他那個小將軍，是兀顏統軍的孩兒，正好與他打換。」宋江道：「這番換了，後來倘若折將，何以解救？」吳用道：「兄長何故執迷，且顧眼下。」說猶未了，小校來報，有遼將遣使到來打話。宋江喚入中軍，那番官來與宋江廝見，說道：「俺奉元帥將令，今日拿得你的一個頭目，到俺總兵面前，不肯殺害，好生與他酒肉，管待在那裏。統軍要送來與你，換他孩兒小將軍還

◎5.又形贊數句，有力。（袁眉）
◎6.吳用爲軍師尚不知陣法，奈何破之？（余評）
◎7.既知今日遼兵引動金宿，但不悟以火破也。（余評）

❀ 兩軍在陣前交換戰俘。
（朱寶榮繪）

他。如是將軍肯時，便送那個頭目來還。」宋江道：「既是恁地，俺明日取小將軍來到陣前，兩相交換。」◎8番官領了宋江言語，上馬去了。宋江再與吳用商議道：「我等無計破他陣勢，不若取將小將軍來，就這裏解和這陣，兩邊各自罷戰。」吳用道：「且將軍馬暫歇，別生良策，再來破敵，未爲晚矣。」◎9到曉，差人星夜去取兀顏小將軍來，也差個人直往兀顏統軍處，說知就裏。且說兀顏統軍正在帳中坐地，小軍來報，宋先鋒使人來打話。統軍傳令，教喚入來，到帳前，見了兀顏統軍，說道：「俺的宋先鋒拜意統軍麾下，今送小將軍回來，換俺這個頭目。即今天氣嚴寒，軍士勞苦，兩邊權且罷戰，待來春別作商議，俱免人馬凍傷。請統軍將令。」兀顏統軍聽了大喝道：「無智辱子，被汝生擒，縱使得活，有何面目見咱？不用相換，便拿下替俺斬了。若要罷戰權歇，教你宋江束手來降，免汝一死。◎10若不如此，吾引大兵一到，寸草不留！」◎11大喝一聲：「退去！」使者飛馬回寨，將這話訴與宋江。宋江慌速，只怕救不得李逵，拔寨便起，帶了兀顏小將軍，直抵前軍，隔陣大叫：「可放過俺的頭目來，我還你小將

遼代銀鎏金捍腰，扎魯特旗出土。內蒙古通遼市科爾沁博物館藏。拍攝時間2006年。（劉兆明提供）

評點

◎8.宋江慨然欲換李逵者，仁心也。吳用之見，是說拂人之心。（余評）
◎9.不濟，不濟。（容眉）
◎10.是，大是。（容眉）
◎11.語亦英英。（袁眉）

軍。不罷戰不妨，自與你對陣廝殺。」◎12只見遼兵陣中，無移時，把李逵一騎馬送出陣前來。這裏也牽一匹馬，送兀顏小將軍出陣去。兩家如此，一言爲定。兩邊一齊同收同放，李將軍回寨，小將軍也騎馬過去了。當日兩邊，都不斷殺。宋江退兵回寨，且與李逵賀喜。

宋江在帳中與諸將相議道：「遼兵勢大，無計可破，使我憂煎，度日如年，怎生奈何？」呼延灼道：「我等來日，可分十隊軍馬，兩路去當壓陣軍兵，八路一齊撞擊，決此一戰。」宋江道：「全靠你等衆弟兄同心僇力，來日必行。」吳用道：「兩番撞擊不動，不如守等他來交戰。」宋江道：「等他來，也不是良法。只是衆弟兄當以力敵，豈有連敗之理！」當日傳令，次早拔寨起軍，分作十隊，飛搶前去。兩路先截住後背壓陣軍兵，八路軍馬更不打話，吶喊搖旗，撞入混天陣去。聽得裏面雷聲高舉，四七二十八門，一齊分開，變作一字長蛇之陣，便殺出來。宋江軍馬，措手不及，急令回軍，大敗而走，旗槍不整，金鼓偏斜，速退回來。到得本寨，於路損折軍馬數多。◎13宋江傳令，教軍將緊守山口寨柵，深掘壕塹，牢栽鹿角，堅閉不出，且過冬寒。

卻說東京府同知趙安撫，累次申達文書赴京，奏請索取衣襖等件。因此朝廷特差御前八十萬禁軍槍棒教頭，正受鄭州團練使，姓王，雙名文斌。此人文武雙全，滿朝欽敬，將帶京師一萬餘人，起差民夫車輛，押運衣襖五十萬領，前赴宋先鋒軍前交割，就行催併軍將，向前交戰，早奏凱歌。王文斌領了聖旨文書，將帶隨行軍器，拴束衣甲鞍馬，催趲人夫軍馬，起運車仗，出東京，望陳橋驛進發。監押著一、二百輛車子，上插黃旗，書「御賜衣襖」，迤邐前進。經過去處，自有官司供給口糧。在路非則一日，來到邊庭，參見了趙安撫，呈上中書省公文。趙安撫看了大喜道：「將軍來得正好，目今宋先鋒被遼國兀顏統軍，把兵馬擺成混天陣勢，連輸了數陣。頭目人等，中傷者多，現今發在此間將養，令安道全醫治。宋先鋒扎寨在永清縣地方，並不敢出戰，好生納悶。」王文斌稟道：「朝廷因此就差某來，催併軍士向前，早要取勝。今日既然累敗，王某回京師見省院官，難以回奏。文斌不才，自幼頗讀兵書，略曉些陣法，就到軍前，略施小策，願決一陣，與宋先鋒分憂。◎14未知樞相鈞命若何？」趙安撫大喜，置酒宴賞，就軍中犒勞押車人夫，就教王文斌轉運衣襖，解付宋江軍前給散。趙安撫先使人報知宋先鋒去了。且說宋江在中軍帳中納悶，聞知趙安撫使人來，轉報東京差教頭鄭州團練使王文斌，押送衣襖五十萬領，就來軍前，催併進兵。宋江差人接至寨中下馬，請入帳內，把酒接風。數杯酒後，詢問緣由。宋江道：「宋某自蒙朝廷差遣到邊，上托天子洪福，得了四個大郡。今到幽州，不想被番邦兀顏統軍設此混天象陣，兵屯二十萬，整整齊齊，按周天星象，請啓郎主御駕親征。宋江連敗數陣，無計可施，屯駐不敢輕動。今幸得將軍降臨，願賜指教。」王文斌道：「量這個混天陣，何足爲奇！王某不才，同到軍前一觀，別有主見。」宋江大喜，先令裴宣，且將衣襖給散軍將，衆人穿罷，望南謝恩。當日中軍置酒，殷勤管待，就行賞勞三軍。

評點

◎12.這便妙。（容夾）
◎13.幾番敗才見玄女之力。（袁眉）
◎14.替死鬼來了。（容眉）

來日結束，五軍都起。王文斌取過帶來的頭盔衣甲，全副披掛上馬，都到陣前。對陣遼兵望見宋兵出戰，報入中軍。金鼓齊鳴，喊聲大舉，六隊戰馬哨出陣來。宋江分兵殺退。王文斌上將臺親自看一回，下雲梯來說道：「這個陣勢，也只如常，不見有甚驚人之處。」不想王文斌自己不識，且圖詐人要譽，◎15便叫前軍擂鼓搦戰。對陣番軍，也撾鼓鳴金。宋江立馬大喝道：「不要狐朋狗黨，敢出來挑戰麼？」說猶未了，黑旗隊裏，第四座門內，飛出一將。那番官披頭散髮，黃羅抹額，襯著金箍烏油鎧甲，禿袖皀袍，騎匹烏騅馬，挺三尖刀，直臨陣前。背後牙將，不計其數。引軍皀旗上書銀字「大將曲利出清」，躍馬陣前搦戰。王文斌尋思道：「我不就這裏顯揚本事，再於何處施逞？」便挺槍躍馬出陣，與番官更不打話，驟馬相交。王文斌挺槍便搠，番將舞刀來迎。鬥不到二十餘合，番將回身便走。王文斌見了，便驟馬飛槍，直趕將去。原來番將不輸，特地要賣個破綻，漏他來趕。番將掄起刀，覷著王文斌較親，翻身背砍一刀，把王文斌連肩和胸脯，砍做兩段，死於馬下。◎16宋江見了，急叫收軍。那遼兵撞掩過來，又折了一陣，慌慌忙忙，收拾還寨。衆多軍將，看見立馬斬了王文斌，面面廝覷，俱各駭然。宋江回到寨中，動紙文書，申覆趙安撫說：「王文斌自願出戰身死，發付帶來人伴回京。」趙安撫聽知此事，展轉憂悶，甚是煩惱，只得寫了申呈奏本，關會省院打發來的人伴回京去了。有詩爲證：

趙括徒能讀父書，文斌殞命又何愚。◎17

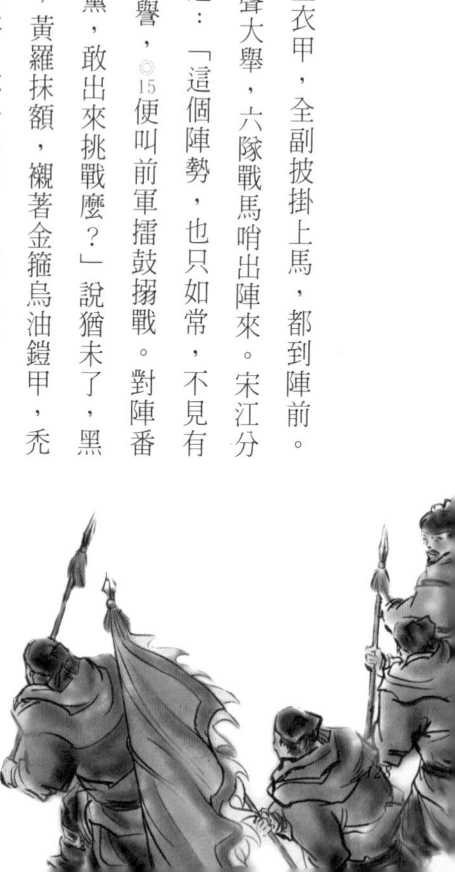

平時誇口千人有，臨陣成功一個無。

且說宋江自在寨中納悶，百般尋思，無計可施，怎生破得遼兵，寢食俱廢，夢寐不安。是夜嚴冬，天氣甚冷，宋江閉上帳房，秉燭沉吟悶坐。時已二鼓，神思困倦，和衣隱几而臥。覺道寨中狂風忽起，冷氣侵人。宋江起身，見一青衣女童，向前打個稽首。宋江便問：「童子自何而來？」童子答曰：「小童奉娘娘法旨，有請將軍，便煩移步。」宋江道：「娘娘現在何處？」童子指道：「離此間不遠。」宋江遂隨童子出得帳房，但見上下天光一色，金碧交加，香風細細，瑞靄飄飄，有如二、三月間天氣。行不過三、二里多路，見座大林，青松茂盛，翠柏森然，紫桂亭亭，石欄隱隱，兩邊都是茂林修竹，垂柳夭桃，曲折欄干。轉過石橋，朱紅櫺星門一座。仰觀四面，蕭墻粉壁，畫棟雕梁，金釘朱戶，碧瓦重檐，四邊簾捲蝦鬚，正面窗橫龜背。女童引宋江從左廊下而進，到東向一個閣子前。推開朱戶，教宋江裏面少坐。舉目望時，四面雲窗寂靜，霞彩滿階，天花繽紛，異香繚繞。童子進去，復又出來傳旨道：「娘娘有請，星主便行。」宋江坐未暖席，即時起身。又見外面兩個仙女入來，頭戴芙蓉碧玉冠，身穿金縷絳綃衣，與宋江施禮。宋江不敢仰視。那兩個仙女道：「將軍何故作謙？娘娘更衣便出，請將軍議論國家大事，便請同行。」宋江唯然而行，聽得殿上金鐘聲響，玉磬音鳴。青衣迎請宋江上殿。二仙女前進，引宋江自東階而上，行至珠簾之前。宋江只聽得簾內玎璫隱隱，玉佩鏘鏘。青衣請宋江入簾內，跪在香案之前。舉目觀望殿上，祥雲靄靄，紫霧

◎15.今人詐人要譽的，不知死了若干，可憐可憐。（容眉）
◎16.要得好譽。（容眉）
◎17.文斌特暴虎馮河耳，固無足論；宋江失於知人輕信者，亦不得辭其責也。（余評）

騰騰，正面九龍床上，坐著九天玄女娘娘。頭戴九龍飛鳳冠，身穿七寶龍鳳絳綃衣，腰繫山河日月裙，足穿雲霞珍珠履，手執無瑕白玉珪。兩邊侍從女仙，約有三、二十個。

玄女娘娘與宋江曰：「吾傳天書與汝，不覺又早數年矣！汝能忠義堅守，未嘗少怠。今宋天子令汝破遼，勝負如何？」宋江俯伏在地，拜奏曰：「臣自得蒙娘娘賜與天書，未嘗輕慢泄漏於人。今奉天子敕命破遼，不期被兀顏統軍設此混天象陣，累敗數次。臣無計可施，正在危急之際。」玄女娘娘曰：「汝知混天象陣法否？」宋江再拜奏道：「臣乃下土愚人，不曉其法，望乞娘娘賜教。」玄女娘娘曰：「此陣之法，聚陽象也。只此攻打，永不能破。若欲要破，須取相生相剋之理。且如前面皂旗軍馬內設水星，按上界北方五炁辰星。你宋兵中，可選大將七員，黃旗、黃甲、黃衣、黃馬，撞破遼兵皂旗七門。續後命猛將一員，身披黃袍，直取水星，此乃土剋水之義也。卻

宋江得九天玄女傳授破陣方法。（日版畫，出自《新編水滸畫傳》，葛飾戴斗繪）

以白袍軍馬，選將八員，打透他左邊青旗軍陣，此乃金剋木之義也。卻以紅袍軍馬，選將八員，打透他右邊白旗軍陣，此乃火剋金之義也。卻以皀旗軍馬，選將八員，打透他後軍紅旗軍陣，此乃水剋火之義也。卻命一枝青旗軍馬，選將九員，直取中央黃旗軍陣主將，此乃木剋土之義也。再選兩枝軍馬，命一枝繡旗花袍軍馬，扮作羅睺，獨破遼兵太陽軍陣。命一枝素旗銀甲軍馬，扮作計都※17，直破遼兵太陰軍陣。再造二十四部雷車，按二十四氣，上放火石、火炮，直推入遼兵中軍。令公孫勝布起風雷天罡正法，逕奔入遼主駕前。可行此計，足取全勝。日間不可行兵，須是夜黑可進。◎18汝當親自領兵，掌握中軍，催動人馬，一鼓成功。吾之所言，汝當秘受。保國安民，勿生退悔。天凡有限，從此永別。他日瓊樓金闕，別當重會。汝宜速還，不可久留。」特命青衣獻茶，宋江吃罷，令青衣即送星主還寨。宋江再拜，懇謝娘娘，出離殿庭。青衣前引宋江下殿，從西階而出，轉過欞星紅門，再登舊路。纔過石橋松徑，青衣用手指道：「遼兵在那裏，汝當破之！」宋江回顧，青衣用手一推，猛然驚覺，就帳中做了一夢。靜聽軍中更鼓，已打四更，宋江便叫請軍師圓夢。吳用來到中軍帳內，宋江道：「軍師有計破混天陣否？」吳學究道：「未有良策可施。」宋江道：「我已夢玄女娘娘傳與秘訣，尋思定了，特請軍師商議，可以會集諸將，分撥行事。」正是：動達天機施妙策，擺開星斗破迷關。畢竟宋江怎生打陣？且聽下回分解。◎19

註

※17計都：梵曆中的九星之一。假想的星座。舊時星命家以爲它們均主災咎。

評點

◎18.胡說。（容眉）

◎19.李卓吾曰：混天陣竟同兒戲。至玄女娘娘相生相剋之說，此三家村裏死學究見識。施耐庵、羅貫中盡是史筆，此等處便不成材矣。此其所以爲小說也與？（容評）

宋先鋒一腔忠義，久爲神明所呵護。混天陣法其玄機妙訣，自從夢中傳來。（袁評）

第八十九回

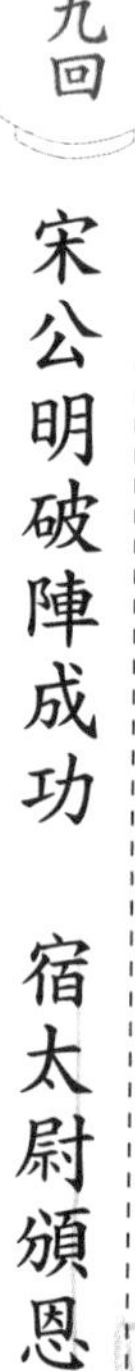

宋公明破陣成功　宿太尉頒恩降詔

話說當下宋江夢中授得九天玄女之法，不忘一句，便請軍師吳用計議定了，申稟趙安撫。寨中合造雷車※1二十四部，都用畫板※2鐵葉釘成，下裝油柴，上安火炮，連更曉夜，催併完成。商議打陣，會集諸將人馬，宋江傳令，各各分派。便點按中央戊己土黃袍軍馬，戰遼國水星陣內，差大將一員雙槍將董平；左右撞破皀旗軍七門，差副將七員：朱仝、史進、歐鵬、鄧飛、燕順、馬麟、穆春。再點按西方庚辛金白袍軍馬，戰遼國木星陣內，差大將一員豹子頭林沖；左右撞破青旗軍七門，差副將七員：徐寧、穆弘、黃信、孫立、楊春、陳達、楊林。再點按南方丙丁火紅袍軍馬，戰遼國金星陣內，差大將一員霹靂火秦明；左右撞破白旗軍七門，差副將七員：劉唐、雷橫、單廷珪、魏定國、周通、龔旺、丁得孫。再點按北方壬癸水黑袍軍馬，戰遼國火星陣內，差大將一員雙鞭呼延灼；左右撞破紅旗軍七門，差副將七員：楊志、索超、韓滔、彭玘、孔明、鄒淵、鄒潤。再點按東方甲乙木青袍軍馬，戰遼國土星主將陣內，差大將一員大刀關勝；左右撞破中軍黃旗主陣人馬，差副將八員：花榮、張清、李應、柴進、宣贊、郝思文、施恩、薛永。再差一枝繡旗花袍軍，打遼國太陽左軍陣內，差大將七員：魯智深、武松、楊雄、石秀、焦挺、湯隆、蔡福。再差一枝素袍銀甲軍，打遼國太陰右軍陣中，差大將七員：扈三娘、顧大嫂、孫二娘、王英、孫新、張青、蔡慶。再差打中軍一枝悍勇人馬，直擒遼主，差大將六員：盧俊義、燕青、呂方、郭盛、解珍、解寶。再遣護送雷車至中軍，大將五員：李逵、樊瑞、鮑旭、項充、李衮。其餘水軍頭領，並應有人員，盡到陣前協助破陣。陣前還立五方旗幟八面，分撥人員，仍排九宮八卦陣勢。宋江傳令已罷，衆將各各遵依。一面攢造雷車已了，裝載法物，推到陣前。正是：計就驚天地，謀成破鬼神。

且說兀顏統軍，連日見宋江不出交戰，差遣壓陣軍馬，直哨到宋江寨前。◎1宋江連日製造完備，選定日期，是晚起身，來與遼兵相接。一字兒擺開陣勢，前面盡把強弓硬弩，射住陣腳，只待天色傍晚。黃昏左側，只見朔風凜凜，彤雲密布，罩合天地，未晚先黑。宋江教衆軍人等，斷蘆爲笛，銜於口中，吹哨爲號。當夜先分出四路兵去，只留黃袍軍擺在陣前。這分出四路軍馬，趕殺哨路番軍，繞陣腳而走，殺投北去。初更左側，宋江軍中連珠炮響。呼延灼打開陣門，殺入後軍，直取火星。關勝隨即殺入中軍，直取土星主將。林沖引軍殺入左軍陣內，直取木星。秦明領軍撞入右軍陣內，直取金星。董平便調軍攻打頭陣，直取水星。公孫勝在軍中仗劍作法，踏罡步斗，敕起五雷。是夜南風大作，吹得樹梢垂地，走石飛沙。一齊點起二十四部雷車，李逵、樊瑞、鮑旭、項充、李衮，將引五百牌手，悍勇軍兵，護送雷車，推入遼軍陣內。一丈青扈三娘

註

※1雷車：古代裝載火藥等燃料，引爆障礙的戰車，主要爲攻破城牆的時候用。

※2畫板：這裏指木板。

◎1.也倒好看。（容眉）

引兵便打入遼兵太陰陣中。花和尚魯智深引兵便打入遼兵太陽陣中。玉麒麟盧俊義引領一枝軍馬，隨著雷車，直奔中軍。你我自去尋隊廝殺。是夜雷車火起，空中霹靂交加，端的是殺得星移斗轉，日月無光，◎2鬼哭神號，人兵撩亂。且說兀顏統軍正在中軍遣將，只聽得四下裏喊聲大振，四面廝殺。急上馬時，雷車已到中軍，烈焰漲天，炮聲震地，關勝一枝軍馬，早到帳前。兀顏統軍急取方天畫戟，與關勝大戰。怎禁沒羽箭張清，取石子望空中亂打，打得四邊牙將中傷者多，逃命散走。◎3李應、柴進、宣贊、郝思文，縱馬橫刀，亂殺軍將。兀顏統軍見身畔沒了羽翼，撥回馬望北而走，關勝飛馬緊追。正是：饒君走上焰摩天，腳下騰雲須趕上。花榮在背後見兀顏統軍輸了，一騎馬也追將來，急拈弓搭箭，望兀顏統軍射將去。那箭正中兀顏統軍後心，聽得錚地一聲，火光迸散，正射在護心鏡上。卻待再射，關勝趕上，提起青龍刀，當頭便砍。那兀顏統軍披著三重鎧甲：貼裏一層連環鑌鐵鎧，中間一重海獸皮甲，外面方是鎖子黃金甲。關勝那一刀砍過，只透得兩層。◎4再復一刀，兀顏統軍就刀影裏閃過，勒馬挺方天戟來迎。◎5兩個又鬥了三、五合，花榮趕上，覷兀顏統軍面門，又放一箭。兀顏統軍急躲，那枝箭帶耳根穿住鳳翅金冠。◎6兀顏統軍急走，張清飛馬趕上，拈起石子，望頭臉上便打。◎7石子飛去，打得兀顏統軍撲在馬上，拖著畫戟而走。關勝趕上，再復一刀。那青龍刀落處，把兀顏統軍連腰截骨帶頭砍著，攧下馬去。◎8花榮搶到，先換了那匹好馬。張清趕來，再復一槍。可憐兀顏統軍，一世豪傑，一柄刀、一條槍，結果了性命。有詩為

評點

◎2.切天陣。（袁眉）
◎3.又以石子收拾。（袁眉）
◎4.此處都形容得好。（容眉）
◎5.射不入，砍不殺，亦變幻。（袁眉）
◎6.又射不中，卻是中。（袁眉）
◎7.又用石子。（袁眉）
◎8.仍是刀槍下死。（袁眉）
◎9.一丈青不要疑心。（容夾）

證：

　李靖六花※3人亦識，孔明八卦世應知。
　混天只想無人敵，也有神機打破時。

卻說魯智深引著武松等六員頭領，衆將吶聲喊，殺入遼兵太陽陣內。那耶律得重急待要走，被武松一戒刀，掠斷馬頭，倒撞下馬來，揪住頭髮，一刀取了首級，殺散太陽陣勢。魯智深道：「俺們再去中軍，拿了遼主，便是了事也！」且說遼兵太陰陣中天壽公主聽得四邊喊起廝殺，慌忙整頓軍器上馬，引女兵伺候。只見一丈青舞起雙刀，縱馬引著顧大嫂等六員頭領，殺入帳來，正與天壽公主交鋒。兩個鬥無數合，一丈青放開雙刀，搶入公主懷內，劈胸揪住。兩個在馬上扭做一團，絞做一塊。王矮虎趕上，活捉了天壽公主。◎9顧大嫂、孫二娘在陣裏殺散女兵。孫新、張青、蔡慶在外面夾攻。可憐玉葉金枝女，卻作歸降被縛人。且說盧俊義引兵殺到中軍，解珍、解寶先把帥字旗砍翻，亂殺番

註

※3李靖六花：傳說唐代大將李靖創造了六花陣。

一丈青扈三娘活捉了天壽公主。（日版畫，出自《新編水滸畫傳》，葛飾戴斗繪）

兵番將。當有護駕大臣與衆多牙將，緊護遼國郎主鑾駕，往北而走。陣內羅睺、月孛二皇侄，俱被刺死於馬下。計都皇侄，就馬上活拿了。紫炁皇侄，不知去向。大兵重重圍住，直殺到四更方息，殺得遼兵二十餘萬，七損八傷。將及天明，諸將都回。宋江鳴金收軍下寨，傳令教生擒活捉之衆，各自獻功。一丈青獻太陰星天壽公主，盧俊義獻計都星皇侄耶律得華，朱仝獻水星曲利出清，歐鵬、鄧飛、馬麟獻斗木獬蕭大觀，楊林、陳達獻心月狐裴直，單廷珪、魏定國獻胃土雉高彪，韓滔、彭玘獻柳土獐雷春、翼火蛇狄聖。諸將獻首級，不計其數。宋江將生擒八將，盡行解赴趙安撫中軍收禁。所得馬匹，就行俵撥各將騎坐。

且說遼國郎主慌速退入燕京，急傳旨意，堅閉四門，緊守城池，不出對敵。宋江知得遼主退回燕京，便教軍馬拔寨都起，直追至城下，團團圍住。令人請趙安撫直至後營，監臨打城。宋江傳令，教就燕京城外，團團豎起雲梯炮石，扎下寨柵，準備打城。遼國郎主心慌，會集群臣商議，都道：「事在危急，莫若歸降大宋，此為上計。」遼主遂從衆議。於是城上早豎起降旗，差人來宋營求告：「年年進牛馬，歲歲獻珠珍，再不敢侵犯中國。」◎10宋江引著來人，直到後營，拜見趙安撫，通說投降一節。趙安撫聽了道：「此乃國家大事，須用取自上裁，我未敢擅便主張。你遼國有心投降，可差得當大臣，親赴東京，朝見天子。聖旨准你遼國皈依表文，降詔赦罪，方敢退兵罷戰。」◎11來人領了這話，便入城回復郎主。當下國主聚集文武百官，商議此事，時有右丞相太師褚

評點

◎10.此作史者眞正眼目，看官記取。（袁眉）
◎11.兵權在手，僞遼之降何不決之？容人入朝賄賂，知幾君子，必當預察之矣。（余評）
◎12.求降買降，作者不勝憤恨。（袁眉）
◎13.不是鄆城小吏，定是梁山泊大強盜。（容眉）

堅出班奏曰：「目今本國兵微將寡，人馬皆無，如何迎敵？論臣愚意，微臣親往宋先鋒寨內，許以厚賄。一面令其住兵停戰，一面收拾禮物，逕往東京，投買省院諸官，令其於天子之前，善言啓奏，別作宛轉。目今中國蔡京、童貫、高俅、楊戩四個賊臣專權，童子皇帝聽他四個主張。可把金帛賄賂與此四人，買其請和，必降詔赦，收兵罷戰。」◎12郎主准奏。次日，丞相褚堅出城來，直到宋先鋒寨中。宋江接至帳上，便問來意如何。褚堅先說了國主投降一事，然後許宋先鋒金帛玩好之物。宋江聽了，說與丞相褚堅道：「俺連日攻城，不愁打你這個城池不破，一發斬草除根，免了萌芽再發。看見你城上竪起降旗，以此停兵罷戰。兩國交鋒，自古國家有投降之理，准你投拜納降，因此按兵不動，容汝赴朝廷請罪獻納。汝今以賄賂相許，覷宋江爲何等之人，◎13再勿復言！」褚堅惶恐。宋江又道：「容你修表朝京，取自上裁。俺等按兵不動，待

遼國向宋上表投降。
（朱寶榮繪）

汝速去快來，汝勿遲滯！」

褚堅拜謝了宋先鋒，作別出寨，上馬回燕京來，奏知國主。衆大臣商議已定，次日遼國君臣，收拾玩好之物、金銀寶貝、彩繒珍珠，裝載上車，差丞相褚堅，並同番官一十五員，前往京師。鞍馬三十餘騎，修下請罪表章一道，離了燕京，到了宋江寨內，參見了宋江。宋江引褚堅來見趙安撫，說知此事：遼國今差丞相褚堅，親往京師朝見，告罪投降。趙安撫留住褚堅，以禮相待。自來與宋先鋒商議，亦動文書，申達天子。就差柴進、蕭讓齎奏，就帶行軍公文，關會省院，一同相伴丞相褚堅，前往東京。在路不止一日，早到京師，便將十車進奉金寶禮物、車仗人馬，於館驛內安下。柴進、蕭讓齎捧行軍公文，先去省院下了，稟說道：「即日兵馬圍困燕京，旦夕可破。遼國郎主於城上豎起降旗，今遣丞相褚堅，前來上表，請罪納降，告赦罷兵。未敢自專，來請聖旨。」省院官說道：「你且與他館驛內權時安歇，待俺這裏從長計議。」此時蔡京、童貫、高俅、楊戩，並省院大小官僚，都是好利之徒。卻說遼國丞相褚堅並衆人，先尋門路，見了太師蔡京等四個大臣。次後省院各官處，都有賄賂。各各先以門路，饋送禮物諸官已了。◎14次日早朝，百官朝賀拜舞已畢，樞密使童貫出班奏曰：「有先鋒使宋江殺退遼兵，直至燕京，圍住城池攻擊，旦夕可破。今有遼主早豎降旗，情願投降，遣使丞相褚堅，奉表稱臣，納降請罪，告赦講和，求敕退兵罷戰，情願年年進奉，不敢有違。◎15伏乞聖鑑。」天子曰：「以此講和，休兵罷戰，汝等衆卿，如何計議？」旁有太師蔡京

出班奏曰：「臣等眾官，俱各計議：自古及今，四夷未嘗盡滅。臣等愚意，可存遼國，作北方之屏障。年年進納歲幣，於國有益。合准投降請罪，休兵罷戰，詔回軍馬，以護京師。◎16臣等未敢擅便，乞陛下聖裁。」天子准奏，傳聖旨，令遼國來使面君。當有殿頭官傳令，宣褚堅等一行來使，都到金殿之下，揚塵拜舞，頓首山呼。侍臣呈上表章，就御案上展開。宣表學士高聲讀道：

遼國主臣耶律輝頓首頓首，百拜上言：

臣生居朔漠※4，長在番邦，不通聖賢之經，罔究綱常之禮。詐文僞武，左右多狼心狗行之徒。好賂貪財，前後悉鼠目麞頭之輩。◎17小臣昏昧，屯眾猖狂。侵犯疆封，以致天兵討罪，妄驅士馬，動勞王室興師。量螻蟻安足撼泰山，想眾水必然歸大海。今特遣使臣褚堅冒干※5天威，納土請罪。倘蒙聖上憐憫蕞爾※6之微生，不廢祖宗之遺業，赦其舊過，開以新圖，退守戎狄之番邦，永作天朝之屏障，老老幼幼，眞獲再生，子子孫孫，久遠感戴。進納歲幣，誓不敢違！臣等不勝戰慄屏營※7之至！謹上表以聞。

宣和四年冬月　日遼國主臣耶律輝　表

徽宗天子御覽表文已畢，階下群臣稱賀。天子命取御酒，以賜來使。丞相褚堅等便取金

註

※4朔漠：指北方沙漠地區。
※5冒干：冒犯。
※6蕞爾：小的樣子。
※7屏營：屏，音兵。屏營，惶恐之意。

評點

◎14.於伸氣中仍存悶氣，妙甚。（芥眉）
◎15.反說年年進奉大宋，令人心快。（袁眉）
◎16.會說現成話。（容眉）
◎17.分明是罵蔡京等。（袁眉）

帛歲幣，進在朝前。天子命寶藏庫收訖，仍另納下每年歲幣牛馬等物。天子回賜緞匹表裏，光祿寺賜宴。敕令：「丞相褚堅等先回，待寡人差官自來降詔。」褚堅等謝恩，拜辭出朝，且歸館驛。是日朝散，褚堅又令人再於各官門下，重打關節。蔡京力許：「令丞相自回，都在我等四人身上。」◎18褚堅謝了太師，自回遼國去了。

卻說蔡太師次日引百官入朝，啓奏降詔，回下遼國。天子准奏，急敕翰林學士草詔一道，就御前便差太尉宿元景齎擎丹詔，直往遼國開讀。另敕趙安撫令宋先鋒收兵罷戰，班師回京。將應有被擒之人，釋放還國。原奪城池，仍舊給遼管領。府庫器具，交割遼邦歸管。天子退朝，百官皆散。◎19次日，省院諸官，都到宿太尉府，約日送行。

再說宿太尉領了詔敕，不敢久停，準備轎馬從人，辭了天子，別了省院諸官，就同柴進、蕭讓同上遼邦，出京師，望陳橋驛投邊塞進發。在路行時，正值嚴冬之月，彤雲密布，瑞雪平鋪，粉塑千林，銀裝萬里。宿太尉一行人馬，冒雪撞風※8，迤邐前進。雪霽未消，漸臨邊塞。柴進、蕭讓先使哨馬報知趙安撫，前去通報宋先鋒。宋江見哨馬飛報，便攜酒禮，引眾出五十里伏道迎接。接著宿太尉，相見已畢，把了接風酒，各官俱喜。請至寨中，設筵相待，同議朝廷之事。宿太尉言說省院等官，蔡京、童貫、高俅、楊戩，俱各受了遼國賄賂，於天子前極力保奏此事，准其投降，休兵罷戰，詔回軍馬，守備京師。宋江聽了嘆道：「非是宋某怨望朝廷，功勳至此，又成虛度。」宿太尉道：「先鋒休憂！元景回朝，天子前必當重保。」趙安撫又道：「放著下官爲證，怎肯教虛

◎18.描得像。（袁眉）
◎19.善圓謊，始無誑語之罪。（芥眉）
◎20.宋江是爲朝廷，宿、趙是爲宋江，亦有公私之別。（袁眉）

費了將軍大功！」◎20宋江稟道：「某等一百八人，竭力報國，並無異心，亦無希恩望賜之念。只得衆弟兄同守勞苦，實爲幸甚。若得安撫肯做主張，深感厚德。」當日飲宴，衆皆歡喜，至晚方散。隨即差人一面報知遼國，準備接詔。次日，宋江撥十員大將，護送宿太尉進遼國頒詔，都是錦袍金甲，戎裝革帶。那十員上將：關勝、林沖、秦明、呼延灼、花榮、董平、李應、柴進、呂方、郭盛，引領馬步軍三千，護持太尉，前遮後擁，擺佈入城。燕京百姓，有數百年不見中國軍容，聞知太尉到來，盡皆歡喜，排門香花燈燭。遼主親引百官文武，具服乘馬，出南門迎接詔旨，直至金鑾殿上。十員大將，立於左右。宿太尉立於龍亭之左，國主同百官跪於殿前。殿頭官喝拜，國主同文武拜罷。遼國侍郎承恩請詔，就殿上開讀。詔曰：

大宋皇帝制曰：三皇立位，五帝禪宗，雖中華而有主，豈夷狄之無君？茲爾遼國，不遵天命，數犯疆封，理合一鼓而滅。朕今覽其情詞，憐其哀切，憫汝悍

遼國賄賂宋朝成功後，宴請宿太尉。（朱寶榮繪）

註

※8撞風：抵擋風，冒著風。

孤※9，不忍加誅，仍存其國。詔書至日，即將軍前所擒之將，盡數釋放還國。原奪一應城池，仍舊給還本國管領。所供歲幣，愼勿怠忽。於戲※10！敬事大國，祇畏天地，此藩翰※11之職也。爾其欽哉※12！

宣和四年冬月　日

當時遼國侍郎開讀詔旨已罷，郎主與百官再拜謝恩。行君臣禮畢，擡過詔書龍案，郎主便與宿太尉相見。敘禮已畢，請入後殿，大設華筵，水陸俱備。番官進酒，戎將傳杯；歌舞滿筵，胡笳聒耳；燕姬美女，各奏戎樂；羯鼓塤篪※13，胡旋慢舞。筵宴已終，送宿太尉並衆將於館驛內安歇。是日跟去人員，都有賞勞。次日，國主命丞相褚堅出城至寨，邀請趙安、宋先鋒同入燕京赴宴。宋江便與軍師吳用計議不行，只請得趙安撫入城，相陪宿太尉飲宴。是日遼國郎主大張筵席，管待朝使。葡萄酒熟傾銀甕，黃羊肉美滿金盤。異果堆筵，奇花散彩。筵席將終，只見國主金盤捧出玩好之物，上獻宿太尉、趙安撫，直飲至更深方散。第三日，遼主會集文武群臣，番戎鼓樂，送太尉、安撫出城還寨。再命丞相褚堅將牛羊、馬匹、金銀、彩緞等項禮物，直至宋先鋒軍前寨內，大設廣會，犒勞三軍，重賞衆將。

宋江傳令，叫取天壽公主一干人口，放回本國。仍將奪過檀州、薊州、霸州、幽州，依舊給還遼國管領。◎21一面先送宿太尉還京，次後收拾諸將軍兵車仗人馬，分撥人員，先發中軍軍馬，護送趙安撫起行。宋先鋒寨內，自己設宴。一面賞勞水軍頭目已了，著令乘駕船隻，從水路先回東京駐扎聽調。宋江再使人入城中，請出左右二丞相前赴軍中說話。當下遼國郎主教左丞相幽西孛瑾、右丞相太師褚堅，來至宋先鋒行營，至於中軍相見。宋江邀請上帳，分賓而坐。宋江開話道：「俺武將兵臨城下，將至壕邊，奇功在邇，本不容汝投降。◎22打破城池，盡皆剿滅，正當其理。主帥聽從，容汝申達朝廷。皇上憐憫，存惻隱之心，不肯盡情追殺，准汝投降，納表請罪。今王事已畢，吾待朝京。汝等勿以宋江等輩，不能勝爾，再生反復。年年進貢，不可有缺。吾今班師還國，汝宜謹愼自守，休得故犯！天兵再至，決無輕恕！」二丞相叩首伏罪拜謝。宋江再用好言戒諭，二丞相懇謝而去。◎23

宋江卻撥一隊軍兵，與女將一丈青等先行。隨即喚令隨軍石匠，採石爲碑，令蕭讓作文，以記其事。金大堅鐫石已畢，豎立在永清縣東一十五里茅山之下，◎24至今古跡尚存。◎25有詩爲證：

每聞胡馬度陰山，恨殺澶淵※14縱虜還。
誰造茅山功跡記，寇公泉下亦開顏。

註

※9 惸孤：惸，音窮。指孤獨的人。
※10 於戲：同「嗚呼」。
※11 藩翰：《詩・大雅・板》：「价人維藩，大師維垣，大邦維屏，大宗維翰。」毛傳：「藩，屏也；翰，幹也。」後因以「藩翰」喻捍衛王室的重臣。喻指藩國。
※12 爾其欽哉：你們一定要恭恭敬敬，小心謹愼。
※13 塤篪：音勳池。塤、篪皆古代樂器，二者合奏時聲音相應和。因此常以「塤篪」比喻兄弟親密和睦。
※14 澶淵：古澤名。因以爲州名。

評點

◎21.是氣悶，卻是痛快。（袁眉）
◎22.作者針線如此。（袁眉）
◎23.此一段有擒有縱，妙不容言。（袁眉）
◎24.也要如此，不然蕭讓、金大堅就沒用了。（容眉）
◎25.說得逼眞，妙。（袁夾）

山西五臺山塔院寺的白塔。（東從餘提供）

宋江卻將軍馬分作五起進發，克日起行。只見魯智深忽到帳前，合掌作禮，◎26對宋江道：「小弟自從打死了鎮關西，逃走到代州雁門縣，趙員外送洒家上五臺山，投禮智眞長老，落髮爲僧。不想醉後兩番鬧了禪門，師父送俺來東京大相國寺，投托智清禪師，討個執事僧做，相國寺裏著洒家看守菜園。爲救林沖，被高太尉要害，因此落草。得遇哥哥，隨從多時，已經數載，思念本師，一向不曾參禮。洒家常想師父說，俺雖是殺人放火的性，久後卻得正果眞身。今日太平無事，兄弟權時告假數日，欲往五臺山參禮本師。就將平昔所得金帛之資，都做布施，再求問師父前程如何。哥哥軍馬只顧前行，小弟隨後便趕來也！」宋江聽罷愕然，默上心

評點

◎26.此時已放下殺人刀杖矣。（袁眉）
◎27.宋江亦有根器。（袁眉）
◎28.宋先鋒力可剿遼，童、蔡輩以貪賄而挫垂成之績，自古未有權臣在內，而大將能立功於外者，信然。（袁評）

來，便道：「你既有這個活佛羅漢在彼，何不早說？與俺等同去參禮，求問前程。」◎27當時與眾人商議，盡皆要去，惟有公孫勝道教不行。宋江再與軍師計議：「留下金大堅、皇甫端、蕭讓、樂和四個，委同副先鋒盧俊義掌管軍馬，陸續先行。俺們只帶一千來人，隨從眾弟兄，跟著魯智深同去參禮智眞長老。」宋江等眾，當時離了軍前，收拾名香、彩帛、表裏、金銀，上五臺山來。正是：暫棄金戈甲馬，來遊方外叢林。雨花臺畔，來訪道德高僧；善法堂前，要見燃燈古佛。直教：一語打開名利路，片言踢透死生關。畢竟宋江與魯智深怎地參禪？且聽下回分解。◎28

山西五臺山尊勝寺。創建於唐代，當時稱善住閣院，北宋天聖四年重修，名為真容禪院，明萬曆十九年復修後改稱為尊勝寺。拍攝時間2006年8月9日。（劉兆明提供）

第九十回　五臺山宋江參禪　雙林鎮燕青遇故

話說五臺山這個智眞長老，原來是故宋時一個當世的活佛，知得過去未來之事。數載之前，已知魯智深是個了身達命之人，只是俗緣未盡，要還殺生之債，因此教他來塵世中走這一遭。本人宿根※1，還有道心※2，◎1今日起這個念頭，要來參禪投禮本師。宋公明亦是素有善心，因此要同魯智深來參智眞長老。當下宋江與衆將，只帶隨行人馬，同魯智深來到五臺山下，就將人馬屯扎下營，先使人上山報知。宋江等衆兄弟都脫去戎裝幘帶，各穿隨身衣服，步行上山。轉到山門外，只聽寺內撞鐘擊鼓，衆僧出來迎接，向前與宋江、魯智深等施了禮。數內有認得魯智深的多，又見齊齊整整這許多頭領跟著宋江，盡皆驚訝。堂頭首座來稟宋江道：「長老坐禪入定，不能相接，將軍切勿見罪！」遂請宋江等先去知客寮內少坐。供茶罷，侍者出來請道：「長老禪定方回，已在方丈專候。啓請將軍進來。」宋江等一行百餘人，直到方丈，來參智眞長老。那長老慌忙降階而接，邀至上堂。各施禮罷，宋江看那和尙時，六旬之上，眉髮盡白，骨格清奇，儼然有天臺方廣出山之相※3。衆人入進方丈之內，宋江便請智眞長老上座，焚香禮拜。一行衆將，都已拜罷，魯智深向前插香禮拜。智眞長老道：「徒弟一去數年，殺人放火不易。」魯智深默然無言。◎2宋江向前道：「久聞長老清德，爭奈俗緣淺薄，無路

拜見尊顏。今因奉詔破遼到此，得以拜見堂頭大和尚，平生萬幸！智深兄弟，雖是殺人放火，忠心不害良善，今引宋江等衆兄弟來參大師。」智眞長老道：「常有高僧到此，亦曾閑論世事。久聞將軍替天行道，忠義根心。吾弟子智深跟著將軍，豈有差錯！」宋江稱謝不已。魯智深將出一包金銀、彩緞來，供獻本師。智眞長老道：「吾弟子，此物何處得來？無義錢財，決不敢受。」智深稟道：「弟子累經功賞，積聚之物，弟子無用，特地將來獻納本師，以充公用。」長老道：「衆亦難消。與汝置經一藏，消滅罪惡，早登善果。」魯智深拜謝已了，宋江亦取金銀、彩緞，上獻智眞長老，長老堅執不受。宋江稟說：「我師不納，可令庫司辦齋，供獻本寺僧衆。」當日就五臺山寺中宿歇一宵，長老設素齋相待，不在話下。

且說次日庫司辦齋完備，五臺山寺中法堂上，鳴鐘擊鼓，智眞長老會集衆僧於法堂上，講法參禪。須臾，合寺衆僧，都披袈裟坐具，到於法堂中坐下。宋江、魯智深並衆頭領，立於兩邊。引磬響處，兩碗紅紗燈籠，引長老上升法座。智眞長老到法座上，先拈信香祝贊道：「此一炷香，伏願皇上聖壽齊天，萬民樂業！再拈信香一炷，願今齋主，身心安樂，壽算延長，日轉千階，名垂萬載！再拈信香一炷，願今國安民泰，歲稔年和，三教興隆，四方寧靜。」祝贊已罷，就法座而坐。兩下衆僧，打罷問訊，復皆侍

註

※1宿根：佛教、道教謂前世的根基。
※2道心：佛教語。菩提心，悟道之心。
※3天臺方廣出山之相：天臺山，佛教聖地，說廣智有天臺山佛祖的形象。

評點

◎1.提揭甚清。（袁眉）
◎2.妙言提醒，默然順受。（袁眉）

立。宋江向前拈香禮拜畢，合掌近前參禪道：「某有一語，敢問吾師：浮世光陰有限，苦海無邊，人身至微，生死最大。」◎3智眞長老便答偈曰：

六根※4束縛多年，四大牽纏已久。堪嗟石火光中，翻了幾個筋斗。咦！閻浮世界※5諸眾生，泥沙堆裏頻哮吼。

長老說偈已畢，宋江禮拜侍立。眾將都向前拈香禮拜，設誓道：「只願弟兄同生同死，世世相逢！」◎4焚香已罷，眾僧皆退，就請去雲堂內赴齋。眾人齋罷，宋江與魯智深跟隨長老來到方丈內。至晚閑話間，宋江求問長老道：「弟子與魯智深本欲從師數日，指示愚迷，但以統領大軍，不敢久戀。我師語錄，實不省悟。今者拜辭還京，某等眾弟兄此去前程如何，萬望吾師明彰點化。」智眞長老命取紙筆，寫出四句偈語：

當風雁影翩，東闕不團圓。隻眼功勞足，雙林福壽全。

寫畢，遞與宋江道：「此是將軍一生之事，可以秘藏，久而必應。」宋江看了，不曉

宋江、魯智深上五臺山。（朱寶榮繪）

其意，又對長老道：「弟子愚蒙，不悟法語，乞吾師明白開解，以釋憂疑。」智眞長老道：「此乃禪機隱語，汝宜自參，不可明說。」長老說罷，喚過智深近前道：「吾弟子此去，與汝前程永別，正果將臨也！與汝四句偈去，收取終身受用。」偈曰：

逢夏而擒，遇臘而執。聽潮而圓，見信而寂。

宋江聽智真長老講禪。（朱寶榮繪）

魯智深拜受偈語，讀了數遍，藏在身邊，拜謝本師。又歇了一宵。次日，宋江、魯智深並吳用等眾頭領辭別長老下山，眾人便出寺來，智眞長老並眾僧都送出山門外作別。

不說長老眾僧回寺，且說宋江等眾將下到五臺山下，引起軍馬，星火趕來。眾將回到軍前，盧俊義、公孫勝等接著宋江眾

註

※4六根：佛教指眼、耳、鼻、舌、身、意，認爲這六者是罪孽的根源。

※5閻浮世界：閻浮，亦作「閻扶」。梵語的音譯，大樹名。指我們這個世界。

評點

◎3.小說中有此等根本語，境界始大。（袁眉）

◎4.仍歸本願，正是妙處。（袁眉）

將，都相見了。宋江便對盧俊義等說五臺山衆人參禪設誓一事，將出禪語，與盧俊義、公孫勝看了，皆不曉其意。蕭讓道：「禪機法語，等閑如何省得？」衆皆驚訝不已。

宋江傳令，催趲軍馬起程，衆將得令，催起三軍人馬，望東京進發。凡經過地方，軍士秋毫無犯。百姓扶老攜幼，來看王師。見宋江等衆將英雄，人人稱獎，個個欽服。宋江等在路行了數日，到一個去處，地名雙林鎮。當有鎮上居民，及近村幾個農夫，都走攏來觀看。宋江等衆兄弟雁行般排著，一對對並轡而行。正行之間，只見前隊裏一個頭領滾鞍下馬，向左邊看的人叢裏，扯著一個人叫道：「兄長如何在這裏？」兩個敘了禮，說著話。宋江的馬漸漸近前，看時，卻是浪子燕青和一個人說話。燕青拱手道：「許兄，此位便是宋先鋒。」宋江勒住馬看那人時，生得：

目炯雙瞳，眉分八字。七尺長短身材，三牙掩口髭鬚。戴一頂烏縐紗抹眉頭巾，穿一領皂沿邊褐布道服。繫一條雜彩呂公絛，著一雙方頭青布履。必非碌碌庸人，定是山林逸士。

宋江見那人相貌古怪，丰神爽雅，忙下馬來，躬身施禮道：「敢問高士大名？」那人望宋江便拜道：「聞名久矣！今日得以拜見。」慌的宋江答拜不迭，連忙扶起道：「小可宋江，何勞如此。」那人道：「小子姓許，名貫忠，祖貫大名府人氏，今移居山野。昔日與燕將軍交契，不想一別有十數個年頭，不得相聚。後來小子在江湖上，聞得小乙哥在將軍麾下，小子欣慕不已。今聞將軍破遼凱還，小子特來此處瞻望，得見各位

註

※6大伾山：伾，音批。在今天河南浚縣。

英雄，平生有幸。欲邀燕兄到敝廬略敘，不知將軍肯放否？」燕青亦稟道：「小弟與許兄久別，不意在此相遇。既蒙許兄雅意，小弟只得去一遭。哥哥同衆將先行，小弟隨後趕來。」宋江猛省道：「兄弟燕青常道先生英雄肝膽，只恨宋某命薄，無緣得遇。今承垂愛，敢邀同往請教。」許貫忠辭謝道：「將軍慷慨忠義，許某久欲相侍左右，因老母年過七旬，不敢遠離。」宋江道：「恁地時，卻不敢相強。」又對燕青說道：「兄弟就回，免得我這裏放心不下。況且到京，倘早晚便要朝見。」燕青道：「小弟決不敢違哥哥將令。」◎5又去稟知了盧俊義，兩下辭別。宋江上得馬來，前行的衆頭領已去了一箭之地，見宋江和貫忠說話，都勒馬伺候。當下宋江策馬上前，同衆將進發。

話分兩頭。且說燕青喚一個親隨軍漢，拴縛了行囊，另備了一匹馬，卻把自己的駿馬讓與許貫忠乘坐。到前面酒店裏，脫下戎裝幘帶，穿了隨身便服。兩人各上了馬，軍漢背著包裹，跟隨在後，離了雙林鎮，望西北小路而行。過了些村舍林岡，前面卻是山僻曲折的路。兩個說些舊日交情，胸中肝膽。出了山僻小路，轉過一條大溪，約行了三十餘里，◎6許貫忠用手指道：「兀那高峻的山中，方是小弟的敝廬在內。」又行了十數里，纔到山中。那山峰巒秀拔，溪澗澄清。燕青正看山景，不覺天色已晚。但見：

落日帶煙生碧霧，斷霞映水散紅光。

原來這座山叫做大伾山※6，上古大禹聖人導河，曾到此處。《書經》上說道：「至於

評點

◎5.針線。（袁眉）
◎6.曲折宛轉。（袁眉）

大伓。」這便是個證見。今屬大名府濬縣地方。◎7話休絮煩。且說許貫忠引了燕青轉過幾個山嘴，來到一個山凹裏，卻有三、四里方圓平曠的所在。樹木叢中，閃著兩、三處草舍。內中有幾間向南傍溪的茅舍，門外竹籬圍繞，柴扉半掩，修竹蒼松，丹楓翠柏，森森密前後。◎8許貫忠指著說道：「這個便是蝸居。」燕青看那竹籬內，一個黃髮村童，穿一領布衲褲，向地上收拾些曬乾的松枝榾柮※7，堆積於茅檐之下。聽得馬蹄響，立起身往外看了，叫聲奇怪：「這裏那得有馬經過！」仔細看時，後面馬上卻是主人。慌忙跑出門外，叉手立著，呆呆地看。原來臨行備馬時，許貫忠說不用鑾鈴，以此至近方覺。二人下了馬，走進竹籬。軍人把馬拴了。二人入得草堂，分賓主坐下。茶罷，貫忠教隨來的軍人卸下鞍轡，把這兩匹馬牽到後面草房中，喚童子尋些草料喂養，仍教軍人前面耳房內歇息。燕青又去拜見了貫忠的老母。貫忠攜著燕青，同到靠東向西的草廬內。推開後窗，卻臨著一溪清水，兩人就倚著窗檻坐地。貫忠道：「敝廬窄陋，兄長休要笑話！」燕青答道：「山明水秀，令小弟應接不暇，實是難得。」貫忠又問些征遼的事。多樣時，童子點上燈來，閉了窗格，掇張桌子，鋪下五、六碟菜蔬，又搬出一盤雞、一盤魚，及家中藏下的兩樣山果，旋了一壺熱酒。貫忠篩了一杯，遞與燕青道：「特地邀兄到此，村醪野菜，豈堪待客？」燕青稱謝道：「相擾卻是不當。」數杯酒後，窗外月光如晝。燕青推窗看時，又是一般清致：雲輕風靜，月白溪清，水影山光，相映一室。燕青誇獎不已道：「昔日在大名府，與兄長最為莫逆。自從兄長應武舉後，

註

※7榾柮：木柴塊，樹根疙瘩，可代炭用。

河南浚縣大伾山，歷代文人摩崖石刻。拍攝時間2004年5月29日。（聶鳴提供）

便不得相見。卻尋這個好去處，何等幽雅！像劣弟恁地東征西逐，怎得一日清閑？」貫忠笑道：「宋公明及各位將軍，英雄蓋世，上應罡星，今又威服強虜。像許某蝸伏荒山，那裏有分毫及得兄等。俺又有幾分兒不合時宜處，每每見奸黨專權，蒙蔽朝廷，因此無志進取，游蕩江河，到幾個去處，俺也頗頗留心。」說罷大笑，洗盞更酌。燕青取白金二十兩，送與貫忠道：「些須薄禮，少盡鄙忱。」貫忠堅辭不受。燕青又勸貫忠道：「兄長恁般才略，同小弟到京師覷方便，討個出身。」貫忠嘆口氣說道：「今奸邪當道，妒賢嫉能，如鬼如蜮的，都是峨冠博帶；忠良正直的，盡被牢

評點

◎7.有源有本。（袁眉）
◎8.竹籬茅舍，是一個隱士家。（袁眉）

籠陷害。小弟的念頭久灰。兄長到功成名就之日，也宜尋個退步。自古道：『鵰鳥盡，良弓藏。』」燕青點頭嗟嘆。兩個說至半夜，方纔歇息。

次早，洗漱罷，又早擺上飯來，請燕青吃了，便邀燕青去山前山後遊頑。燕青登高眺望，只見重巒疊嶂，四面皆山，惟有禽聲上下，卻無人跡往來。山中居住的人家，顛倒數過，只有二十餘家。燕青道：「這裏賽過桃源。」燕青貪看山景，當日天晚，又歇了一宵。次日，燕青辭別貫忠道：「恐宋先鋒懸念，就此拜別。」貫忠相送出門。貫忠道：「兄長少待！」無移時，村童托一軸手卷兒出來，貫忠將來遞與燕青道：「這是小弟近來的幾筆拙畫。兄長到京師，細細的看，日後或者亦有用得著處。」燕青謝了，教軍人拴縛在行囊內。兩個不忍分手，又同行了一、二里。燕青道：「『送君千

燕青與許貫忠遊覽大伾山。（日版畫，出自《新編水滸畫傳》，葛飾戴斗繪）

里，終須一別』，不必遠勞，後圖再會。」兩人各悒怏※8分手。燕青望許貫忠回去得遠了，方纔上馬。便教軍人也上了馬，一齊上路。不則一日，來到東京，恰好宋先鋒屯駐軍馬於陳橋驛，聽候聖旨，燕青入營參見，不題。

且說先是宿太尉並趙安撫中軍人馬入城，已將宋江等功勞奏聞天子。報說宋先鋒等諸將兵馬，班師回軍，已到關外。趙安撫前來啓奏，說宋江等諸將邊庭勞苦之事。天子聞奏，大加稱讚，就傳聖旨，命黃門侍郎宣宋江等面君朝見，都教披掛入城。宋江等衆將，遵奉聖旨，本身披掛，戎裝革帶，頂盔掛甲，身穿錦襖，懸帶金銀牌面，從東華門而入，都至文德殿朝見天子，拜舞起居，山呼萬歲。皇上看了宋江等衆將英雄，盡是錦袍金帶，惟有吳用、公孫勝、魯智深、武松，身著本身服色。天子聖意大喜，乃曰：「寡人多知卿等征進勞苦，邊塞用心，中傷者多，寡人甚爲憂戚。」宋江再拜奏道：「托聖上洪福齊天，臣等衆將，雖有中傷，俱各無事。今逆虜投降，邊庭寧息，實陛下威德所致，臣等何勞之有？」再拜稱謝。天子特命省院官計議封爵。太師蔡京、樞密童貫商議奏道：「宋江等官爵，容臣等酌議奏聞。」天子准奏，仍敕光祿寺大設御宴。◎9欽賞宋江錦袍一領、金甲一副、名馬一匹，盧俊義以下給賞金帛，盡於內府關支。宋江與衆將謝恩已罷，盡出宮禁，都到西華門外，上馬回營安歇，聽候聖旨。不覺得過了數日，那蔡京、童貫等那裏去議甚麼封爵，只顧延挨※9。

註

※8悒怏：憂愁，不安。
※9延挨：拖延。

評點

◎9.強盜安得如此遭際？不可信，不可信，刪之爲是。（容眉）

且說宋江正在營中閑坐，與軍師吳用議論些古今興亡得失的事，只見戴宗、石秀各穿微服，來稟道：「小弟輩在營中，兀坐無聊，今日和石秀兄弟閑走一回，特來稟知兄長。」宋江道：「早些回營，候你們同飲幾杯。」戴宗和石秀離了陳橋驛，望北緩步行來。過了幾個街坊市井，忽見路旁一個大石碑，碑上有「造字臺」三字，上面又有幾行小字，因風雨剝落，不甚分明。戴宗仔細看了道：「卻是倉頡※10造字之處。」石秀笑道：「俺們用不著他。」◎10兩人笑著，望前又行。到一個去處，偌大一塊空地，地上都是瓦礫。正北上有個石牌坊，橫著一片石板，上鐫「博浪城」三字。戴宗沉吟了一回，說道：「原來此處是漢留侯擊始皇的所在。」戴宗嘖嘖稱讚道：「好個留侯！」石秀道：「只可惜這一椎不中！」兩個嗟嘆了一回，說著話，只顧望北走去，離營卻有二十餘里。石秀道：「俺兩個鳥耍了這半日，尋那裏吃碗酒回營去？」戴宗道：「兀那前面不是個酒店？」兩個進了酒店，揀個近窗明亮

❀ 河南開封的小皇宮。拍攝時間2004年5月2日。（馮燕提供）

的座頭坐地。戴宗敲著桌子叫道：「將酒來！」酒保搬了五、六碟菜蔬，擺在桌上，問道：「官人打多少酒？」石秀道：「先打兩角酒，下飯但是下得口的，只顧賣來。」無移時，酒保旋了兩角酒、一盤牛肉、一盤羊肉、一盤嫩雞。兩個正在那裏吃酒閑話，只見一個漢子托著雨傘、桿棒，背個包裹，拽扎起皂衫，腰繫著纏袋，腿綳護膝，八搭麻鞋，走得氣急喘促，進了店門，放下傘棒、包裹，便向一個座頭坐下，叫道：「快將些酒肉來！」過賣旋了一角酒，擺下兩、三碟菜蔬。那漢道：「不必文謅了，有肉快切一盤來，俺吃了，要趕路進城公幹。」拿起酒，大口價吃。戴宗把眼瞅著，肚裏尋思道：「這鳥是個公人，不知甚麼鳥事？」便向那漢拱手問道：「大哥，甚麼事恁般要緊？」那漢一頭吃酒、吃肉，一頭夾七夾八的說出幾句話來。有分教：宋公明再建奇功，汾沁地重歸大宋。畢竟那漢說出甚麼話來？且聽下回分解。◎11

註

※10倉頡：傳說中創造漢字的人。

評點

◎10.冷語有趣。（袁眉）

◎11.自來有心於世者，往往隱遁山林。許貫中以三晉地圖託付燕青，其胸中已自不凡，而鳥盡弓藏之諷，可謂知幾其神。（袁評）

第九十一回

宋公明兵渡黃河　盧俊義賺城黑夜

話說戴宗、石秀見那漢像個公人打扮，又見他慌慌張張。戴宗問道：「端的是甚麼公幹？」那漢放下箸，抹抹嘴，對戴宗道：「河北田虎作亂，你也知道麼？」戴宗道：「俺們也知一二。」那漢道：「田虎那廝，侵州奪縣，官兵不能抵敵。近日打破蓋州※1，早晚便要攻打衛州※2。城中百姓，日夜驚恐，城外居民，四散逃竄。因此本府差俺到省院，投告急公文的。」說罷，便起身，背了包裹，托著傘棒，急急算還酒錢，出門嘆口氣道：「眞個是官差不自由。俺們的老小，都在城中。皇天！只願早早發救兵便好！」拽開步，望京城趕去了。戴宗、石秀得了這個消息，也算還酒錢，離了酒店，回到營中，見宋先鋒報知此事。宋江與吳用商議道：「我等諸將，閑居在此，甚是不宜。不若奏聞天子，我等情願起兵前去征進。」吳用道：「此事須得

宋江整頓軍隊，準備征討田虎。（日版畫，出自《新編水滸畫傳》，葛飾戴斗繪）

宿太尉保奏方可。」當時會集諸將商議，盡皆歡喜。次日，宋江穿了公服，引十數騎入城，直至太尉府前下馬。正值太尉在府，令人傳報。太尉知道，忙教請進。宋江到堂上再拜起居。宿太尉道：「將軍何事光降？」宋江道：「上告恩相，宋某聽得河北田虎造反，佔據州郡，擅改年號，侵至蓋州，早晚來打衛州。宋江等人馬久閑，某等情願部領兵馬，前去征剿，盡忠報國。望恩相保奏則個。」宿太尉聽了大喜道：「將軍等如此忠義，肯替國家出力，宿某當一力保奏。」宋江謝道：「宋某等屢蒙太尉厚恩，雖銘心鏤骨，不能補報。」宿太尉又令置酒相待。至晚，宋江回營，與眾頭領說知。

卻說宿太尉次日早朝入內，見天子在披香殿。省院官正奏：「河北田虎造反，佔據五府五十六縣，改年建號，自霸稱王。目今打破陵川，懷州震鄰，申文告急。」天子大驚，向百官文武問道：「卿等誰與寡人出力，剿滅此寇？」只見班部叢中閃出宿太尉，執簡當胸，俯伏啟奏道：「臣聞田虎斬木揭竿之勢，今已燎原，非猛將雄兵，難以剿滅。今有破遼得勝宋先鋒，屯兵城外，乞陛下降敕，遣這枝軍馬前去征剿，必成大功。」天子大喜，即令省院官奉旨出城，宣取宋江、盧俊義，直到披香殿下，朝見天子。拜舞已畢，玉音道：「朕知卿等英雄忠義，今敕卿等征討河北，卿等勿辭勞苦。早奏凱歌而回，朕當優擢※3。」宋江、盧俊義叩頭奏道：「臣等蒙聖恩委任，敢不鞠

註

※1蓋州：古州名，在今天山西東部晉城縣。

※2衛州：古州名，在今天河南汲縣。

※3優擢：優先提拔。

宋江領兵渡過黃河。
（朱寶榮繪）

躬盡瘁，死而後已！」天子龍顏欣悅，降敕封宋江爲平北正先鋒，盧俊義爲副先鋒。各賜御酒、金帶、錦袍、金甲、彩緞，其餘正偏將佐，各賜緞匹、銀兩。待奏蕩平，論功升賞，加封官爵。三軍頭目，給賜銀兩，都就於內府關支。限定日期，出師起行。宋江、盧俊義再拜謝恩，領旨辭朝，上馬回營，升帳而坐。當時會集諸將，盡教收拾鞍馬衣甲，準備起身，征討田虎。次日，於內府關到賞賜緞匹、銀兩，分俵諸將，給散三軍頭目。宋江與吳用計議，著令水軍頭領，整頓戰船先進，自汴河入黃河，至原武縣界，等候大軍到來，接濟渡河。傳令與馬軍頭領，整頓馬匹，水陸並進，船騎同行，準備出師。

且說河北田虎這廝，是威勝州沁源縣※4一個獵戶，有膂力，熟武藝，專一交結惡少。本處萬山環列，易於哨聚※5。又值水旱頻仍，民窮財盡，人心思亂。田虎乘機糾集亡命，捏造妖言，煽惑愚民。初時擄掠些財物，後來侵州奪縣，官兵不敢當其鋒。說話的※6，田虎不過一個獵戶，爲何就這般猖獗？看官聽著：卻因那時文官要錢，武將怕死，各州縣雖有官兵防禦，都是老弱虛冒。或一名吃兩、三名的兵餉，或勢要人家閑著的伴當，出了十數兩頂首，也買一名充當，落得關支些糧餉使用。到得點名操練，卻去雇人答應。上下相蒙，牢不可破。國家費盡金錢，竟無一毫實用。到那臨陣時節，卻

註

※4沁源縣：縣名，在今天山西省。

※5哨聚：謂召集眾人。多指圖謀不軌。

※6說話的：古代對說書人的稱呼，當時說書的底稿叫話本，因此而稱呼。

不知斷殺，橫的竪的，一見前面塵起炮響，只恨爺娘少生兩隻腳。◎1當時也有幾個軍官，引了些兵馬，前去追剿田虎，那裏敢上前？只是尾其後，東奔西逐，虛張聲勢，甚至殺良冒功。百姓愈加怨恨，反去從賊，以避官兵。所以被他佔去了五州五十六縣。那五州：一是威勝※7，即今時沁州；二是汾陽，即今時汾州※8；三是昭德※9，即今時潞安；四是晉寧※10，即今時平陽；五是蓋州，即今時澤州。那五十六縣，都是這五州管下的屬縣。田虎就汾陽起造宮殿，僞設文武官僚，內相外將，獨霸一方，稱爲晉王。兵精將猛，山川險峻。目今分兵兩路，前來侵犯。

再說宋江選日出師，相辭了省院諸官，當有宿太尉親來送行，趙安撫遵旨，至營前賞勞三軍。宋江、盧俊義謝了宿太尉、趙安撫，兵分三隊而進，令五虎八驃騎爲前部。

五虎將五員：

大刀關勝　豹子頭林沖

霹靂火秦明　雙鞭將呼延灼

雙槍將董平

八驃騎八員：

小李廣花榮　金槍手徐寧

青面獸楊志　急先鋒索超

沒羽箭張清　美髯公朱仝

九紋龍史進　沒遮攔穆弘

令十六彪將爲後隊。

小彪將十六員：

鎮三山黃信　病尉遲孫立

醜郡馬宣贊　井木犴郝思文

百勝將韓滔　天目將彭玘

聖水將軍單廷珪　神火將魏定國

摩雲金翅歐鵬　火眼狻猊鄧飛

錦毛虎燕順　鐵笛仙馬麟

跳澗虎陳達　白花蛇楊春

錦豹子楊林　小霸王周通

宋江、盧俊義、吳用、公孫勝，及其餘將佐、馬步頭領，統領中軍。當日三聲號炮，金鼓樂器齊鳴，離了陳橋驛，望東北進發。宋江號令嚴明，行伍整肅，所過地方，秋毫無犯，是不必說。兵至原武縣界，縣官出郊迎接，前部哨報水軍頭領船隻，已在河濱等候渡河。宋江傳令李俊等領水兵六百，分爲兩哨，分哨左右。再拘聚些當地船隻，裝載馬

註

※7威勝：古縣名，在今天山西省沁縣。

※8汾州：古縣名，在今天山西省汾陽縣。

※9昭德：古地名，在今天山西省平陽市。

※10晉寧：古府名，在今天山西省平陽市。

評點

◎1.切中時弊。（袁眉）

匹、車仗。宋江等大兵，次第渡過黃河北岸，便令李俊等統領戰船，前至衛州衛河齊取。

宋江兵馬前部，行至衛州屯扎。當有衛州官員，置筵設席，等接宋先鋒到來，請進城中管待，訴說：「田虎賊兵浩大，不可輕敵。澤州是田虎手下僞樞密鈕文忠鎮守，差部下張翔、王吉，領兵一萬，來攻本州所屬輝縣；沈安、秦升，領兵一萬，來攻懷州屬縣武涉。求先鋒速行解救則個！」宋江聽罷，回營與吳用商議，發兵前去救應。吳用道：「陵川乃蓋州之要地，不若竟領兵去打陵川，則兩縣之圍自解。」當下盧俊義道：「小弟不才，願領兵去取陵川。」宋江

黃河一景。（美工圖書社：中國圖片大系提供）

大喜，撥盧俊義馬軍一萬、步兵五百。馬軍頭領乃是花榮、秦明、董平、索超、黃信、孫立、楊志、史進、朱仝、穆弘。步軍頭領乃是李逵、鮑旭、項充、李衮、魯智深、武松、劉唐、楊雄、石秀。次日，盧俊義領兵去了。宋江在帳中，再與吳用計議進兵良策。吳用道：「賊兵久驕，盧先鋒此去，必然成功。只有一件，三晉山川險峻，須得兩個頭領做細作，先去打探山川形勢，方可進兵。」道猶未了，只見帳前走過燕青稟道：「軍師不消費心，山川形勢，已有在此。」當下燕青取出一軸手卷，展放桌上。◎2宋江與吳用從頭仔細觀看，卻是三晉山川城池關隘之圖。凡何處可以屯扎，何處可以埋伏，何處可以廝殺，細細的都寫在上面。吳用驚問道：「此圖何處得來？」燕青對宋江道：「前日破遼班師，回至雙林鎮，所遇那個姓許雙名貫忠的，他邀小弟到家，臨別時，將此圖相贈。他說是幾筆醜畫，弟回到營中閑坐，偶取來展看，纔知是三晉之圖。」宋江道：「你前日回來，正值收拾朝見，忙忙地不曾問得備細。我看此人也是個好漢，你平日也常對我說他的好處，他如今何所作為？」燕青道：「貫忠博學多才，也好武藝，有肝膽，其餘小伎，琴弈丹青，件件都省的。」因他不願出仕，山居幽僻，及相敘的言語，備細說了一遍。吳用道：「誠天下有心人也。」宋江、吳用嗟嘆稱讚不已。

且說盧俊義領了兵馬，先令黃信、孫立，領三千兵去陵川城東五里外埋伏，史進、楊志領三千軍去陵川城西五里外埋伏。「今夜五鼓，銜枚摘鈴，悄地各去。明日我等進兵，敵人若無準備，我兵已得城池，只看南門旗號，衆頭領領了軍馬，徐徐進城。倘敵

評點

◎2.絕好照應。（袁眉）

人有準備，放炮爲號，兩路一齊殺出接應。」四將領計去了。盧俊義次早五更造飯，平明，軍馬直逼陵川城下。兵分三隊，一帶兒擺開，搖旗擂鼓搦戰。守城軍慌的飛去報知守將董澄及偏將沈驥、耿恭。那董澄是鈕文忠部下先鋒，身長九尺，膂力過人，使一口三十斤重潑風刀。當下聽得報宋朝調遣梁山泊兵馬，已到城下扎營，要來打城。董澄急升帳，整點軍馬，出城迎敵。耿恭諫道：「某聞宋江這夥英雄，不可輕敵，只宜堅守。差人去蓋州求取救兵到來，內外夾攻，方能取勝。」董澄大怒道：「叵耐那廝小覷俺這裏，怎敢就來攻城！彼遠來必疲，待俺出去，教他片甲不回！」耿恭苦諫不聽。董澄道：「既如此，留下一千軍馬與你城中守護。你去城樓坐著，看俺殺那廝。」急披掛提刀，同沈驥領兵出城迎敵。城門開處，放下吊橋，二、三千兵馬，擁過吊橋。宋軍陣裏，用強弓硬弩射住陣腳。只聽得鼉鼓※11冬冬，陵川陣中捧出一員將來。怎生打扮：

戴一頂點金束髮渾鐵盔，頂上撒斗來大小紅纓。披一副擺連環鎖子鐵甲，穿一領繡雲霞團花戰袍，著一雙斜皮嵌線雲跟靴，繫一條紅鞓釘就疊勝帶。一張弓、一壺箭。騎一匹銀色捲毛馬，手使一口潑風刀。

董澄立馬橫刀，大叫道：「水泊草寇，到此送死！」朱仝縱馬喝道：「天兵到此，早早下馬受縛，免污刀斧！」兩軍吶喊。朱仝、董澄搶到垓心，兩馬相交，兩器並舉。二將鬥不過十餘合，朱仝撥馬望東便走，董澄趕來。東隊裏花榮挺槍接住廝殺，鬥到三十餘合，不分勝敗。吊橋邊沈驥見董澄不能取勝，掄起出白點鋼槍，拍馬向前助戰。花榮

見兩個夾攻，撥馬望東便走。董澄、沈驥緊緊趕來，花榮回馬再戰。耿恭在城頭上，看見董澄、沈驥趕去，恐怕有失，正欲鳴鑼收兵，宋軍隊裏忽衝出一彪軍來，李逵、魯智深、鮑旭、項充等十數個頭領，飛也似搶過吊橋來，北兵怎當得這樣凶猛，不能攔擋。耿恭急叫閉門，說時遲，那時快，魯智深、李逵早已搶入城來。守門軍一齊向前，被智深大叫一聲，一禪杖打翻了兩個。李逵掄斧，劈倒五、六個。鮑旭等一擁而入，奪了城門，殺散軍士。耿恭見頭勢不好，急滾下來，望北要走，被步軍趕上活捉了。董澄、沈驥正鬥花榮，聽得吊橋邊喊起，急回馬趕去。花榮不去追趕，就了事環帶住鋼槍，拈弓取箭，覷定董澄，望董澄後心颼的一箭，董澄兩腳蹬空，撲通的倒撞下馬來。盧俊義等招動軍馬，掩殺過來。沈驥被董平一槍戳死。陵川兵馬，殺死大半，其餘的四散逃竄去了。眾將領兵，一齊進城。黑旋風李逵兀是火剌剌的只顧砍殺，盧俊義連叫：「兄弟，不要殺害百姓。」李逵方肯住手。

盧俊義教軍士快於南門豎立認軍旗號，好教兩路伏兵知道，再分撥軍士各門把守。少頃，黃信、孫立、史進、楊志，兩路伏兵，一齊都到。花榮獻董澄首級，董平獻沈驥首級，鮑旭等活捉得耿恭，並部下幾個頭目解來。盧先鋒都教解了綁縛，扶耿恭於客位，分賓主而坐。耿恭拜謝道：「被擒之將，反蒙厚禮相待。」盧俊義扶起道：「將軍不出城迎敵，良有深意，豈董澄輩可比。宋先鋒招賢納士，將軍若肯歸順天朝，宋先鋒

註

※11鼙鼓：戰鼓。

⊗ 雙槍將董平。（葉雄繪）

必行保奏重用。」耿恭叩領謝道：「既蒙不殺之恩，願為麾下小卒。」盧俊義大喜，再用好言撫慰了這幾個頭目，一面出榜安民，一面備辦酒食，犒勞軍士，置酒管待耿恭及眾將。盧俊義問耿恭蓋州城中兵將多寡。耿恭道：「蓋州有鈕樞密重兵鎮守，陽城、沈水，俱在蓋州之西。惟高平縣去此只六十里遠近，城池傍著韓王山，守將張禮、趙能，部下有二萬軍馬。」盧俊義聽罷，舉杯向耿恭道：「將軍滿飲此杯，只今夜盧某便要將軍去幹一件功勞，萬勿推卻。」耿恭道：「蒙先鋒如此厚恩，耿恭敢不盡心！」俊義喜道：「將軍既肯去，盧某撥幾個兄弟，並將軍部下頭目，依著盧某如此如此，即刻就煩起身。」又喚過那新降的六、七個頭目，各賞酒食銀兩，功成另行重賞。當下酒罷，盧俊義傳令李逵、鮑旭等七個步兵頭領，並一百名步兵，穿換了陵川軍卒的衣甲旗號；又令史進、楊志，領五百馬軍，銜枚摘鈴，遠遠地隨在耿恭兵後；卻令花榮等眾將，在城鎮守，自己領三千兵，隨後接應。

分撥已定，耿恭等領計出城，日色已晚，行至高平城南門外，已是黃昏時候。星光之下，望城上旗幟森密，聽城中更鼓嚴明。耿恭到城下高叫道：「我是陵川守將耿恭，只爲董、沈二將不肯聽我說話，開門輕敵，以此失陷。我急領了這百餘人，開北門從小路潛走至此，快放我進城則個！」守城軍士把火照認了，急去報知張禮、趙能。那張禮、趙能親上城樓，軍士打著數把火炬，前後照耀。張禮向下對耿恭道：「雖是自家人馬，也要看個明白。」望下仔細辨認，眞個是陵川耿恭，領著百餘軍卒，號衣旗幟，無半點差錯。城上軍人多有認得頭目的，便指道：「這個是孫如虎。」又道：「這個是李擒龍。」張禮笑道：「放他進來！」只見城門開處，放下吊橋，又令三、四十個軍士，把住吊橋兩邊，方纔放耿恭進城。後面這那軍人，一擁搶進道：「快進去！快進去！後面追趕來了。」也不顧甚麼耿將軍。把門軍士喝道：「這是甚麼去處？這般亂竄！」正在那裏爭讓，只見韓王山嘴邊火起，飛出一彪軍馬來，

上黨等地區是山西兵家要地。圖為山西長治，上黨門之雪景。（Photobase／fotoe提供）。

二將當先，大喊：「賊將休走！」那耿恭的軍卒內，已混著李逵、鮑旭、項充、李袞、劉唐、楊雄、石秀這七個大蟲在內。當時各掣出兵器，發聲喊，百餘人一齊發作，搶進城來。城中措手不及，那裏關得城門。城門內外軍士，早被他們砍翻數十個，奪了城門。張禮叫苦不迭，急挺槍下城，來尋耿恭，正撞著石秀。鬥了三、五合，張禮無心戀戰，拖槍便走，被李逵趕上，槅察的一斧，剁爲兩段。再說韓王山嘴邊那彪軍，飛到城邊，一擁而入，正是史進、楊志，分投趕殺北兵。趙能被亂兵所殺。高平軍士，殺死大半。把張禮老小，盡行誅戮。城中百姓，在睡夢裏驚醒，號哭振天。須臾，盧先鋒領兵也到了，下令守把各門，教十數個軍士，分頭高叫，不得殺害百姓。天明，出榜安民，賞賜軍士，差人飛報宋先鋒知道。爲何盧俊義攻破兩座城池，恁般容易？恁般神速？卻因田虎部下縱橫，久無敵手，輕視官軍，卻不知宋江等衆將如此英雄。盧俊義得了這個竅，出其不意，連破二城，所以吳用說：「盧先鋒此去一定成功。」

話休絮煩。且說宋江軍馬屯扎衛州城外。宋先鋒正在帳中議事，忽報盧先鋒差人飛報捷音，並乞宋先鋒再議進兵之策。宋江大喜，對吳用道：「盧先鋒一日連克二城，賊已喪膽。」正說間，又有兩路哨軍報道：「輝縣、武涉兩處圍城兵馬，聞陵川失守，都解圍去了。」宋江對吳用道：「軍師神算，古今罕有！」欲拔寨西行，與盧先鋒合兵一處，計議進兵。吳用道：「衛州左孟門，右太行，南濱大河，西壓上黨，地當衝要。倘賊人知大兵西去，從昭德提兵南下，我兵東西不能相顧，將如之何？」宋江道：「軍師之言最當！」便令關勝、呼延灼、公孫勝，領五千軍馬，鎮守衛州，再令水軍頭領李俊、二張、三阮、二童，統領水軍船隻，泊聚衛河，與城內相爲犄角。分撥已定，諸將領命去了。宋江衆將，統領大兵，即日拔寨起行。於路無話。來到高平，盧俊義等出城迎接。宋江道：「兄弟們連克二城，功勞不小，功績簿上，都一一紀錄。」盧俊義領新降將耿恭參見。宋江道：「將軍棄邪歸正，與宋某等同替國家出力，朝廷自當重用。」耿恭拜謝侍立。宋江以人馬衆多，不便入城，就於城外扎寨。即日與吳用、盧俊義商議，如今當去打那個州郡。吳用道：「蓋州山高澗深，道路險阻，今已克了兩個屬縣，其勢已孤。當先取蓋州，以分敵勢，然後分兵兩路夾剿，威勝可破也。」宋江道：「先生之言，正合我意。」傳令柴進同李應去守陵川，替回花榮等六將前來聽用，史進同穆弘守高平。柴進等四人遵令去了。當下有沒羽箭張清稟道：「小將兩日感冒風寒，欲於高平暫住，調攝痊可，赴營聽用。」宋江便教神醫安道全，同張清往高平療治。次日，花榮等已到。宋江令花榮、秦明、索超、孫立，領兵五千爲先鋒；董平、楊志、朱仝、史進、穆弘、韓滔、彭玘，領兵一萬爲左翼；黃信、林沖、宣贊、郝思文、歐鵬、鄧飛，領兵一萬爲右翼；徐寧、燕順、馬麟、陳達、楊春、楊林、周通、李忠爲後隊；宋江、盧俊義等其餘將佐，統領大兵爲中軍。這五路雄兵，殺奔蓋州來，卻似龍離大海，虎出深林。正是：人人要建封侯績，個個思成蕩寇功。畢竟宋江兵馬如何攻打蓋州？且聽下回分解。◎3

◎3.盧先鋒取高平，勢如摧枯拉朽，雖得降將耿恭之力，其所折服耿恭以得成功者，亦是智謀過人。（袁評）

第九十二回　振軍威小李廣神箭　打蓋郡智多星密籌

話說宋江統領軍兵人馬，分五隊進發，來打蓋州。蓋州哨探軍人，探聽得實，飛報入城來。城中守將鈕文忠，原是綠林中出身，江湖上打劫得金銀財物，盡行資助田虎，同謀造反，佔據宋朝州郡，因此官封樞密使之職。慣使一把三尖兩刃刀，武藝出眾。部下管領著猛將四員，名號四威將，協同鎮守蓋州。那四員：

猊威將方瓊　　貔威將安士榮
彪威將褚亨　　熊威將于玉麟

這四威將手下，各有偏將四員，共偏將一十六員。乃是：

楊端　郭信　蘇吉　張翔
方順　沈安　盧元　王吉
石敬　秦升　莫眞　盛本
赫仁　曹洪　石遜　桑英

鈕文忠同正偏將佐，統領著三萬北兵，據守蓋州。近聞陵川、高平失守，一面準備迎敵官軍，一面申文

紅炮與將軍立馬雕塑，河南滎陽市象棋公園。拍攝時間2007年4月28日。（矗鳴提供）

去威勝、晉寧兩處，告急求救。當下聞報，即遣正將方瓊，偏將楊端、郭信、蘇吉、張翔，領兵五千，出城迎敵。臨行鈕文忠道：「將軍在意，我隨後領兵接應。」方瓊道：「不消樞密分付，那兩處城池，非緣力不能敵，都中了他詭計。方某今日不殺他幾個，誓不回城！」

當下各各披掛上馬，領兵出東門，殺奔前來。宋兵前隊迎著，擺開陣勢，戰鼓喧天。北陣裏門旗開處，方瓊出馬當先，四員偏將簇擁在左右。那方瓊頭戴捲雲冠，披掛龍鱗甲，身穿綠錦袍，腰繫獅蠻帶，足穿抹綠靴。左掛弓，右懸箭。跨一匹黃鬃馬，拈一條渾鐵槍，高叫道：「水窪草寇，怎敢用詭計賺我城池！」宋陣中孫立喝道：「助逆反賊，今天兵到來，尚不知死！」拍馬直搶方瓊。二將在征塵影裏，殺氣叢中，鬥過三十餘合，方瓊漸漸力怯。北軍陣中，張翔見方瓊鬥不過孫立，他便拈起弓，搭上箭，把馬挨出陣前，向孫立颼的一箭。孫立早已看見，把馬頭一提，正射中馬眼，那馬直立起來。孫立跳在一邊，拈著槍，便來步鬥。那馬負痛，望北跑了十數步便倒。張翔見射不倒孫立，飛馬提刀，又來助戰，卻得秦明接住廝殺。孫立欲歸陣換馬，被方瓊一條槍，不離左右的絞住，不能脫身。那邊惱犯了神臂將花榮，罵道：「賊將怎敢放暗箭，教他認我一箭！」口裏說著，手裏的弓已開得滿滿地，覷定方瓊較親，颼的只一箭，正中方瓊面門，翻身落馬。孫立趕上，一槍結果，急回本

❀ 花榮綽號小李廣，真正的李廣是西漢名將，前後與匈奴七十餘戰，驍勇善騎射，有「漢之飛將軍」美稱。

陣換馬去了。張翔與秦明廝殺，秦明那條棍，不離張翔的頂門上下，張翔只辦得架隔遮攔。又見方瓊落馬，心中懼怯，漸漸輸將下來。北陣裏郭信拍馬拈槍，來助張翔。秦明力敵二將，全無懼怯，三匹馬丁字兒擺開，在陣前廝殺。花榮再取第二枝箭，搭上弦，望張翔後心覷得親切，弓開滿月，箭發流星，颼的又一箭，喝聲道：「認箭！」正中張翔後心，射個透明，那枝箭直透前胸而出。頭盔倒掛，兩腳蹬空，撲通的撞下馬來。郭信見張翔中箭，賣個破綻，撥馬望本陣便走，秦明緊緊趕去。此時孫立已換馬出陣，同花榮、索超招兵捲殺過來，北兵大亂。那邊楊端、郭信、蘇吉抵當不住，望後急退。猛聽得北兵後面，喊聲大振，卻是鈕文忠恐方瓊有失，令安士榮、于玉麟各領五千軍馬，分兩路合殺攏來。這裏花榮等四將，急分兵抵敵，卻被那楊端、郭信、蘇吉勒轉兵馬，回身殺來。當不得三面夾攻，花榮等四將奮力衝突，看看圍在垓心。又聽得東邊喊殺連天，北軍大亂，左是董平等七將，右是黃信等七將，兩翼兵馬，一齊衝殺過來，北兵大敗，殺死者甚多。安士榮、于玉麟等，領兵急擁進城，閉了城門。宋兵追至城下，城上擂木炮石，打將下來，宋兵方退。

須臾，宋先鋒等大兵都到，離城五里屯扎。宋江升帳，教蕭讓標寫花榮頭功。忽然起一陣怪風，飛土揚塵，從西過東，把旗幟都搖撼得歪邪。吳用道：「這陣風，今夜必主賊兵劫寨，可速準備。」宋江道：「這陣風眞個不比尋常！」便令歐鵬、鄧飛、燕順、馬麟，領三千兵於寨左埋伏。王英、陳達、楊春、李忠，領三千兵於寨右埋伏。

註

※1分野：劃分的範圍。

魯智深、武松、李逵、鮑旭、項充、李衮，領兵五百，於寨中埋伏。炮響爲號，一齊殺出。分撥已了，宋江與吳用秉燭談兵。且說鈕文忠見折了二將，計點軍士，折去二千餘名。正在帳中納悶，當有貔威將安士榮獻計道：「恩相放心！宋江這夥，連贏了幾陣，已是志驕氣滿，必無準備。今夜，安某領一支兵去劫寨，可獲全勝，以報今日之仇。」鈕樞密道：「將軍若去，我當親自領兵接應。卻令于、褚二將軍，堅守城池。」安士榮大喜道：「若得恩相親征，必擒宋江。」計議已定，至二更時分，士榮同偏將沈安、盧元、王吉、石敬，統領五千軍馬，人披軟戰，馬摘鸞鈴，出得城來，銜枚疾走，直至宋兵寨前，發聲喊，一擁殺入寨來。只見寨門大開，寨中燈燭輝煌，安士榮情知中計，急退不迭。宋寨中一聲炮響，左有燕順等四將，右有王英等四將，一齊奔殺攏來。寨內李逵等六將，領蠻牌步兵，滾殺出寨來。北軍大敗，四散逃命。沈安被武松一戒刀砍死，王吉被王英殺死。宋兵把安士榮、盧元、石敬人馬圍在垓心。看看危急，卻得鈕文忠同偏將曹洪、石遜，領兵救應，混殺一場，各自收兵。次日，鈕文忠計點軍士，折去千餘。又折了沈安、王吉二將。石遜身帶重傷，命在呼吸。正憂悶間，忽報威勝有使命齎令旨到來。鈕文忠連忙上馬，出北門迎接。使臣進城，宣讀令旨，說近來司天監夜觀天象，有罡星入犯晉地分野※1，務宜堅守城池，不得有誤。鈕文忠訴說：「宋朝差宋江等兵馬前來廝殺，連破兩個城池。宋兵已到這裏，昨日廝殺，又折了正偏將佐五員。若

北京香山，清代練兵場團城，演武廳清軍健銳營的雲梯與火槍。拍攝時間2004年12月。（聶鳴提供）

得救兵早到，方保無虞。」使臣道：「在下離威勝時，尚未有這個消息。行至中路，始聽得傳說宋朝遣兵到俺這裏。」鈕文忠設宴管待，饋送禮物，一面準備擂木炮石、強弓硬弩、火箭火器，堅守城池，以待救兵，不在話下。

再說燕順、王英等衆將，殺散劫寨賊兵，得勝回寨。次日，宋江傳令，修治轒轀器械，準備攻城。令林沖、索超、宣贊、郝思文，領兵一萬，攻打東門；徐寧、秦明、韓滔、彭玘，領兵一萬，攻打南門；董平、楊志、單廷珪、魏定國，領兵一萬，攻打西門；卻空著北門，恐有救兵到來，城內衝突，兩路受敵。卻令史進、朱仝、穆弘、馬麟，領兵五千，於城東北高岡下埋伏；黃信、孫立、歐鵬、鄧飛，領兵五千，於城西北密林裏埋伏；倘賊人調遣救兵至，兩路夾擊。令花榮、王英、張青、孫新、李立，領馬兵一千爲游騎，

往來四門探聽；李逵、鮑旭、項充、李袞、劉唐、雷橫，領步兵三百，與花榮等互相策應。分撥已定，衆將遵令去了。宋江與盧俊義、吳用等正偏將佐，移扎營寨城東一里外。令李雲、湯隆督修雲梯飛樓※2，推赴各營駕用。卻說林沖等四將在東城建竪雲梯、飛樓，逼近城垣，令輕捷軍士上飛樓，攀援欲上，下面吶喊助威。怎禁得城內火箭如飛蝗般射出來，軍士躲避不迭。無移時那飛樓已被燒毀，吻喇喇傾折下來，軍士跌死了五、六名，受傷十數名。西南二處攻打，亦被火箭、火炮傷損軍士。爲是一連六、七日攻打不下。宋江見攻城不克，同盧俊義、吳用親到南門城下，催督攻城。只見花榮等五將，領游騎從西哨探過東來。城樓上，于玉麟同偏將楊端、郭信，監督軍士守禦。楊端望見花榮漸近

※2飛樓：攻城用的一種樓車。

楊端暗算花榮不成，反被花榮射中咽喉。（朱寶榮繪）

城樓，便道：「前日被他一連傷了二將，今日與他報仇則個！」急拈起弓，搭上箭，望著花榮前心，颼的一箭射來。花榮聽得弓弦響，把身望後一倒，那枝箭卻好射到，順手只一綽，綽了那枝箭，◎1咬在口裏。起身把槍帶在了事環上，左手拈弓，右手就取那枝箭，搭上弦，覷定楊端較親，只一箭，正中楊端咽喉，撲通的望後便倒。花榮大叫：「鼠輩怎敢放冷箭，教你一個個都死！」把右手去取箭，卻待要再射時，只聽得城樓上發聲喊，幾個軍士一齊都滾下樓去。于玉麟、郭信嚇得面如土色，躲避不迭。花榮冷笑道：「今日認得神箭將軍了！」宋江、盧俊義喝采不已。吳用道：「兄長，我等卻好同花將軍去看視城垣形勢。」花榮等擁護著宋江、盧俊義、吳用，繞城周匝看了一遍。宋江、盧俊義、吳用回到寨中，吳用喚陵川降將耿恭，問蓋州城中路徑。耿恭道：「鈕文忠將舊州治做帥府，當城之中。城北有幾個廟宇，空處卻都是草場。」吳用聽罷，對宋江計議，便喚時遷、石秀近前密語道：「如此依計，往花榮軍前，密傳將令，相機行事。」再喚凌振、解珍、解寶，領二百名軍士，攜帶轟天子母大小號炮，如此前去。教魯智深、武松，帶領金鼓手三百名，劉唐、楊雄、郁保四、段景住，每人帶領二百名軍士，各備火把，往東南西北，依計而行。又令戴宗往東西南三營，密傳號令，只看城中火起，迸力攻城。分撥已定，衆頭領遵令去了。

且說鈕文忠日夜指望救兵，毫無消耗，十分憂悶。添撥軍士，搬運木石，上城堅守。至夜黃昏時分，猛聽得北門外喊聲振天，鼓角齊鳴。鈕文忠馳往北門，上城眺望時，喊聲金鼓都息了，卻不知何處兵馬。正疑慮間，城南喊聲又起，金鼓振天。鈕文忠令于玉麟堅守北門，自己急馳至南城看時，喊聲已息，金鼓也不鳴了。鈕文忠眺望多時，唯聽得宋軍南營裏，隱隱更鼓之聲，靜悄悄地，火光兒也沒半點。徐徐下城，欲到帥府前點視，猛聽得東門外連珠炮響，城西吶喊，擂鼓喧天價起。鈕文忠東奔西逐，直鬧到天明。宋兵又來攻城，至夜方退。是夜二鼓時分，又聽得鼓角喊聲。鈕文忠道：「這廝是疑兵之計，不要睬他，俺這裏只堅守城池，看他怎地。」忽報東門火光燭天，火把不計其數，飛樓雲梯，逼近城來。鈕文忠聞報，馳往東城，同褚亨、石敬、秦升，督軍士用火箭炮石，正在打射，猛可的一聲火炮，響振山谷，把城樓也振動，城內軍民十分驚恐。如是的蒿惱了兩夜，天明又來攻城，軍士時刻不得合眼，鈕文忠也時刻在城巡視。忽望見西北上旌旗蔽日遮天，望東南而來，宋兵中十數騎哨馬，飛也似投大寨去了。鈕文忠料是救兵，遣于玉麟準備出城接應。卻說西北上那支軍馬，乃是晉寧守將田虎的兄弟三大王田彪，接了蓋州求救文書，便遣部下猛將鳳翔王遠，領兵二萬，前來救援。已過陽城，望蓋州進發，離城尚有十餘里，猛聽得一聲炮響，東西高岡下密林中，飛出兩彪軍來，卻是史進、朱仝、穆弘、馬麟、黃信、孫立、歐鵬、鄧飛八員猛將，一萬雄兵，捲殺過來。晉寧兵雖是二萬，遠來勞困，怎當得這裏埋伏了十餘日，養成精銳，◎2兩路夾攻。晉寧軍大敗，棄下金鼓、旗槍、盔甲、馬匹無數，軍士殺死大半，鳳翔王遠脫逃性命，領了敗殘頭目士卒，仍回晉寧去了，不題。

◎1.好手段。（袁夾）
◎2.照應。（袁眉）

再說鈕文忠見兩軍截住廝殺，急遣于玉麟領兵開北門殺出接應，那北門卻是無兵攻打。于玉麟領兵出城，纔過吊橋，正遇著花榮游騎從西而來。北軍大叫：「神箭將軍來了！」慌的急退不迭，一擁亂搶進城去。于玉麟已是在南城嚇破了膽，那裏敢來交戰，也跑進城去。◎3花榮等衝過來，殺死二十餘人，不去趕殺，讓他進城。城中急急閉門。那時石秀、時遷穿了北軍號衣，已混入城。時遷、石秀進得城門，趁鬧哄裏溜進小巷。轉過那條巷，卻有一個神祠，牌額上寫道：「當境土地神祠。」時遷、石秀趄進祠來，見一個道人在東壁下向火。那道人看見兩個軍士進祠來，便道：「長官，外面消息如何？」軍人道：「適纔俺們被于將軍點去廝殺，卻撞著了那神箭將軍，于將軍也不敢與他交鋒。俺們亂搶進城，卻被俺趁鬧閃到這裏。」便向身邊取出兩塊散碎銀，遞與道人說：「你有藏下的酒，胡亂把兩碗我們吃，其實寒冷。」那人笑將起來道：「長官，你不知這幾日軍情緊急，神道的香火也一些沒有，那討半滴酒來？」便把銀遞還時遷。石秀推住他的手道：「這點兒你且收著，卻再理會。我們連日守城辛苦，時刻不得合眼，今夜權在這裏睡了，明早便去。」那道人搖著手道：「二位長官莫怪！鈕將軍軍令

磚牆場上的土地神神位，山西臨縣磧口鎮。拍攝時間2007年2月21日。（何亮提供）

石秀和時遷混入城中，殺死道人，在道觀藏身。（日版畫，出自《新編水滸畫傳》，葛飾戴斗繪）

嚴緊，少頃便來查看。我若留二位在此，都不能個乾淨。」時遷道：「恁般說，且再處。」石秀便挨在道人身邊，也去向火。時遷張望前後無人，對石秀丟個眼色，石秀暗地取出佩刀。那道人只顧向火，被石秀從背後榻察的一刀，割下頭來，便把祠門栓了。此時已是酉牌時分，時遷轉過神廚，後壁卻有門戶。戶外小小一個天井，屋檐下堆積兩堆兒亂草。時遷、石秀搬將出來，遮蓋了道人屍首，開了祠門，從後面天井中爬上屋去。兩個伏在脊下，仰看天邊明朗朗地現出數十個星來。◎4時遷、石秀挨了一回，再溜下屋來，到祠外探看，並無一個人來往。兩個再趄幾步，左右張望，鄰近雖有幾家居民，都靜悄悄地閉著門，隱隱有哭泣之聲。時遷再趄向南去，轉過一帶土墻，卻是偌大

評點

◎3.今日將軍個個于玉麟。（袁眉）
◎4.如畫。（袁眉）

一塊空地，上面有數十堆柴草。時遷暗想道：「這是草料場，如何無軍人看守？」原來城中將士只顧城上禦敵，卻無暇到此處點視。那看守軍人，聽得宋軍殺散救兵，料城中已不濟事，各顧性命，預先藏匿去了。時遷、石秀復身到神祠裏，取了火種，把道人屍首上亂草點著，卻溜到草場內，兩個分投去，一連焠上六、七處。少頃，草場內烘烘火起，烈焰沖天，那神祠內也燒將起來。草場西側，一個居民聽得火起，打著火把出來探聽。時遷搶過來，劈手奪了火把。石秀道：「待我們去報鈕元帥。」居民見兩個是軍士，那敢與他別拗。時遷執著火把，同石秀一逕望南跑去，口裏嚷著報元帥，見居民房屋下得手的所在，又焠上兩把火，卻丟下火把，趄過一邊。兩個脫下北軍號衣，躲在僻靜處。

石秀、時遷放火燒了敵軍草料場。（日版畫，出自《新編水滸畫傳》，葛飾戴斗繪）

城中見四、五路火起，一時鼎沸起來。鈕文忠見草場火起，急領軍士馳往救火。城外見城內火起，知是時遷、石秀內應，迸力攻打。宋江同吳用帶領解珍、解寶馳至城南，吳用道：「我前日見那邊城垣稍低。」便令秦明等把飛樓逼近城垣。吳用對解珍、解寶道：「賊人喪膽，軍士已罷，兄弟努力上城！」解珍帶朴刀上飛樓，攀女墻，一躍而上，隨後解寶也奮躍上去。兩個發聲喊，搶下女墻，揮刀亂砍。城上軍士本是困頓驚恐，又見解珍、解寶十分凶猛，都亂竄滾下城去。褚亨見二人上城，挺槍來鬥了十數合，被解寶一朴刀搠翻，解珍趕上，剁下頭來。此時宋兵從飛樓攀援上城，已有百十餘人。解珍、解寶當先，一齊搶殺下城，大叫道：「上前的剁做肉泥！」衆人殺死石敬、秦升，砍翻把門軍士，奪了城門，放下吊橋，徐寧等衆將領兵擁入。徐寧同韓滔領兵殺奔東門，安士榮抵敵不住，被徐寧戳死，奪門放林沖等衆將入城。秦明同彭玘領兵搶奪西門，放董平等入城。莫眞、赫仁、曹洪，被亂兵所殺。殺得屍橫市井，血滿街衢。鈕文忠見城門已都被奪了，只得上馬，棄了城池，同于玉麟領二百餘人，出北門便走。未及一里，黑暗裏突出黑旋風李逵、花和尙魯智深，一個猛將軍，一個莽和尙，攔住去路。正是：天羅密布難移步，地網高張怎脫身。畢竟鈕文忠、于玉麟性命如何？再聽下回分解。◎5

評點

◎5.鈕文忠小寇耳，以彼其衆，欲敵宋公明，何異螻蟻之撼泰山！所以只自取滅亡也。（袁評）

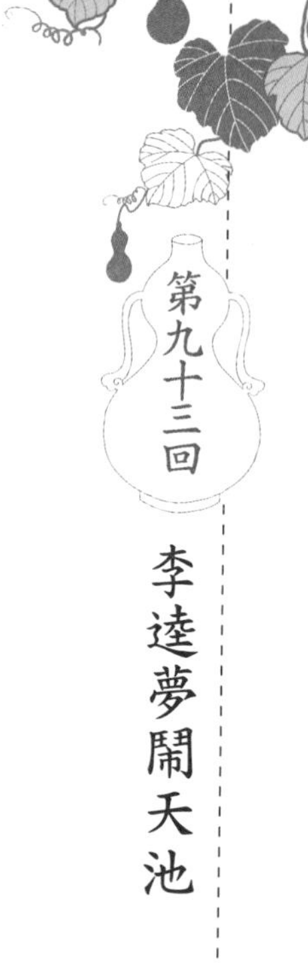

第九十三回

李逵夢鬧天池　宋江兵分兩路

話說鈕文忠見蓋州已失，只得奔走出城，與同于玉麟、郭信、盛本、桑英保護而行，正撞著李逵、魯智深，領步兵截住去路。李逵高叫道：「俺奉宋先鋒將令，等候你這夥敗撮鳥多時了！」掄雙斧殺來，手起斧落，早把郭信、桑英砍翻。鈕文忠嚇得魂不附體，措手不及，被魯智深一禪杖，連盔帶頭，打得粉碎，撞下馬去。二百餘人，殺個盡絕。只被于玉麟、盛本望刺斜裏死命撞出去了。魯智深道：「留下那兩個驢頭罷！等他去報信。」仍割下三顆首級，奪得鞍馬盔甲，一逕進城獻納。

且說宋江大隊人馬，入蓋州城，便傳下將令，先教救滅火焰，不許傷害居民。眾將都來獻功。宋先鋒教軍士將首級號令各門。天明出榜，安撫百姓。將三軍人馬，盡數收入蓋州屯住，賞勞三軍諸將。功績簿上，標寫石秀、時遷、解珍、解寶功次。一面寫表申奏朝廷，得了蓋州，盡將府庫財帛金寶，解赴京師，寫書申呈宿太尉。此時臘月將終，宋江料理軍務，不覺過了三、四日，忽報張清病可※1，同安道全來參見聽用。宋江喜道：「甚好！明日是宣和五年的元旦，卻得聚首。」次日黎明，眾將穿公服幞頭，宋江率領眾兄弟望闕※2朝賀，行五拜三叩頭禮已畢，卸下幞頭公服，各穿紅錦戰袍，九十二個頭領，及新降將耿恭，齊齊整整，都來賀節，參拜宋江。宋先鋒大排筵席，慶

賀宴賞，衆兄弟輪次與宋江稱觴獻壽※3。酒至數巡，宋江對衆將道：「賴衆兄弟之力，國家復了三個城池。又值元旦，相聚歡樂，實爲罕有。獨是公孫勝、呼延灼、關勝、水軍頭領李俊等八員，及守陵川柴進、李應，守高平史進、穆弘，這十五兄弟不在面前，甚是悒怏。」當下便喚軍中頭目，領二百餘名軍役，各各另外賞勞，教即日擔送羊酒，分頭去送到衛州、陵川、高平三處守城頭領交納，兼報捷音。分付兀是未了，忽報三處守城頭領，差人到此候賀，都奉先鋒將令，戎事在身，不能親來拜賀。宋江大喜道：「得此信息，就如見面一般。」賞勞來人，陪衆兄弟開懷暢飲，盡醉方休。

次日，宋先鋒準備出東郊迎春，因明日子時正四刻，又逢立春節候。◎1是夜刮起東北風，濃雲密布，紛紛洋洋，降下一天大雪。明日衆頭領起來看時，但見：

紛紛柳絮，片片鵝毛。空中白鷺群飛，江上素鷗翻覆。飛來庭院，轉旋作態因風；映徹戈矛，燦爛增輝荷日。千山玉砌，能令樵子悵迷蹤；萬戶銀裝，多少幽人※4成佳句。正是盡道豐年好，豐年瑞若何？邊關多荷戟※5，宜瑞不宜多。

當下地文星蕭讓對衆頭領說道：「這雪有數般名色：一片的是蜂兒，二片的是鵝毛，

註

※1病可：病癒。

※2望闕：望著皇帝的方向。

※3稱觴獻壽：舉杯祝壽賀喜。

※4幽人：幽隱之人，隱士。

※5荷戟：扛著武器的戰士。

評點

◎1.點綴曲折。（袁眉）

❀ 宋江與衆弟兄飲酒賞雪。（日版畫，出自《新編水滸畫傳》，葛飾戴斗繪）

三片的是攢三，四片的是聚四，五片喚做梅花，六片喚做六出。這雪本是陰氣凝結，所以六出，應著陰數。到立春以後，都是梅花雜片，更無六出了。今日雖已立春，尚在冬春之交，那雪片卻是或五或六。」◎2樂和聽了這幾句議論，便走向檐前，把皀衣袖兒承受那落下來的雪片看時，真個雪花六出，內一出尚未全去，還有些圭角，內中也有五出的了。樂和連聲叫道：「果然！果然！」衆人都擁上來看，卻被李逵鼻中沖出一陣熱氣，把那雪花兒沖滅了。◎3衆人都大笑，卻驚動了宋先鋒，走出來問道：「衆兄弟笑甚麼？」衆人說：「正看雪花，被黑旋風鼻氣沖滅了。」宋江也笑道：「我已分付置酒在宜春圃，與衆兄弟賞頑則個。」原來這州治東，有個宜春圃，圃中有一座雨香亭，亭前頗有幾株檜柏松梅。當晚衆頭領在雨香亭語笑喧嘩，觥籌交錯，不覺日暮，點上燈燭。宋江酒酣，閑話中追論起昔日被難時，多虧了衆兄弟。「我本鄆城小吏，身犯大罪，蒙衆兄弟於千槍萬刀之中，九死一生之內，屢次捨著性命，救出我來。當江州與戴宗兄弟押赴市曹時，萬分是個鬼。到今日卻得爲國家臣子，與國家出力。回思往日之事，眞如夢中！」◎4宋江說到此處，不覺潸然淚下。戴宗、花榮及同難的幾個弟兄，聽了這般話，也都吊下淚來。

李逵這時多飲了幾杯酒，酣醉上來，一頭與衆人說著話，眼皮兒卻漸漸合攏來，便用雙臂襯著臉，已是睡去。忽轉念道：「外面雪兀是未止。」心裏想著，身體未嘗動彈，卻像已走出亭子外的一般。◎5看外面時，又是奇怪：「原來無雪，只管在裏面兀坐！待我到那廂去走一回。」離了宜春圃，須臾出了州城，猛可想起：「阿也！忘帶了板斧！」把手向腰間摸時，原來插在這裏。向前不分南北，莽莽撞撞的，不知行了多少路，卻見前面一座高山。無移時，行到山前，只見山凹裏走出一個人來，頭帶折角頭巾，身穿淡黃道袍，迎上前來笑道：「將軍要閑步時，轉過此山，是有得意處。」李逵道：「大哥，這個山名叫做甚麼？」那秀士道：「此山喚做天池嶺，將軍閑頑回來，仍到此處相會。」李逵依著他，眞個轉過那山，忽見路旁有一所莊院。只聽得莊裏大鬧，李逵闖將進去，卻是十數個人，都執棍棒器械，在那裏打桌擊凳，把家火什物，打得粉

評點

◎2.蕭讓博物。（袁眉）
◎3.意想不到處，卻描寫入神。（袁眉）
◎4.不忘患難，不沒恩義，不諱微賤，宋江所以難及。（袁眉）
◎5.入夢有致，描寫入神。（袁眉）

李逵喝酒之時，突然睡著，做起夢來。（朱寶榮繪）

碎。內中一個大漢罵道：「老牛子，快把女兒好好地送與我做渾家，萬事干休。若說半個不字，教你們都是個死！」李逵從外入來，聽了這幾句說話，心如火熾，口似煙生，喝道：「你這夥鳥漢，如何強要人家女兒？」那夥人嚷道：「我們是要他女兒，干你屁事！」李逵大怒，拔出板斧砍去。好生作怪，卻是不禁砍，只一斧，砍翻了兩、三個。那幾個要走，李逵趕上，一連六、七斧，砍得七顛八倒，屍橫滿地，單只走了一個，望外跑去了。李逵搶到裏面，只見兩扇門兒緊緊地閉著，李逵一腳踢開，見裏面有個白髮老兒，和一個老婆子在那裏啼哭。見李逵搶入來，叫道：「不好了，打進來了！」李逵大叫道：「我是路見不平的。前面那夥鳥漢，被我都殺了，你隨我來看。」那老兒戰戰兢兢的跟出來看了，反扯住李逵道：「雖是除了凶人，須連累我吃官司。」李逵笑道：「你那老兒，也不曉得黑爺爺。我是梁山泊黑旋風李逵，現今同宋公明哥哥，奉詔征討田虎。他們現在城中吃酒，我不耐煩，出來閑走。莫說那幾個鳥漢，就是殺了幾千，也打甚麼鳥不禁！」

那老兒方纔揩淚道：「恁般卻是好也！請將軍到裏面坐地。」李逵走進去，那邊已擺上一桌子酒饌。老兒扶李逵上面坐了，滿滿地篩一碗酒，雙手捧過來道：「蒙將軍救了女兒，滿飲此盞。」李逵接過來便吃，老頭兒又來勸。一連吃了四、五碗，只見先前啼哭的老婆子領了一個年少女子上前，叉手雙雙地道了個萬福。婆子便道：「將軍在宋先鋒部下，又恁般奢遮，如不棄醜陋，情願把小女配與將軍。」李逵聽了這句話，跳將起來道：「這樣腌臢歪貨！卻纔可是我要

李逵夢中殺高俅、蔡京等奸臣。（朱寶榮繪）

謀你的女兒，殺了這幾個撮鳥？快夾了鳥嘴，不要放那鳥屁！」只一腳，把桌子踢翻，◎6跑出門來。只見那邊一個彪形大漢，仗著一條朴刀，大踏步趕上來，大喝一聲道：「兀那黑賊，不要走！卻纔這幾個兒弟，如何都把來殺了？我們是要他家女兒，干你甚事？」挺朴刀直搶上來。李逵大怒，掄斧來迎，與那漢鬥了二十餘合。那漢鬥不過，隔開板斧，拖著朴刀，飛也似跑去。李逵緊緊追趕，趕過一個林子，猛見許多宮殿。那漢奔至殿前，撇了朴刀，在人叢一混，不見了那漢，只聽得殿上喝道：「李逵不得無禮！著他來見朝。」李逵猛省道：「這是文德殿，前日隨宋哥哥在此見朝，這是皇帝的所在。」又聽得殿上說道：「李逵，快俯伏！」李逵藏了板斧，上前觀看，只見皇帝遠遠的坐在殿上，許多官員排列殿前。李逵端端正正朝上拜了三拜，心中想道：「阿也！少了一拜！」天子問道：「適纔你爲何殺了許多人？」李逵跪著說道：「這廝們強要佔人女兒，臣一時氣忿，所以殺了。」天子道：「李逵路見不平，剿除奸黨，義勇可嘉，赦汝無罪，敕汝做了値殿將軍。」◎7李逵中心喜歡道：「原來皇帝恁般明白！」一連磕了十數個頭，便起身立於殿下。

無移時，只見蔡京、童貫、楊戩、高俅四個，一班兒跪下，俯伏奏道：「今有宋江，統領兵馬，征討田虎，逗遛不進，終日飲酒，伏乞皇上治罪。」李逵聽了這句話，那把無明火，高舉三千丈，按捺不住，搶兩斧搶上前，一斧一個，劈下頭來，大叫道：「皇帝，你不要聽那賊臣的說話。◎8我宋哥哥連破了三個城池，現今屯兵蓋州，就要出兵，如何恁般欺誑？」衆文武見殺了四個大臣，都要來捉李逵。李逵搚兩斧叫道：「敢來捉我，把那四個做樣！」衆人因此不敢動手。李逵大笑道：「快當！快當！那四個賊臣，今日纔得了當※6，我去報與宋哥哥知道。」大踏步離了宮殿。猛可的又見一座山。看那山時，卻是適纔遇見秀士的所在。那秀士兀是立在山坡前，又迎將上來笑道：「將軍此游得意否？」李逵道：「好教大哥得知，適纔被俺殺了四個賊臣。」那秀士笑道：「原來如此！我原在汾、沁之間，近日偶游於此，知將軍等心存忠義，我還有緊要話與將軍說。目今宋先鋒征討田虎，我有十字要訣，可擒田虎。將軍須牢牢記著，傳與宋先鋒知道。」便對李逵念道：「要夷田虎族，須諧瓊矢鏃※7。」一連念了五、六遍。李逵聽他說得有理，便依著他溫念這十個字。那個秀士又向樹林中指道：「那邊有一個年老的婆婆在林中坐地。」李逵纔轉身看時，已不見了那個秀士。李逵道：「他恁地去得快！我且到林子裏去看，是甚麼人。」搶入林子來，果然有個婆子坐著。李逵近前看時，卻原來是鐵牛的老娘，呆呆地閉著眼，坐在青石上。李逵向前抱住道：「娘呀！你一向在那裏吃苦？鐵牛只道被虎吃了，今日卻在這裏！」◎9娘道：「吾兒，我原不曾被虎吃。」李逵哭著說道：「鐵牛今日受了招安，眞個做了官。宋哥哥大兵，現屯扎城中，鐵牛背娘到城中去。」正在那裏說，猛可的一聲響亮，林子裏跳出一個斑斕猛虎，吼了一聲，把尾一剪，向前直撲下來。慌得李逵搚板斧，望虎砍去，用力太猛了，雙斧

註

※6了當：了結。
※7矢鏃：箭頭。

評點

◎6.李逵夢裏勝別人醒裏多多。（袁眉）
◎7.當事者如此收羅豪傑，何患無才！（袁眉）
◎8.夢寐不忘君側元凶，眞抱負，眞道學。（袁眉）
◎9.一字一淚。（袁眉）

劈個空，一交撲去，卻撲在宜春圃雨香亭酒桌上。◎10

宋江與衆兄弟追論往日之事，正說到濃深處，初時見李逵伏在桌上打盹，也不在意。猛可聽得一聲響，卻是李逵睡中雙手把桌子一拍，碗碟掀翻，濺了兩袖羹汁，口裏兀是嚷道：「娘，大蟲走了！」睜開兩眼看時，燈燭輝煌，衆兄弟團團坐著，還在那裏吃酒。李逵道：「啐！原來是夢，卻也快當！」◎11衆人都笑道：「甚麼夢？恁般得意！」李逵先說夢見我的老娘，原不曾死，正好說話，卻被大蟲打斷。衆人都嘆息。李逵再說到殺卻奸徒，踢翻桌子，那邊魯智深、武松、石秀聽了，都拍手道：「快當！」李逵笑道：「還有快當的哩！」又說到殺了蔡京、童貫、楊戩、高俅四個賊臣，衆人拍著手，齊聲大叫道：「快當！快當！如此也不枉了做夢！」宋江道：「衆兄弟禁聲，這是夢中說話，甚麼要緊。」李逵正說到興濃

本回回末敘述宋江提議與盧俊義分兵，最後合兵臨縣。圖為山西臨縣風光。拍攝時間為2007年2月21日。（何亮提供）

山西介休玄神樓北面的戲臺。拍攝時間1998年。（遠足文化事業有限公司．郭重興提供）

處，揎拳裹袖的說道：「打甚麼鳥不禁？眞個一生不曾做恁般快暢的事。還有一樁奇異：夢一個秀士對我說甚麼『要夷田虎族，須諧瓊矢鏃』。他說這十個字，乃是破田虎的要訣，教我牢牢記著，傳與宋先鋒。」宋江、吳用都詳解不出。當有安道全聽得「瓊矢鏃」三字，正欲啓齒說話，張清以目視之，安道全微笑，遂不開口。◎12吳用道：「此夢頗異，雪霽便可進兵。」當下酒散歇息，一宿無話。

次日雪霽，宋江升帳，與盧俊義、吳學究，計議兵分兩路，東西進征。東一路渡壺關，取昭德，由潞城、榆社，直抵賊巢之後，卻從大谷到臨縣，會兵合剿；西一路取晉寧，出霍山，取汾陽，由介休、平遙、祁縣，直抵威勝之

評點

◎10.得此一番描寫，沂嶺殺虎更覺生色。（袁眉）
◎11.夢醒光景宛然。（袁眉）
◎12.埋伏，妙甚。（袁眉）

西北，合兵臨縣，取威勝，擒田虎。◎13當下分撥兩路將佐：

正先鋒宋江，管領正偏將佐四十七員：

軍師吳用　林沖　索超　徐寧　孫立
張清　戴宗　朱仝　樊瑞　李逵
魯智深　武松　鮑旭　項充　李袞
單廷珪　魏定國　馬麟　燕順　解珍
解寶　宋清　王英　扈三娘　孫新
顧大嫂　凌振　湯隆　李雲　劉唐
燕青　孟康　王定六　蔡福　蔡慶
朱貴　裴宣　蕭讓　蔣敬　樂和
金大堅　安道全　郁保四　皇甫端　侯健
段景住　時遷
河北降將耿恭

副先鋒盧俊義，帶領正偏將佐四十員：

軍師朱武　秦明　楊志　黃信　歐鵬
鄧飛　雷橫　呂方　郭盛　宣贊
郝思文　韓滔　彭玘　穆春　焦挺

鄭天壽　楊雄　石秀　鄒淵　鄒潤
張青　孫二娘　李立　陳達　楊春
李忠　孔明　孔亮　楊林　周通
石勇　杜遷　宋萬　丁得孫　龔旺
陶宗旺　曹正　薛永　朱富　白勝

宋江分派已定，再與盧俊義商議道：「今從此處分兵，東西征剿，不知賢弟兵取何處？」盧俊義道：「主兵遣將，聽從哥哥嚴令，安敢揀擇？」宋江道：「雖然如此，試看天命。兩隊分定人數，寫成鬮子，各拈一處。」當下裴宣寫成東西兩處鬮子，宋江、盧俊義焚香禱告，宋江拈起一鬮。只因宋江拈起這個鬮來，直教：三軍隊裏，再添幾個英雄猛將；五龍山前，顯出一段奇聞異術。畢竟宋先鋒拈著那一處？且聽下回分解。◎14

◎13.三晉輿地，如列指掌。（袁眉）
◎14.浮生若夢，人人都做富貴夢，誰似李逵做忠孝夢！（袁評）

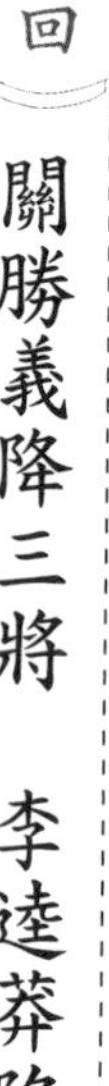

第九十四回 關勝義降三將 李逵莽陷眾人

話說宋江在蓋州分定兩隊兵馬人數，寫成鬮子，與盧俊義焚香禱告。宋江拈起一個鬮子看時，卻是東路。盧俊義鬮得西路，是不必說，只等雪淨起程。留下花榮、董平、施恩、杜興，撥兵二萬，鎮守蓋州。到初六日吉期，宋江、盧俊義準備起兵。忽報蓋州屬縣陽城、沁水兩處軍民，累被田虎殘害，不得已投順。今知天兵到來，軍民擒縛陽城守將寇孚、沁水守將陳凱，解赴軍前。兩縣耆老※1，率領百姓，牽羊擔酒，獻納城池。宋先鋒大喜，大加賞勞兩處軍民，給榜撫慰，復爲良民。宋先鋒以寇孚、陳凱知天兵到此，不速來歸順，著即斬首祭旗，以懲※2賊人。是日兩路大兵，俱出北門，花榮等置酒餞送。宋江執杯對花榮道：「賢弟威振賊軍，堪爲此城之保障。今此城惟北面受敵，倘有賊兵，當設奇擊之，以喪賊膽，則賊人不敢南窺矣。」花榮等唯唯受命。宋江又執杯對盧俊義道：「今日出兵，卻得陽城、沁水獻俘之喜。二處既平，賢弟可以長驅直抵晉寧，早建大功，生擒賊首田虎，報效朝廷，同享富貴。」盧俊義道：「賴兄長之威，兩處不戰而服。既奉嚴令，敢不盡心殫力！」宋江又取前日教蕭讓照依許貫忠圖畫，另寫成一軸，付與盧俊義收置備用。當下正先鋒宋江傳令撥兵三隊：林沖、索超、徐寧、張清，領兵一萬爲前隊；孫立、朱仝、燕順、馬麟、單廷珪、魏定國、湯隆、李雲，領

◎1.花榮得禦敵之法。（袁眉）

兵一萬爲後隊；宋江與吳用統領其餘將佐，領兵三萬爲中軍。三隊共軍兵五萬，望東北進發。副先鋒盧俊義辭了宋江、花榮等，管領四十員將佐，軍兵五萬，望西北進征。花榮、董平、施恩、杜興，餞別宋江、盧俊義入城。花榮傳令，於城北五里外，扎兩個營寨，施恩、杜興各領兵五千，設強弓硬弩，並諸般火器，屯扎以當敵鋒。又於東西兩路，設奇兵埋伏，◎1不題。其高平自有史進、穆弘，陵川自有李應、柴進，衛州自有公孫一清、關勝、呼延灼，各各守禦。看官牢記話頭。

且說宋先鋒三隊人馬，離蓋州行三十餘里，宋江在馬上遙見前面有座山嶺。多樣時，漸近山下，卻在馬首之右。宋江觀看那山形勢，比他山又是不同。但見：

萬疊流嵐※3鱗次密，數峰連峙雁成行。

嶺顛崖石如城郭，插天雲木繞蒼蒼。

宋江正在觀看山景，忽見李逵上前用手指道：「哥哥，此山光景，與前日夢中無異。」宋江即喚降將耿恭問道：「你在此久，必知此山來歷。若依許貫忠圖上，房山在州城東，當叫做天池嶺。」李逵道：「夢

註

※1耆老：指年老而有地位的士紳。
※2懲：音景。警示，警告，警醒。
※3流嵐：流動的氣。

現實中山西無天池嶺，圖為內蒙古阿爾山天池嶺。（劉兆明提供）

中那秀士，正是說天池嶺，我卻忘了。」耿恭道：「此山果是天池嶺，其顛石崖如城郭一般，昔人避兵之處。近來土人說此嶺有靈異，夜間石崖中，往往有紅光照耀。又有樵者到崖畔，有異香撲鼻。」宋江聽罷，便道：「如此卻符合李逵的夢。」是日兵行六十里安營，於路無話。不則一日，來到壺關之南，離關五里下寨。

卻說壺關原在山之東麓，山形似壺，漢時始置關於此，因此叫做壺關。山東有抱犢山，與壺關山麓相連。壺關正在兩山之中，離昭德城南八十里外，乃昭德之險隘。上有田虎手下猛將八員，精兵三萬鎮守。那八員猛將有誰？

山士奇　陸輝　史定　吳成

仲良　雲宗武　伍肅　竺敬

卻說山士奇原是沁州富戶子弟，膂力過人，好使槍棒。因殺人懼罪，遂投田虎部下，拒敵有功，偽受兵馬都監之職。慣使一條四十斤重渾鐵棍，武藝精熟。田虎聞朝廷差宋江等兵馬前來，特差他到昭德，挑選精兵一萬，協同陸輝等鎮守壺關。彼處一應調遣，俱得便宜行事，不必奏聞。山士奇到壺關，知蓋州失守，料宋兵必來取關，日日勵兵秣馬，準備迎敵。忽報宋兵已到關南五里外扎營，山士奇整點馬軍一萬，同史定、竺敬、仲良，各各披掛上馬，領兵出關迎敵，與宋兵對陣。兩邊列成陣勢，用強弓硬弩，射住陣腳。兩陣裏花腔鼉鼓※4擂，雜彩繡旗搖。北陣門旗開處，一將立馬當先。看他怎生結束：

鳳翅明盔穩戴，魚鱗鎧甲重披。錦紅袍上織花枝，獅蠻帶瓊瑤密砌。純鋼鐵棍緊挺，青毛鬃馬頻嘶。壺關新到大將軍，山都監士奇便是。

山士奇高叫：「水窪草寇，敢來侵犯我邊疆！」那邊豹子頭林沖驟馬出陣，喝道：「助虐匹夫，天兵到來，兀是抗拒！」拈矛縱馬，直搶士奇。二將搶到垓心，兩軍吶喊，二騎相交，四條臂膊縱橫，八隻馬蹄撩亂，鬥經五十餘合，不分勝負，林沖暗暗喝采。竺敬見士奇不能取勝，拍馬飛刀助戰，那邊沒羽箭張清飛馬接住。四騎馬在陣前兩對兒廝殺。張清與竺敬鬥至二十餘合，張清力怯，拍馬便走。竺敬驟馬趕來，張清帶住花槍，向錦袋內取一石子，扭過身軀，覷定竺敬面門，一石子飛去，喝聲道：「著！」正中竺敬鼻凹，翻身落馬，鮮血迸流。張清回馬拈槍來刺，北陣裏史定、仲良雙出，死救得脫。關上見打翻一將，恐士奇有失，遂鳴金收兵。宋江亦令鳴金收兵回寨，與吳用商議道：「今日打翻一員賊將，少挫銳氣。我見山勢險峻，關形壯固，用何良策，可破此關？」林沖道：「來日扣關搦戰，一定要殺卻那個賊將，衆兄弟迸力衝殺上去。」吳用道：「將軍不可造次！孫武子云：『不可勝者，守也；可勝者，攻也。』謂敵未可勝，則我當自守；彼敵可勝，則攻之爾。」◎2宋江道：「軍師之言甚善。」

次日，林沖、張清來稟宋先鋒，要領兵搦戰。宋江分付道：「縱使戰勝，亦不得輕易上關。」再令徐寧、索超領兵接應。當下林沖、張清領五千軍馬，在關下搖旗擂鼓，

註

※4鼉鼓：鼉，音駝。用鼉皮蒙的鼓，其聲亦如鼉鳴。

評點

◎2.加亮可與談兵。（袁眉）

辱罵搦戰，從辰至午，關上不見動靜。林沖與張清卻待要回寨，猛聽得關內一聲炮響，關門開處，山士奇同伍肅、史定、吳成、仲良，領兵二萬，衝殺下來。林沖對張清道：「賊人乘我之疲，我等努力向前。」後隊索超、徐寧，領兵一齊上前。兩邊列陣，更不打話，尋對廝殺。林沖鬥伍肅。士奇出馬，張清拈梨花槍接住。吳成、史定雙出，索超揮斧躍馬，力敵二將。當下兩軍迭聲吶喊，七騎馬在征塵影裏，殺氣叢中，燈影般捉對兒廝殺。正鬥到酣鬧處，豹子頭林沖大喝一聲，只一矛將伍肅戳下馬來。吳成、史定兩個戰索超，兀是力怯，見那邊伍肅落馬，史定急賣個破綻，拍馬望本陣奔去。吳成見史定敗陣，隔開斧要走，被索超揮斧砍為兩段。山士奇見折了二將，撥馬回

田虎大將山士奇在壺關迎戰梁山英雄。（朱寶榮繪）

陣。張清趕上，手起一石子，打著腦後頭盔，鏗然有聲，驚得士奇伏鞍而走。仲良急領兵進關，被林沖等驅兵衝殺過來，北軍大敗。山士奇領兵亂竄入關，閉門不迭。林沖等直殺至關下，被關上矢石打射下來，因此不能得入。林沖左臂早中一矢，收兵回寨。宋江令安道全療治林沖箭瘡，幸得甲厚，不致傷重，不在話下。且說山士奇進關，計點軍士，折去二千餘名，又折了二將。對衆商議，一面差人往威勝晉王處，說宋江等兵強將猛，難以抵敵，乞添差良將鎮守，庶保無虞。一面密約抱犢山守將唐斌、文仲容、崔埜※5，領精兵悄地出抱犢之東，抄宋兵之後。約定日期，放炮爲號，「我這裏領兵出關，衝殺下來，兩路夾攻，必獲全勝。」當下計議已定，堅守關隘，只等唐斌處消息，不題。

林沖被關上弓箭射傷胳膊。（朱寶榮繪）

註

※5埜：音野。野的古字。

再說宋先鋒見壺關險阻，急切不能破，相拒半月有餘，正在帳中納悶，忽報衛州關將軍差人馳書到來，內有機密事情。宋江與吳用連忙拆開觀看，書中說：

抱犢山寨主唐斌，原是蒲東軍官，爲人勇敢剛直，素與關某結義。被勢豪陷害，唐斌忿怒，殺死仇家，官府追捕緊急。那時自蒲東南下，欲投梁山，路經此山被劫。當下唐斌與本山頭目文仲容、崔埜爭鬥，文、崔二人都不能贏他，因此請唐斌上山，讓他爲寨主。舊年因田虎侵奪壺關，要他降順，唐斌本意不肯，後見勢孤，勉強降順。卻只在本山住扎，爲壺關犄角，以備南兵。近聞關某鎮守衛州，新歲元旦，唐斌單騎潛至衛州，訴說向來衷曲。他久慕兄長忠義，本欲歸順天朝，投降兄長麾下，建功贖罪。關某單騎同唐斌到抱犢山，見文仲容、崔埜二人爽亮，毫無猥瑣之態。二人亦欲歸順，密約相機獻關，以爲進身之資。

宋江詳悉來書，與吳用計議，按兵不動，只看關內動靜，然後策應。

卻說山士奇差人密約唐斌悄地出兵，軍人回報：「目今月明如晝，待月晦進兵，務使敵人不覺爲妙。」士奇道：「也見得是。」一連過了十幾日，宋軍也不來攻打，忽報唐斌領數騎，從抱犢山側馳至關內。須臾，唐斌到關，參見山士奇。唐斌道：「今夜三更，文仲容、崔埜領兵一萬，潛出抱犢山之東，人披軟戰，馬摘鑾鈴，黎明必到宋兵寨後，這裏可速準備出關接應。」士奇喜道：「兩路夾擊，宋兵必敗！」士奇置酒管待。

至暮，唐斌上關探望道：「奇怪，星光下，卻像關外有人哨探的。」一頭說，便向親隨軍士箭壺中，取兩枝箭，望關外射去。也是此關合破，關外眞個有幾個軍卒，奉宋先鋒將令，在黑影裏潛探關中消息。唐斌那枝箭，可可地射著一個軍卒右股。但射得股肉疼痛，卻似無箭鏃的。軍士怪異，取箭細看，原來有許多絹帛，緊緊纏縛著箭鏃。軍卒知有別情，飛奔至寨中，報知宋先鋒。宋江在燈燭之下，拆開看時，內有蠅頭細字幾行，卻是唐斌密約：「次日黎明獻關，有文仲容、崔埜領兵潛至先鋒寨後，只等炮響，關內殺出接應。那時唐斌在彼，乘機奪關。宋先鋒乞速準備進關。」宋江看罷，與吳用密議準備。吳用道：「關將軍料無差誤。然敵兵出我之後，不可不做準備。當令孫立、朱仝、單廷珪、魏定國、燕順，領兵一萬，捲旗息鼓，潛往寨後。如遇文、崔二將兵到，勿令彼遽逼營寨，直待我兵已得此關，聽放轟天子母號炮，方可容他近前。再令徐寧、索超領兵五千，潛往寨東埋伏，林沖、張清領兵五千，潛往寨西埋伏。只聽寨內炮響，兩路齊出接應，合兵衝殺上關。萬一我兵中彼奸計，即來救應。」宋江道：「軍師籌畫甚善！」當下依議傳令，衆將遵守，準備去了。再說山士奇在關內得唐斌消息，專聽宋兵寨後炮聲。候至天明，忽聽得關南連珠炮響，唐斌同士奇上關眺望，見宋軍寨後塵起，旌旗錯亂。唐斌道：「此必文、崔二將兵到，可速出關接應！」山士奇同史定領精兵一萬，先出關衝殺，令唐斌、陸輝領兵一萬，隨後策應，卻令竺敬、仲良住扎關上。當下宋兵見關上衝出兵來，望後急退。山士奇當先驅兵捲殺過來，猛聽得一聲炮響，

關勝因為是關羽子孫，在書中也成了仁義的旗幟。圖為關帝廟內的關公壁畫，山西運城解州鎮。拍攝時間2007年5月20日。（司徒瑞強提供）

宋兵左右撞出兩彪軍馬，殺奔前來。唐斌見宋兵兩隊殺出，急回馬領兵搶上關來，橫矛立馬於門外。山士奇、史定正在分頭廝殺，宋寨中又一聲炮響，李逵、鮑旭、項充、李袞領標槍牌手，滾殺過來。山士奇知有準備，急招兵回馬上關。關前一將，立馬大叫道：「唐斌在此，壺關已屬宋朝，山士奇可速下馬投降！」手起一矛，早把竺敬戳死。山士奇大驚，罔知所措，領數十騎，望西抵死衝突去了。林沖、張清要奪關隘，也不來追趕，領兵殺上關來。那時李逵等步兵輕捷，已搶上關，即放號炮，同唐斌趕殺把關軍士，奪了壺關。仲良被亂兵所殺。關外史定，被徐寧搠翻。北兵四散逃竄，棄下盔甲、馬匹無數，殺死二千餘人，生擒五百餘名，降者甚眾。

須臾，宋先鋒等大兵次第入關，唐斌下馬，拜見宋江道：「唐某犯罪，聞先鋒仁義，那時欲奔投大寨，只因無個門路，不獲拜識尊顏。今天假其便，使唐某得隨鞭鐙，實滿平生之願。」說罷，又拜。宋江答禮不迭，慌忙扶起道：「將軍歸順朝廷，同宋某蕩平叛逆，宋某回朝，保奏天子，自當優敘。」次後孫立等眾將，與同文仲容、崔埜，領兩路兵馬，屯扎關外聽令。宋江傳令文、崔二將入關相見，孫立等統領兵馬，且屯扎關外。文仲容、崔埜進關參拜宋先鋒道：「文某、崔某有緣，得侍麾下，願效犬馬。」宋江大喜道：「將軍等同賺此關，功勛不小。宋某於功績簿上，一一標記明白。」即令設宴，與唐斌等三人慶賀。一面計點關內外軍士，新降兵二萬餘人，獲戰馬一千餘匹。眾將都來獻功。宋先鋒賞勞將佐軍兵已畢，宋江問唐斌，昭德關中兵將多寡。唐斌道：「城內原有三萬兵馬，山士奇選出一萬守關，今城中兵馬尚有二萬，正偏將佐共十員。」那十員乃是：

孫琪　葉聲　金鼎　黃鉞　冷寧
戴美　翁奎　楊春　牛庚　蔡澤

唐斌又道：「田虎恃壺關為昭德屏障，壺關已破，田虎失一臂矣。唐某不才，願為前部去打昭德。」當下陵川降將耿恭願同唐斌為前部，宋江依允。少頃，宋江對文仲容、崔埜道：「兩位素居抱犢山，知彼情形，威風久著。宋某欲令二位管令本部人馬，仍往抱

犢屯扎，以當一面。待宋某打破昭德，那時請將軍相會，不知二位意下如何？」文仲容、崔埜同聲答道：「先鋒之令，安敢不遵？」當下酒罷，文、崔辭別宋先鋒，往抱犢去了。次日，宋先鋒升帳，令戴宗往晉寧盧先鋒處，探聽軍情，速來回報。戴宗遵令起程，不題。宋江與吳用計議，分撥軍馬，攻打昭德。唐斌、耿恭領兵一萬，攻打東門；索超、張清領兵一萬，攻打南門；卻空著西門，防威勝救兵至，恐內外衝突不便。又令李逵、鮑旭、項充、李袞，領步兵五百為游兵，往來接應；令孫立、朱仝、燕順領兵進關，同樊瑞、馬麟管領兵馬，鎮守壺關。分撥已定，宋先鋒與吳學究統領其餘將佐，拔寨起行，離昭德城南十里下寨，不題。

話分兩頭。卻說威勝偽省院官，接得壺關守將山士奇，及晉寧田彪告急申文，奏知田虎，說宋兵勢大，壺關、晉寧兩處危急。田虎升殿，與眾人計議，發兵救援。只見班部中閃出一個人，首戴黃冠，身披鶴氅※6，上前奏道：「臣啓大王，臣願往壺關退敵。」那人姓喬，單名個冽字。其先原是陝西涇原人。其母懷孕，夢豺入室，後化為鹿，夢覺，產冽。那喬冽八歲好使槍弄棒，偶游崆峒山，遇異人傳授幻術，能呼風喚雨，駕霧騰雲。也曾往九宮縣二仙山訪道，羅眞人不肯接見，令道童傳命，對喬冽說：「你攻於外道，不悟玄微，待你遇德魔降，然後見我。」喬冽艴然※7而返，自恃有術，游浪不羈。因他多幻術，人都稱他做幻魔君。後來到安定州。本州亢陽※8，五個月雨無涓滴。州官出榜：「如有祈至雨澤者，給信賞錢三千貫。」喬冽揭榜上壇，甘霖大澍

評點

◎3.擴掇章本在此。（袁眉）
◎4.口氣像。（袁眉）

※9。州官見雨足，把這信賞錢不在意了。也是喬洌合當有事，本處有個歪學究，姓何名才，與本州庫吏最密，當下探知此事，他便攛掇庫吏，把信賞錢大半孝順州官，其餘侵來入己。何才與庫吏借貸，也拈得些兒油水。◎3庫吏卻將三貫錢把與喬洌道：「你有恁般高術，要這錢也沒用頭。我這裏正項錢糧，兀自起解不足，東挪西撮。你這項信賞錢，依著我，權且存置庫內，日後要用，卻來陸續支取。」◎4喬洌聽了，大怒道：「信賞錢原是本州富戶協助的，你如何恣意侵尅？庫藏糧餉，都是民脂民膏，你只顧侵來肥己，買笑追歡，敗壞了國家許多大事。打死你這污濫腌臢，也與庫藏除了一蠹！」提起拳頭，劈臉便打。那庫吏是酒色淘虛的人，更兼身體肥胖，未動手先是氣喘，那裏架隔得住。當下被喬

註

※6鶴氅：鳥羽製的外衣。
※7艴然：艴，音勃。艴然，惱怒的樣子。
※8亢陽：指旱災。
※9甘霖大澍：解救旱災的及時大雨。澍音樹，及時的雨。

喬道清作法求雨，轉瞬間大雨滂沱。（日版畫，出自《新編水滸畫傳》，葛飾戴斗繪）

冽拳頭腳踢，痛打一頓，狼狽而歸，臥床四、五日，嗚呼哀哉，傷重而死。庫吏妻弩在本州投了狀詞。州官也七分猜著，是因信賞錢弄出這事來。押紙公文，差人勾捉凶身喬冽對問。喬冽探知此事，連夜逃回涇原，收拾同母離家，逃奔到威勝，更名改姓，扮做全眞，把冽字改做清字，起個法號，叫做道清。未幾，田虎作亂，知道清有術，勾引入夥，揑造妖言，逞弄幻術，煽惑愚民，助田虎侵奪州縣。田虎每事靠道清做主，僞封他做護國靈感眞人、軍師左丞相之職。那時方纔出姓，因此都稱他做國師喬道清。當下喬道清啓奏田虎，願部領軍馬，往壺關拒敵。田虎道：「國師恁般替寡人分憂！」說還未畢，又見殿帥孫安上殿啓奏：「臣願領軍馬去援晉寧。」田虎加封喬道清、孫安爲征南大元帥，各撥兵馬二萬前去。喬道清又奏道：「壺關危急，臣選輕騎，星馳往救。」田虎大喜，令樞密院分撥兵將，隨

河南禹州崆峒山逍遙觀。拍攝時間2006年4月。（聶銘提供）

救災祀雨圖，清人繪《聊齋志異》插圖。（fotoe提供）

從喬道清、孫安進征。樞密院得令，選將撥兵，交付二人。喬道清、孫安即日整點軍馬起程。那個孫安與喬道清同鄉，他也是涇原人。生得身長九尺，腰大八圍，頗知韜略，膂力過人。學得一身出色的好武藝，慣使兩口鑌鐵劍。後來為報父仇，殺死二人，因官府追捕緊急，棄家逃走。他素與喬道清交厚，聞知喬道清在田虎手下，遂到威勝，投訴喬道清。道清薦與田虎，拒敵有功，偽受殿帥之職。今日統領十員偏將，軍馬二萬，往救晉寧。那十員偏將是誰，乃是：

梅玉　秦英　金禎　陸清　畢勝

潘迅　楊芳　馮升　胡邁　陸芳

那十員偏將，都偽授統制之職。當下孫安辭別喬道清，統領軍馬，望晉寧進發，不題。

再說喬道清將二萬軍馬，著團練聶新、馮玘統領，隨後自己同四員偏將先行。那四員：

雷震　倪麟　費珍　薛燦

那四員偏將，都偽授總管之職，隨著喬道清，管領精兵二千，星夜望昭德進發。不則一日，來到昭德城北十里外，前騎探馬來報：「昨日被宋兵打破壺關，目今分兵三路，攻打昭德城池。」喬道清聞報，大怒道：「這廝們恁般無禮！教他認俺的手段。」領兵飛奔前來，正遇唐斌、耿恭領兵攻打北門。忽報西北上有二千餘騎到來，唐斌、耿恭列陣迎敵。喬道清兵馬已到，兩陣相對，旗鼓相望，南北尚離一箭之地。唐斌、耿恭看見北

陣前四員將佐，簇擁著一個先生，立馬於紅羅寶蓋下。那先生怎生模樣，但見：

頭戴紫金嵌寶魚尾道冠，身穿皀沿邊烈火錦鶴氅，腰繫雜色彩絲縧，足穿雲頭方赤舄※10。仗一口錕鋙鐵古劍，坐一匹雪花銀鬃馬。八字眉碧眼落腮鬍，四方口聲與鐘相似。

那先生馬前皀旗上，金寫兩行十七個大字，乃是：「護國靈感眞人軍師左丞相征南大元帥喬。」耿恭看罷，驚駭道：「這個人利害！」兩軍未及交鋒，恰遇李逵等五百游兵突至，李逵便欲上前。耿恭道：「此人是晉王手下第一個了得的，會行妖術，最是利害。」李逵道：「俺搶上去砍了那撮鳥，卻使甚麼鳥術？」唐斌也說：「將軍不可輕敵。」李逵那裏肯聽，揮板斧衝殺上去，鮑旭、項充、李衮恐李逵有失，領五百團牌標槍手，一齊滾殺過去。那先生呵呵大笑，喝道：「這廝不得狂逞！」不慌不忙，把那口寶劍望空一指，口中念念有詞，喝聲道：「疾！」好好的白日青天，霎時黑霧漫漫，狂風颯颯，飛土揚塵。更有一團黑氣，把李逵等五百餘人罩住，卻似攝入黑漆皮袋內一般，眼前並無一隙亮光，一毫也動彈不得，耳畔但聽得風雨之聲，卻不知身在何處。任你英雄好漢，不能插翅飛騰。你便火首金剛，怎逃地網天羅；八臂哪吒，難脫龍潭虎窟。畢竟李逵等衆人危困，生死如何？且聽下回分解。◎5

註

※10舄：音細，鞋子。

評點

◎5.唐斌單騎入衛州，是爲身謀；關勝單騎到山寨，是許國不謀身，義氣凜然，膽略過人，所以卒成大功。（袁評）

第九十五回 宋公明忠感后土 喬道清術敗宋兵

話說黑旋風李逵不聽唐斌、耿恭說話，領衆將殺過陣去，被喬道清使妖術困住，五百餘人，都被生擒活捉，不曾走脫半個。耿恭見頭勢不好，撥馬望東，連打兩鞭，預先走了。◎1唐斌見李逵等被陷，軍兵慌亂，又見耿恭先走，心下尋思道：「喬道清法術利害，倘走不脫時，落得被人恥笑。◎2我聞軍士不怯死而滅名，到此地位，怎顧得性命！」唐斌捨命，拈矛縱馬，衝殺過來。喬道清見他來得凶猛，連忙捏訣念咒，喝聲道：「疾！」就本陣內捲起一陣黃沙，望唐斌撲面飛來。唐斌被沙迷眼目，舉手無措，早被軍士趕上，把左腿刺了一槍，顛下馬來，也被活捉去了。原來北軍有例，凡解生擒將佐到來，賞賜倍加，所以衆將不曾被害。◎3那時唐斌部下一萬人馬，都被黃沙迷漫，殺得人亡馬倒，星落雲散，軍士折其大半。且說林沖、徐寧在東門，聽得城南喊殺連天，急領兵來接應。那城中守將孫琪等見是喬道清旗號，

❀ 北宋兵馬俑群，天津寶成博物苑。（Photobase／fotoe提供）

連忙開門接應，李逵等已被他捉入城中去了。只見那耿恭同幾個敗殘軍卒，跑得氣喘急促，鞍歪轡側，頭盔也倒在一邊，見了林沖、徐寧，方纔把馬勒住。林沖、徐寧忙問何處軍馬，耿恭七顛八倒的說了兩句，林沖、徐寧急同耿恭投大寨來，恰遇王英、扈三娘領三百騎哨到，得了這個消息，一同來報知宋先鋒。耿恭把李逵等被喬道清擒捉的事，備細說了。宋江聞報大驚，哭道：「李逵等性命休矣！」吳用勸道：「兄長且休煩悶，快理正事。賊人既有妖術，當速往壺關取樊瑞抵敵。」宋江道：「一面去取樊瑞，一面進兵，問那賊道討李逵等眾人。」◎4吳用苦諫不聽。

行者武松。（葉雄繪）

當下宋先鋒令吳用統領眾將守寨，宋江親自統領林沖、徐寧、魯智深、武松、劉唐、湯隆、李雲、郁保四八員將佐，軍馬二萬，即刻望昭德城南殺去。索超、張清接著，合兵一處，搖旗擂鼓，吶喊篩鑼，殺奔城下來。卻說喬道清進城，升帥府，孫琪等十將參見畢，孫琪等正欲設宴款待，探馬忽報宋

評點

◎1.唐斌、耿恭同是降將，人品霄壤懸絕。（袁眉）
◎2.存之則進於聖賢，失之則入於禽獸，「恥」字所繫甚大。（袁眉）
◎3.針線整密。（袁眉）
◎4.第一著。（袁眉）

兵又到。喬道清怒道：「這廝無禮！」對孫琪道：「待我捉了宋江便來。」即上馬統領四員偏將，三千軍馬，出城迎敵。宋兵正在列陣搦戰，只見城門開處，放下吊橋，門內擁出一彪軍來，當先一騎，上面坐著一個先生，正是幻魔君喬道清，仗著寶劍，領軍過吊橋。兩軍相迎，旗鼓相望，各把強弓硬弩，射住陣腳，兩陣中吹動畫角※1，戰鼓齊鳴。宋陣裏門旗開處，宋先鋒出馬，郁保四捧著帥字旗，立於馬前，左有林沖、徐寧、魯智深、劉唐，右有索超、張清、武松、湯隆，八員將佐擁護。宋先鋒怒氣塡胸，指著喬道清罵道：「助逆賊道，快放還我幾個兄弟及五百餘人！略有遲延，拿住你碎屍萬段！」喬道清喝道：「宋江不得無禮！俺便不放還你，看你怎地拿我？」宋江大怒，把鞭梢一指，林沖、徐寧、索超、張清、魯智深、武松、劉唐，一齊衝殺過來。喬道清叩齒作法，捏訣念咒，把劍望西一指，喝聲道：「疾！」霎時有無數兵將，從西飛殺過來，早把宋兵衝動。喬道清又把劍望北一指，口中念念有詞，喝聲道：「疾！」須臾，天昏地暗，日色無光，飛沙走石，撼地搖天。林沖等衆將正殺上前，只見前面都是黃沙黑氣，那裏見一個敵軍。宋軍不戰自亂，驚得坐下馬亂竄咆哮。林沖等急回馬擁護宋江，望北奔走。喬道清招兵掩殺，趕得宋江等軍馬星落雲散，七斷八續，呼兄喚弟，覓子尋爺。宋江等忙亂奔走，未及半里之地，前面恁般奇怪，適纔兵馬來時，好好的平原曠野，卻怎麼瀰瀰漫漫，一望都是白浪滔天，無涯無際，卻似個東洋大海。就是肋生兩翅，也飛不過。後面兵馬趕來，眼見得都是個死。魯智深、武松、劉唐齊聲大叫：「難道束手就縛？」三個奮力回身，向北殺來。猛可地一聲霹靂，半空中現出二十餘尊金甲神人，把兵器亂打下來。早把魯智深、武松、劉唐打翻，北軍趕上，也被活捉去了。又聽得大喊道：「宋江下馬受縛，免汝一死！」宋江仰天嘆道：「宋江死不足惜，只是君恩未報，雙親年老，無人奉養。李逵等這幾個兄弟，不曾救得。事到如此，只拚一死，免得被擒受辱。」林沖、徐寧、索超、張清、湯隆、李雲、郁保四七個頭領，擁著宋江，團聚一塊，都道：「我等願隨兄長，爲厲鬼殺賊！」郁保四到如此窘迫慌亂的地位，身上又中了兩矢，那面帥字旗，兀是挺挺的捧著，緊緊跟隨宋先鋒，不離尺寸。北軍見帥字旗未倒，不敢胡亂上前。宋江等已掣劍在手，都欲自刎，猛見一個人走向前來，止住眾人道：「休要如此，眾人勿憂。我位尊戊己，見汝等忠義，特來剋那妖水，救汝等歸寨。」眾將看那人時，生得奇異：頭長兩塊肉角，遍體青黑色，赤髮裸形，下體穿條黃裩，左手執一個鈴鐸※2。那人就地撮把土，望著那前面海大般白浪滔天的水，只一撒，轉眼間，就現出原來平地。對眾人道：「汝等應有數日災厄。今妖水已滅，可速歸營，差人到衛州，方可解救。汝等勉力報國！」言訖，化陣旋風，寂然不見。眾人驚訝不已，保護宋江投奔南來。行過五、六里，忽見塵頭起處，又有一彪兵馬，自南而來，卻是吳用同王英、扈三娘、孫新、顧大嫂、解珍、解寶，領兵一萬，前來接應。宋江對吳用道：「不聽賢弟之言，險些兒不得相見！」吳用道：「且到寨中再說。」眾人次第入

註

※1畫角：古代樂器。竹木或皮革製成，外面繪彩，口細尾大，聲音高亢激厲。古代軍中常用。

※2鈴鐸：金屬發聲器。鈴大鐸小。用於警戒、齋醮、奏樂等。

喬道清作法變出無數神兵，殺得宋江大敗，又化出大海圍住宋江。（朱寶榮繪）

到寨裏，把那兵敗被困遇神的事備述。吳用以手加額道：「位尊戊己，土神也。兄長忠義，感動后土之神，土能剋水。」宋江等方纔省悟，望空拜謝。

此時天色將暮，有敗殘軍士逃回，說混亂之中，又被昭德城中孫琪、葉聲、金鼎、黃鉞等開南門領兵掩殺，死者甚衆，其餘四散逃竄。宋江計點軍士，損折萬餘。吳用對宋江道：「賊人會使妖術，連勝兩陣，可速用計準備，提防劫寨。況我兵驚恐，凡杯蛇鬼車，風兵草甲，無往非撼志之物。當空著此寨，只將羊蹄點鼓，我等大兵，退十里另扎營寨。」當下宋江傳令，大兵退十里。吳學究又教宋先鋒傳令，須分扎營寨，大寨包小寨，隅落鈎連，曲折相對，如李藥師六花陣之法。衆將遵令。扎寨方畢，忽報樊瑞奉令從壺關馳到。入寨參見了宋先鋒，問知喬道清備細，樊瑞道：「兄長放心，無非是妖術。待樊某明日作法擒他。」◎5吳用道：「他若不來搦戰，我這裏只按兵不動，待公孫一清到來，再作計較。」宋江便令張清、王英、解珍、解寶，領輕騎五百，星夜出關，馳往衛州，接取公孫勝，到此破敵解救。張清等掂扎馬匹，辭別宋江去了。當下宋兵深栽鹿角，牢豎柵寨，弓上弦，刀出鞘，帶甲枕戈，提鈴喝號，宋江等秉燭待旦，不題。

再說喬道清用術困住宋江，正待上前擒捉，忽見前面水無涓滴，宋江等已遁去，驚疑不已道：「我這法非同小可，他如何便曉得解破？想軍中必有異人。」當下收兵，同孫琪等入城，升坐帥府。孫琪等一面設宴慶賀。軍士將魯智深、武松、劉唐，又先捉的李逵、鮑旭、項充、李袞、唐斌，綁縛解到帳前。孫琪立在喬道清左側，看見唐斌，

◎5.會說嘴的偏沒用。（袁眉）

便罵道：「反賊，晉王不曾負你。」唐斌喝道：「你們的死期也到了。」喬道清叫眾人都說姓名上來。李逵睜圓怪眼，倒豎虎鬚，挺胸大罵道：「賊道聽著！我是黑爺爺黑旋風李逵！」魯智深、武松等都由他問，氣憤憤的只不開口。喬道清教拿那廝們的軍卒上來。無移時，刀斧手將軍卒解到。喬道清一一問過，知道他們都是宋兵中勇將，便對眾人道：「你們若肯歸降，待我奏過晉王，都大大的封你們官爵。」李逵大叫如雷道：「你看老爺輩是甚麼樣人？你卻放那鳥屁。你要砍黑爺爺，凭你拿去，砍上幾百刀！若是黑爺爺皺眉，就不算好漢！」◎6魯智深、武松、劉唐等齊聲罵道：「妖道，你休要做夢！我這幾個兄弟的頭可斷，這幾條鐵腿屈不轉的。」喬道清大怒，喝教都推出去，斬訖來報。魯智深呵呵大笑道：「洒家視死如歸，今日死得正路！」◎7刀斧手簇擁著眾人下去。喬道清心中思想：「我從來不曾見恁般的硬漢，且留著他們，卻再理會。」當下喬道清疾忙傳令，教軍士且把這夥人放轉，監禁聽候。◎8武松罵道：「腌臢反賊！早早把俺砍了乾淨！」喬道清低頭不語，眾軍卒把李逵等一行人監禁去了。

喬道清見三昧神水的法不靈，心中已有幾分疑慮，只在城中屯扎，探聽宋兵的動靜。因此兩家都按兵不動。一連的過了五、六日，聶新、馮玘領大兵已到，入城參見喬道清，盡將兵馬收入城中扎住。喬道清見宋兵緊守營寨，不來廝殺，料無別謀。整點軍馬，統領將佐，同孫琪、戴美、聶新、馮玘等，領兵二萬，五鼓出城，扎寨城南五龍山，平明進兵。喬道清對孫琪道：「今日必要擒捉宋江，恢復壺關。」孫琪道：「全賴國師相公法力。」當下喬道清統領軍馬一萬，望宋江大寨殺來。小軍探聽得實，飛報宋先鋒。宋江令樊瑞、單廷珪、魏定國整點軍兵，拴縛馬匹，準備迎敵。喬道清在高阜處觀看宋兵營寨，但見：

四面八向之有準，前後左右之相救。
門户開闔之有法，吸呼聯絡之有度。

喬道清暗暗喝采。只聽得宋寨中一聲炮響，寨門開處，擁出一彪軍來。兩陣裏彩旗招動，鼉鼓振天。喬道清下高阜，出到陣前，雷震、倪麟、費珍、薛燦擁護左右。宋陣裏旌旗開處，一將縱馬出陣，正是混世魔王樊瑞，手仗寶劍，指著喬道清大罵：「賊道，怎敢逞凶！」喬道清心中思忖道：「此人一定會些法術，我且試他一試。」便對樊瑞喝道：「無知敗將，敢出穢言！你敢與我比武藝麼？」樊瑞道：「你要比武藝，上前來吃我一劍！」兩軍吶喊擂鼓。樊瑞拍馬挺劍，直取喬道清。道清躍馬揮劍相迎。二劍並舉，兩魔相鬥。起先兀是兩騎馬絞做一團廝殺，次後各運神通，只見兩股黑氣，在陣前左旋右轉，一往一來的亂滾。兩邊軍士，都看的呆了。樊瑞戰到酣處，覷個破綻，望喬道清一劍砍去，只砍個空，險些兒顛下馬來。原來喬道清故意賣個破綻，哄樊瑞砍來，自己卻使個烏龍蛻骨之法，早已歸到陣前，呵呵大笑。樊瑞惶恐歸陣。宋陣左右門旗開處，左邊飛出聖水將軍單廷珪，領五百步兵，盡是黑旗黑甲，手執團牌標槍、鋼叉利刃；右邊飛出神火將軍魏定國，領五百火軍，身穿絳衣，手執火器，前後擁出五十輛

評點

◎6.已巳、甲戌之役，紳巾迎虜。李逵等目不識丁，罵賊不屈，強似識字的多多。（袁眉）
◎7.天下無數高僧講經說法，卻講不出魯智深這兩句。（袁眉）
◎8.道清得保首領，在此一舉。（袁眉）

火車，車上都裝蘆葦引火之物。軍人背上各拴鐵葫蘆一個，內藏硫黃焰硝、五色煙藥，一齊點著。那兩路軍兵，左邊的烏雲捲地，右邊的烈火飛騰，一哄衝殺過來，北軍驚懼欲退。喬道清喝道：「退後者斬！」右手仗著寶劍，口中念念有詞，霎時烏雲蓋地，風雷大作，降下一陣大塊冰雹，望聖水、神火軍中亂打下來，霹靂交加，火焰滅絕。眾軍被冰雹打得星落雲散，抱頭鼠竄。單廷珪、魏定國嚇得魂不附體，舉手無措，抵死逃回本陣。聖水、神火將軍，以此翻成畫餅。須臾，雹散雲收，仍是青天白日，地上兀是有如雞卵似拳頭的無數冰塊。喬道清看宋軍時，打得頭損額破，眼瞎鼻歪，踏著冰塊，便滑一跌。喬道清揚武耀威高叫道：「宋兵中再有手段高強，神通廣大的麼？」樊瑞羞忿交集，披髮仗劍，立於馬上，使盡平生法力，口中念動咒語，只見狂風四起，飛沙走石，天愁地暗，日色無光。樊瑞招動人馬，衝殺過來，喬道清笑道：「量

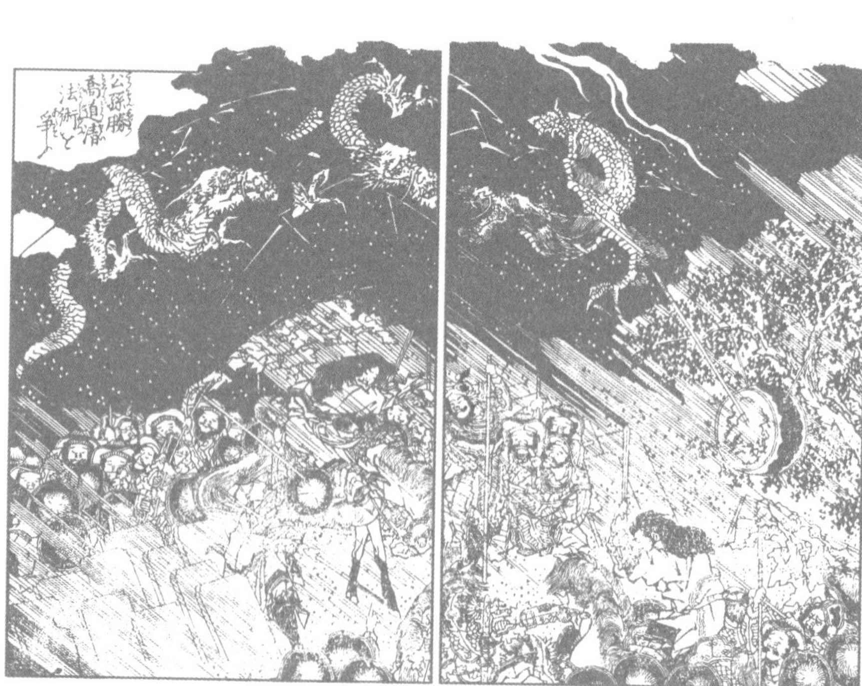

喬道清施法被人所破。（日版畫，出自《新編水滸畫傳》，葛飾戴斗繪）

你這鳥術，幹得甚事！」便也仗劍作法，口中念念有詞。只見風盡隨著宋軍亂滾，半空中又是一聲霹靂，無數神兵天將，殺將下來。宋陣中馬嘶人喊，亂竄起來。喬道清同四個偏將，縱軍掩殺。樊瑞法術不靈，抵當不住，回馬便走。北軍追趕上來，正在萬分危急，猛見宋寨中一道金光射來，把風沙沖散，那些天兵神將，都亂紛紛墮落陣前。衆人看時，卻是五彩紙剪就的。喬道清見破了神兵法，大展神通，披髮仗劍，捏訣念咒，喝聲道：「疾！」又使出三昧神水的法來。須臾，有千萬道黑氣，從壬癸方滾來。只見宋陣中一個先生，驟馬出陣，仗口松紋古定劍，口中念念有詞，喝聲道：「疾！」猛見半空裏有許多黃袍神將，飛向北去，把那黑氣衝滅。喬道清吃了一驚，手足無措。宋軍見這個先生破了妖術，齊聲大罵：「喬道清妖賊，如今有手段高強的來了！」喬道清聽了這句，羞得徹耳通紅，望本陣便退。喬道清生平逞弄神通，今日垂首喪氣，正是：總教掬盡三江水，難洗今朝一面羞。畢竟宋陣裏破妖術的先生是誰？且聽下回分解。◎9

評點

◎9.一腔血性，滿紙忠義，此回中人物有男子氣。（袁評）

第九十六回　幻魔君術窘五龍山　入雲龍兵圍百谷嶺

話說宋陣裏破喬道清妖術的那個先生，正是入雲龍公孫勝。他在衛州接了宋先鋒將令，即同王英、張清、解珍、解寶，星夜趕到軍前。入寨參見了宋先鋒，恰遇喬道清逞弄妖法，戰敗樊瑞。那日是二月初八日，干支是戊午，戊屬土。當下公孫勝就請天干神將，剋破那壬癸水，掃蕩妖氛，現出青天白日。宋江、公孫勝兩騎馬同到陣前，看見喬道清羞慚滿面，領軍馬望南便走。公孫勝對宋江道：「喬道清法敗奔走，若放他進城，便深根固蒂。兄長疾忙傳令，教徐寧、索超，領兵五千，從東路抄至南門，絕住去路。王英、孫新，領兵五千，馳往西門截住。如遇喬道清兵敗到來，只截住他進城的路，不必與他廝殺。」宋江依計傳令，分撥衆將遵令去了。此時兀是巳牌時分，宋江同公孫勝統領林沖、張清、湯隆、李雲、扈三娘、顧大嫂七個頭領，軍馬二萬，趕殺前來。北軍雷震等保護喬道清，且戰且走。前面又有軍馬到來，卻是孫琪、聶新領兵接應，合兵一處。剛到五龍山寨，聽得後面宋兵鳴鑼擂鼓，喊殺連天，飛趕上來。孫琪道：「國師入寨住扎，待孫某等與他決一死戰。」喬道清在衆將面前誇了口，況且自來行法，不曾遇著對手，今被宋兵追迫，十分羞怒，便對孫琪道：「你們且退後，待我上前拒敵。」即便勒兵列陣，一馬當先，雷震等將簇擁左右。喬道清高叫：「水窪草寇，焉得這般欺負

人！俺再與你決個勝敗。」原來喬道清生長涇原，是極西北地面，與山東道路遙遠，不知宋江等衆兄弟詳細。

當下宋陣裏把旗左招右展，一起一伏，列成陣勢，兩陣相對，吹動畫角，戰鼓齊鳴。南陣裏黃旗磨動，門旗開處，兩騎馬出陣：中間馬上，坐著山東呼保義及時雨宋公明，左手馬上，坐的是入雲龍公孫一清，手中仗劍，指著喬道清說道：「你那學術，都是外道，不聞正法，快下馬歸順！」喬道清仔細看時，正是那破法的先生。但見：

星冠攢玉，鶴氅縷金。九宮衣服燦雲霞，六甲風雷藏寶訣。腰繫雜色絲絛，手仗松紋古定劍。穿一雙雲縫赤朝鞋，騎一匹黃鬃昂首馬。八字神眉杏子眼，一部掩口落腮鬚。

當下喬道清對公孫勝道：「今日偶爾行法不靈，我如何便降服你？」公孫勝道：「你還敢逞弄那鳥術麼？」喬道清喝道：「你也小覷俺，再看俺的法！」喬道清抖擻精神，口中念念有詞，把手望費珍一招，只見費珍手中執的那條點鋼槍，卻似被人劈手一奪的，忽地離了手，如騰蛇般飛起，望公孫勝刺來。公孫勝把劍望秦明一指，那條狼牙棍早離了手，迎著鋼槍，一往一來，猝風※1般在空中相鬥，兩軍迭聲喝采。猛可的一聲響，兩軍發喊，空中狼牙棍，把槍打落下來，鏨的一聲，倒插在北軍戰鼓上，把戰鼓搠破。那司戰鼓的軍士，嚇得面如土色。那條狼牙棍，依然復在秦明手中，恰似不曾離手一般，

註

※1猝風：疾風，旋風。猝，音卒，揪、抓、拔，碰撞之意。

宋軍笑得眼花沒縫。公孫勝喝道：「你在大匠面前弄斧！」喬道清又捏訣念咒，把手望北一招，喝聲道：「疾！」只見北軍寨後，五龍山凹裏，忽的一片黑雲飛起，雲中現出一條黑龍，張鱗鼓鬣※2，飛向前來。公孫勝呵呵大笑，把手也望五龍山一招，只見五龍山凹裏，如飛電般掣出一條黃龍，半雲半霧，迎住黑龍，空中相鬥。喬道清又叫：「青龍快來！」只見山頂上纔飛出一條青龍，隨後又有白龍飛出，趕上前迎住。兩軍看得目瞪口呆。喬道清仗劍大叫：「赤龍快出幫助！」須臾，山凹裏又騰出一條赤龍，飛舞前來。五條龍向空中亂舞，正按著金、木、水、火、土五行，互生互克，攪做一團。狂風大起，兩陣裏捧旗的軍士，被風捲動，一連顛翻了數十個。公孫勝左手仗劍，右手把麈尾望空一擲，那麈尾在空中打個滾，化成鴻雁般一隻鳥飛起去。須臾，漸高漸大，扶搖而上，直到九霄空裏，化成個大鵬，翼若垂天之雲，望著那五條龍撲擊下來。只聽得刮剌剌的響，卻似青天裏打個霹靂，把那五條龍撲打得鱗散甲飄。原來五龍山有段靈異，山中常有五色雲現。龍神托夢居民，因此起建廟宇，中間供個龍王牌位。又按五方，塑成青、黃、赤、黑、白五條龍，按方向蟠旋於柱，都是泥塑金裝彩畫就的。當下被二人用法遣來相鬥，被公孫勝用麈尾化成大鵬，將

宋代道教人物紋鏡，陝西省博物館藏。鏡子是道教的法器，宋代的紋鏡是菱花形，刻有飛翔的仙鶴、靈龜、頭帶光環的講道道士和侍童。（fotoe提供）

評點

◎1.愈出愈奇。（袁眉）

五條泥龍摶擊得粉碎，望北軍頭上亂紛紛打將下來。◎1北軍發喊，躲避不迭，被那年久乾硬的泥塊，打得臉破額穿，鮮血迸流，登時打傷二百餘人，軍中亂竄。喬道清束手無術，不能解救。半空裏落下個黃泥龍尾，把喬道清劈頭一下，險些兒將頭打破，把個道冠打癟。公孫勝把手一招，大鵬寂然不見，麈尾仍歸手中。喬道清再要使妖術時，被公孫勝運動五雷正法的神通，頭上現出一尊金甲神人，大喝：「喬冽下馬受縛！」喬道清口中喃喃吶吶的念咒，並無一毫兒靈驗，慌得喬道清舉手無措，拍馬望本陣便走。林沖縱馬拈矛趕來，大喝：「妖道休走！」北陣裏倪麟提刀躍馬接住。雷震驟馬挺戟助戰，這裏湯隆飛馬，使鐵瓜錘架住。兩軍迭聲吶喊，四員將兩對兒在陣前廝殺。倪麟與林沖鬥過二十餘合，不分勝敗。林沖覷個破綻，一矛搠中馬腿，那馬便倒，把倪麟顛翻下來，被林沖向心窩肐察的一槍搠死。雷震正與湯隆戰到酣處，見倪麟落馬，賣個破綻，撥馬便走，被湯隆趕上，把鐵瓜錘照頂門一下，連盔帶頭打碎，死於馬下。宋江將鞭梢一指，張清、李雲、扈三娘、顧大嫂，一齊衝殺過來。北軍大亂，四散亂竄逃生，殺死者甚眾。

喬道清作法變出龍來攻擊，被公孫勝破掉。（選自《水滸傳版刻圖錄》，江蘇廣陵古籍刻印社）

註

※2鬣：音列。馬、獅子等頸上的長毛。

孫琪、聶新、費珍、薛燦保護喬道清，棄了五龍山寨，領兵欲進昭德。轉過山坡，離城尚有六、七里，只聽得前面戰鼓喧天，喊聲大振，東首小路撞出一彪兵來，當先二將乃是金槍手徐寧、急先鋒索超。兩軍未及交鋒，昭德城內見城外廝殺，守將戴美、翁奎領兵五千，開南門出城接應，徐寧、索超分頭拒敵。索超分兵二千，向北抵敵，戴美當先，與索超鬥十餘合，被索超揮金蘸斧，砍爲兩段。翁奎急領兵入城，索超趕殺上去，殺死北軍一百餘人，直趕至南門城下，翁奎兵馬已是進城去了。急拽起吊橋，緊閉城門，城上擂木炮石，如雨般打將下來，索超只得回兵。

再說徐寧領兵三千，攔住北軍去路。北軍雖是折了一陣，此時尚有二萬餘人，孫琪、聶新二將，敵住徐寧兵馬。費珍、薛燦無心戀戰，領五千兵馬，保護喬道清投西奔走。這裏徐寧力敵孫琪、聶新二將，被北軍圍裹上來，正是寡不敵衆，看看圍在垓心。卻得索超、宋江南北兩路兵都到，孫琪、聶新當不得三面攻擊。聶新被徐寧一金槍刺中左臂，墜於馬下，被人馬踐踏如泥。孫琪奪路要走，被張清趕上，手起一槍，搠中後心，撞下馬來。北兵大敗虧輸，三萬軍馬，殺死大半。殺得屍橫遍野，流血成河，棄下金鼓旗旛、盔甲馬匹無數，其餘兵馬，四散逃走去了。宋江、公孫勝、

林冲和徐寧。（選自《水滸傳版刻圖錄》，江蘇廣陵古籍刻印社）

林沖、張清、湯隆、李雲、扈三娘、顧大嫂與徐寧、索超，合兵一處，共是二萬五千，聞喬道清同費珍、薛燦領五千兵馬，望西逃遁，欲上前追趕。此時已是申牌時分，兵馬鏖戰一日，飢餓困罷，宋先鋒正欲收兵回寨食息，忽報軍師吳用知宋先鋒等兵馬鏖戰多時，特令樊瑞、單廷珪、魏定國，整點兵馬一萬，準備火把、火炬，前來接應。宋先鋒大喜。公孫勝道：「既有這枝軍馬，兄長同眾頭領回寨食息，小弟同樊、單、魏三位頭領，領兵追趕喬道清，務要降服那廝。」宋江道：「賴賢弟神功，解救災厄。賢弟遠來勞頓，同回大寨歇息了，明日卻再理會。喬道清這廝，法破計窮，料無他虞。」公孫勝道：「兄長有所不知。本師羅眞人常對小弟說：『涇原有個喬冽，他有道骨，曾來訪道，我暫且拒他，因他魔心正重，亦是下土生靈造惡，殺運未終。他後來魔心漸退，機緣到來，遇德而服。恰有機緣遇汝，汝可點化他，後來亦得了悟玄微※3，日後亦有用著他處。』小弟在衛州遵令前來，於路問妖人來歷，張將軍說降將耿恭知他備細，道是喬道清即涇縣喬冽。適纔見他的法與小弟比肩相似，小弟卻得本師羅眞人傳授五雷正法，所以破得他的法。此城叫做昭德，合了本師『遇德魔降』的法語。若放他逃遁，倘此人墮陷魔障，有違本師法旨。此機會不可錯過，小弟即刻就領兵追趕，相機降服他。」只一席話，說得宋江心胸豁然，稱謝不已。當下同眾將統領軍馬，回營食息。公孫勝同樊瑞、單廷珪、魏定國，統領一萬軍馬，追趕喬道清不題。

註

※3玄微：深遠微妙的義理。

再說喬道清同費珍、薛燦，領敗殘兵馬五千，奔竄到昭德城西，欲從西門進城，猛聽得鼓角齊鳴，前面密林後飛出一彪軍來，當先二將，乃是矮腳虎王英、小尉遲孫新，領五千兵，排開陣勢，截住去路。費珍、薛燦抵死衝突，孫新、王英奉公孫一清的令，只不容他進城，卻不來趕殺，讓他望北去了。城中知喬道清術窘，大敗虧輸，宋兵勢大，惟恐城池有失，緊緊的閉了城門，那裏敢出來接應。無移時，孫新、王英見公孫勝同樊瑞、單廷珪、魏定國，領兵飛趕上來。公孫勝道：「兩位頭領，且到大寨食息，待貧道自去趕他。」孫新、王英依令回寨。此時已是酉牌時分。卻說喬道清同費珍、薛燦領敗殘兵，急急如喪家之狗，忙忙似漏網之魚，望北奔馳。公孫勝同樊瑞、單廷珪、魏定國，領兵一萬，隨後緊緊追趕。公孫勝高叫道：「喬道清快下馬降順，休得執迷！」喬道清在前面馬上高聲答道：「人各為其主，你何故逼我太甚？」此時天色已暮，宋兵燃點火炬、火把，火光照耀如白晝一般。喬道清回顧左右，止有費珍、薛燦及三十餘騎，其餘人馬，已四散逃竄去了。喬道清欲拔劍自刎，費珍慌忙奪住道：「國師不必如此。」用手向前面一座山指道：「此嶺可以藏匿。」喬道清計窮力竭，隨同二將馳入山嶺。原來昭德城東北，有座百谷嶺，相傳神農嘗百草處。山中有座神農廟。喬道清同費、薛二將，屯扎神農廟中，手下止有十五、六騎。只因公孫勝要降服他，所以

磚雕道家八寶之「寶劍、蕉扇」。拍攝時間2006年9月25日。（孔蘭平／fotoe提供）

評點

◎2.女媧氏煉石補天、斷鼇立極；帝堯使羿繳風射日；古今蓋載中何所不有。（袁評）

來。與公孫勝合兵一處，共是二萬人馬，分頭扎寨，圍困喬道清，不題。

且說宋江次日探知喬道清被公孫勝等將兵馬圍困於百谷嶺，即與吳學究計議攻城。傳令大兵拔寨起營，到昭德城下。宋江分撥將佐到昭德，圍得水泄不通。城中守將葉聲等，堅守城池。宋兵一連攻打二日，城尚不破。宋江在城南寨中，見攻城不下，十分憂悶，李逵等被陷，不知性命如何，不覺潸然淚下。軍師吳用勸道：「兄長不必煩悶，只消用幾張紙，此城唾手可得。」宋江忙問道：「軍師有何良策？」當下吳學究不慌不忙，疊著兩個指頭，說出這條計來。有分教：兵不血刃孤城破，將士投戈百姓安。畢竟吳學究說出甚麼來？且聽下回分解。◎2

喬道清與費珍、薛燦等藏在百谷嶺的神農廟裏。（朱寶榮繪）

第九十七回

陳瓘諫官升安撫　瓊英處女做先鋒

話說當下吳用對宋江道：「城中軍馬單弱，前日恃喬道清妖術，今知喬道清敗困，外援不至，如何不驚恐。小弟今晨上雲梯觀望，見守城軍士，都有驚懼之色。今當乘其驚懼，開以自新之路，明其利害之機，城中必縛將出降，兵不血刃，此城唾手可得。」宋江大喜道：「軍師之謀甚善！」當下計議，寫成數十道曉諭的兵檄※1。其詞云：

> 大宋征北正先鋒宋江示諭昭德州守城將士軍民人等知悉：田虎叛逆，法在必誅，◎1其餘脅從，情有可原。守城將士，能反邪歸正，改過自新，率領軍民，開門降納，定行保奏朝廷，赦罪錄用。如將士怙終不悛※2，爾等軍民，俱係宋朝赤子，速當興舉大義，擒縛將士，歸順天朝。為首的定行重賞，奏請優敘。如執迷逡巡，城破之日，玉石俱焚，孑遺靡有※3。特諭。

宋江令軍士將曉諭拴縛箭矢，四面射入城中。傳令各門稍緩攻擊，看城中動靜。次日平明，只聽得城中吶喊振天，四門豎起降旗，守城偏將金鼎、黃鉞，聚集軍民，殺死副將葉聲、牛庚、冷寧，將三個首級懸掛竿首，挑示宋軍。牢中放出李逵、魯智深、武松、劉唐、鮑旭、項充、李袞、唐斌，俱用轎扛擡，大開城門，擁送出城。軍民香花燈燭，迎接宋兵入城。宋先鋒大喜，傳諭各門將佐，統領軍馬，次第入城。兵不血刃，百

姓秋毫無犯，歡聲雷動。宋江到帥府升坐，魯智深等八人前來參拜道：「哥哥，萬分不得相見了！今賴兄長威力，復得聚首，恍如夢中。」宋江等衆人，俱感泣淚下。次後，金鼎、黃鉞率領翁奎、蔡澤、楊春，上前參拜。宋江連忙答拜，扶起道：「將軍等興舉大義，保全生靈，此不世之勛也。」黃鉞等道：「某等不能速來歸順，罪不可逭。反蒙先鋒厚禮，眞是銘心刻骨，誓死圖報！」黃鉞等又將魯智深、李逵等罵賊不屈的事情，備細陳說。宋江感泣稱讚。李逵道：「俺聽得說，那賊鳥道在百谷嶺，待俺去砍那撮鳥一百斧，出那口鳥氣！」宋江道：「喬道清被一清兄弟圍困百谷嶺，欲降伏他。羅眞人已有法旨，兄弟不可造次。」魯智深對李逵道：「兄長之命，安敢不遵？」李逵方纔肯住。

當下宋先鋒出榜，安撫百姓，賞勞三軍將佐，標寫公孫勝、金鼎、黃鉞功次。正在料理軍務，忽報神行太保戴宗自晉寧回。戴宗入府參見，宋先鋒忙問晉寧消息。戴宗道：「小弟蒙兄長差遣到晉寧，盧先鋒正在攻打城池。他道：『待盧某克了城池，卻好到兄長處報捷。』故此留小弟在彼，一連住了三、四日。晉寧急切攻打不下，到今月初六日，是夜重霧，咫尺不辨，盧先鋒令軍士悄地囊土塡積城下。至三更時分，城東北守禦稍懈，我兵潛上土囊，攀援登城，殺死守城將士一十三員。田彪開北門衝突，捨命

註

※1兵檄：軍隊發佈的徵召或聲討的文書。
※2怙終不悛：怙，音户，依靠。悛，音圈，悔改。怙終不悛，始終都不悔改。
※3子遺靡有：沒有剩餘，一點遺留都沒有。

評點

◎1.堂堂正正。（袁眉）

逃遁。其餘牙將俱降。獲戰馬五千餘匹，投降軍士二萬餘人，殺死者甚衆。當下盧先鋒克了晉寧，天明霧霽，正在安撫料理，忽報威勝田虎，差殿帥孫安，統領將佐十員、軍馬二萬，前來救援，離城十里下寨。盧先鋒即令秦明、楊志、歐鵬、鄧飛，領兵出城迎敵，盧先鋒親自領兵接應。當下秦明與孫安戰到五、六十合，不分勝負。盧先鋒兵到，見孫安勇猛，盧先鋒令鳴金收兵，孫安亦自收兵，各立營寨。盧先鋒回寨，說孫安勇猛，只可智取，不可力敵。次日，分撥軍馬埋伏。盧先鋒親自出陣，與孫安戰到五十餘合，孫安戰馬忽然前失，把孫安顛下馬來。盧先鋒喝道：『此非汝戰敗之罪，快換馬來戰！』孫安換馬，又與盧先鋒鬥過五十餘合。盧先鋒佯敗奔走，誘孫安趕到林子邊，一聲炮響，兩邊伏兵齊出，孫安措手不及，被兩邊拋出絆馬索，將孫安絆倒，衆軍趕上，連人和馬，生擒活捉。北陣裏秦英、陸清、姚約三將齊出，救奪孫安，那邊楊志、歐鵬、鄧飛齊出接住。六騎馬捉對兒廝殺，到間深處，只見楊志大喝一

鲁智深，山門演武舊址的魯智深雕像，山西五臺山。拍攝時間2006年8月9日。（劉朔／fotoe提供）

聲，只一槍，將秦英攧下馬來。陸清與歐鵬正鬥，被歐鵬賣個破綻，賺陸清一刀砍來，歐鵬把身一閃，陸清砍個空，收刀不迭，被歐鵬照後心一槍刺死。姚約見二人落馬，撥馬望本陣便走，被鄧飛趕上，舉鐵鏈當頭一下，把姚約連盔透頂，打個粉碎。盧先鋒驅兵掩殺，北兵大敗，殺死四、五千人，北軍退十里下寨。我兵得勝進城，衆軍卒把孫安綁縛解來。盧先鋒親釋其縛，待以厚禮，勸孫安歸順天朝。孫安見盧先鋒如此意氣，情願降順。孫安對盧先鋒說道：『城外尚有七員將佐，軍馬一萬五千，容孫某出城，招他來降。』盧先鋒坦然無疑，放孫安出城。孫安單騎到北寨，說降七將，都來參見盧先鋒。盧先鋒大喜，置酒管待。孫安說：『某與喬道清同領兵離威勝，喬道清往救壺關。此人素有妖術，恐宋先鋒處罹其荼毒。喬道清與孫某同鄉，孫某感將軍厚恩，願往壺關，

孫安去神農廟勸降喬道清。（朱寶榮繪）

探聽消息，說喬道清歸順。』盧先鋒依允，遂令小弟領孫安同來報捷。盧先鋒令宣贊、郝思文、呂方、郭盛，管領兵馬二萬，鎮守晉寧。盧先鋒統領其餘將佐，兵馬二萬，望汾陽進征。戴某昨日於晉寧起程，替孫安也作起神行法。今日於路，已聞得兄長兵圍昭德，喬道清被困。比及到城外，又知兄長大兵進城，特來參見哥哥。孫安現在府門外伺候。」宋江大喜，令戴宗引孫安進見。戴宗遵令，領孫安入府，上前參見。宋江看孫安軒昂魁偉，一表非俗，下階迎接。孫安納頭便拜道：「孫某抗拒大兵，罪該萬死！」宋江答拜不迭道：「將軍反邪歸正，與宋某同滅田虎，回朝報奏朝廷，自當錄用。」孫安拜謝起立。宋先鋒命坐，置酒管待。孫安道：「喬道清妖術利害，今幸公孫先生解破。」宋江道：「公孫一清欲降服他，授以正法。今圍困三、四日，尚未有降意。」孫安道：「此人與孫某最厚，當說他來降。」當下宋先鋒令戴宗同孫安出北門，到公孫勝寨中。相見已畢，戴宗、孫安將來意備細對公孫勝說了。一清大喜，即令孫安入嶺，尋覓喬道清。孫安領命，單騎上嶺。

卻說喬道清與費珍、薛燦，與十五、六個軍士，藏匿在神農廟裏，與本廟道人借索些粗糲※4充飢。這廟裏止有三個道人，被喬道清等將他累月募化積下的飯來，都吃盡了，又見他人衆，只得忍氣吞聲。是日，喬道清聽得城中吶喊，便出廟登高崖瞭望，見城外兵已解圍，門內有人馬出入，知宋兵已是入城。正在嗟嘆，忽見崖畔樹林中，走出一個樵者，腰插柯斧，將扁擔做個枴杖，一步步捉腳兒走上崖來。口中念著個歌兒道：

上山如挽舟，下山如順流。

挽舟當自戒，順流常自由。

我今上山者，預爲下山謀。

喬道清聽了這六句樵歌，心中頗覺恍然，便問道：「你知城中消息麼？」樵叟道：「金鼎、黃鉞殺了副將葉聲，已將城池歸順宋朝。宋江兵不血刃，得了昭德。」喬道清道：「原來如此！」那樵者說罷，轉過石崖，望山坡後去了。喬道清又見一人一騎，尋路上嶺，漸近廟前。喬道清下崖觀看，吃了一驚，原來是殿帥孫安，「他爲何便到此處？」孫安下馬，上前敘禮畢，喬道清忙問：「殿帥領兵往晉寧，爲何獨自到此？嶺下有許多軍馬，如何不攔當？」孫安道：「好教兄長得知。」喬道清見孫安不稱國師，已有三分疑慮。孫安道：「且到廟中，細細備述。」二人進廟，費珍、薛燦都來相見畢，孫安方把在晉寧被獲投降的事，說了一遍。喬道清默然無語。孫安道：「兄長休要狐疑。宋先鋒等十分義氣，我等投在麾下，歸順天朝，後來亦得個結果。孫某此來，特爲兄長。兄長往時曾訪羅眞人否？」喬道清忙問：「你如何知道？」孫安道：「羅眞人不接見兄長，令童子傳命，說你後來『遇德魔降』，這句話有麼？」喬道清連忙答道：「有，有。」孫安道：「破兄長法的這個人，你認得麼？」喬道清道：「他是我對頭。只知他是宋軍中人，卻不知道他的來歷。」孫安道：「則他便是羅眞人徒弟，叫做公孫勝，宋

註

※4粗糲：粗糧。

先鋒的副軍師。這句法語，也是他對小弟說的。此城叫做昭德，兄長法破，可不是合了『遇德魔降』的說話！公孫勝專爲眞人法旨，要點化你，同歸正道，所以將兵馬圍困，不上山來擒捉。他既法可以勝你，他若要害你，此又何難？兄長不可執迷。」喬道清言下大悟，遂同孫安帶領費珍、薛燦下嶺，到公孫勝軍前。孫安先入營報知，公孫勝出寨迎接。喬道清入寨，拜伏請罪道：「蒙法師仁愛，爲喬某一人，致勞大軍，喬某之罪益深！」公孫勝大喜，答拜不迭，以賓禮相待。喬道清見公孫勝如此意氣，便道：「喬某有眼不識好人，今日得侍法師左右，平生有幸。」公孫勝傳令解圍，樊瑞等衆將，四面拔寨都起。公孫勝率領喬道清、費珍、薛燦入城，參見宋先鋒。宋江以禮相待，用好言撫慰。喬道清見宋江謙和，愈加欽服。少頃，樊瑞、單廷珪、魏定國、林冲、張清都到。宋江傳令，將軍馬盡數收入城中屯住。當下宋江置酒慶賀。席間公孫勝對喬道清說：「足下這法，上等不比諸佛菩薩，累劫修來，證入虛空三昧，自在神通；中等不比蓬萊三十六洞眞仙，准幾十年抽添水火，換髓移筋，方得超形度世，遊戲造化。你不過凭著符咒，襲取一時，盜竊天地之精英，

河南省開封市修葺一新的古城西城門。拍攝時間1998年。（周沁軍／fotoe提供）

假借鬼神之運用，在佛家謂之金剛禪邪法，在仙家謂之幻術。若認此法便可超凡入聖，豈非毫釐千里之謬！」◎2喬道清聽罷，似夢方覺，當下拜公孫勝爲師。宋江等聽公孫勝說的明白玄妙，都稱讚公孫勝的神功道德。當日酒散，一宿無話。

次日，宋江令蕭讓寫表，申奏朝廷，得了晉寧、昭德二府。寫書申呈宿太尉報捷，其衛州、晉寧、昭德、蓋州、陵川、高平六府州縣缺的官，乞太尉擇賢能堪任的，奏請速補，更替將領征進。當下蕭讓書寫停當，宋江令戴宗賫捧，即日起程。戴宗遵令，拴縛行囊包裹，賫捧表文書札，選個輕捷軍士跟隨，辭別宋先鋒，作起神行法，次日便到東京。先往宿太尉府中呈遞書札，恰遇宿太尉在府。戴宗在府前，尋得個本府楊虞候，先送了些人事銀兩，然後把書札相煩轉達太尉。楊虞候接書入府。少頃，楊虞候出來喚道：「太尉有鈞旨，呼喚頭領。」戴宗跟隨虞候進府，只見太尉正在廳上坐地，拆書觀看。戴宗上前參見。太尉道：「正在緊要的時節，來得恁般湊巧！前日正被蔡京、童貫、高俅在天子面前，劾奏你的哥哥宋先鋒覆軍殺將，喪師辱國，大肆誹謗，欲皇上加罪。天子猶豫不決，卻被右正言陳瓘上疏，劾蔡京、童貫、高俅誣陷忠良，排擠善類，說汝等兵馬，已渡壺關險隘，乞治蔡京等欺妄之罪。以此忤了蔡太師，尋他罪過，昨日奏過天子說：『陳瓘撰尊堯錄，他尊神宗爲堯，即寓訕※5陛下之意，乞治陳瓘訕上之罪。』幸的天子不即加罪。◎3今日得汝捷報，不但陳瓘有顏，連我也放下許多憂悶。明

註

※5寓訕：比喻諷刺。

評點

◎2.透徹。（袁眉）
◎3.好皇帝。（袁夾）

日早朝，我將汝奏捷表文上達。」戴宗再拜稱謝，出府覓個寓所，安歇聽候，不在話下。

且說宿太尉次日早朝入內，道君皇帝在文德殿朝見文武。宿太尉拜舞山呼畢，將宋江捷表奏聞，說宋江等征討田虎，前後共克復六府州縣，今差人齎捧捷表上聞。天子龍顏欣悅。宿元景又奏道：「正言陳瓘撰尊堯錄，以先帝神宗爲堯，陛下爲舜，尊堯何得爲罪？陳瓘素剛正不屈，遇事敢言，素有膽略，乞陛下加封陳瓘官爵，敕陳瓘到河北監督兵馬，必成大功。」天子准奏，隨即降旨：「陳瓘於原官上加升樞密院同知，著他爲安撫，統領御營軍馬二萬，前往宋江軍前督戰，並齎賞賜銀兩，犒勞將佐軍卒。」當下朝散，宿太尉回到私第，喚戴宗打發回書。戴宗已知有了聖旨，拜辭宿太尉，離了東京，作起神行法，次日已到昭德城中。往返東京，剛剛四日。宋江正在整點兵馬，商議進征，見戴宗回來，忙問奏聞消息。戴宗將宿太尉回書呈上。宋江拆開看罷，將書中備細，一一對眾頭領說知。眾人都道：「難得陳安撫恁般肝膽，我們也不枉在這裏出力。」◎4宋江傳令，待接了敕旨，然後進征。眾將遵令，在城屯住，不在話下。

卻說昭德城北潞城縣，是本府屬縣。城中守將池方，探知喬道清圍困時，便星夜差人到威勝田虎處申報告急。田虎手下僞省院官，接了潞城池方告急申文，正欲奏知田虎，忽報晉寧已失，御弟三大王田彪止逃得性命到此。說言未畢，恰好田彪已到。田彪同省院官入內，拜見田虎。田彪放聲大哭說：「宋兵勢大，被他打破晉寧城池，殺了兒子田實，臣止逃

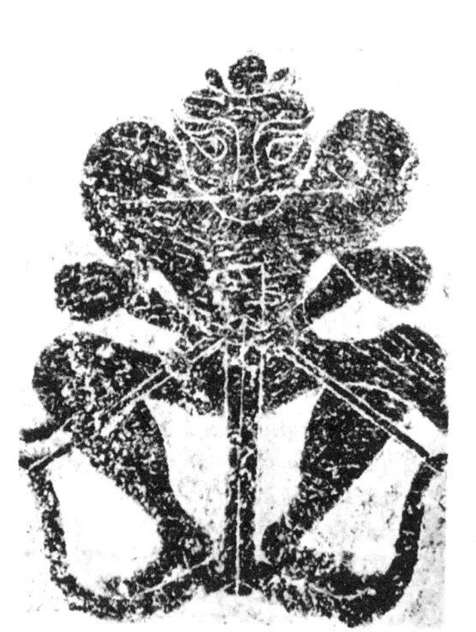

河南南陽，漢代畫像雕石武士蹶張弩圖。

得性命至此。失地喪師，臣該萬死！」說罷又哭。那邊省院官又啓奏道：「臣適纔接得潞城守將池方申文，說喬國師已被宋兵圍困，昭德危在旦夕。」田虎聞奏大驚，會集文武衆官，右丞相太師卞祥、樞密官范權、統軍大將馬靈等，當廷商議：「即日宋江侵奪邊界，佔了我兩座大郡，殺死衆多兵將，喬道清已被他圍困，汝等如何處置？」當有國舅鄔梨奏道：「主上勿憂！臣受國恩，願部領軍馬，克日興師，前往昭德，務要擒獲宋江等衆，恢復原奪城池。」那鄔梨國舅，原是威勝富戶。鄔梨入骨好使槍棒，兩臂有千斤力氣，開得好硬弓，慣使一柄五十斤重潑風大刀。田虎知他幼妹大有姿色，便娶來爲妻，遂將鄔梨封爲樞密，稱做國舅。當下鄔梨國舅又奏道：「臣幼女瓊英，近夢神人教授武藝，覺來便是膂力過人。不但武藝精熟，更有一件神異的手段，手飛石子，打擊禽鳥，百發百中，近來人都稱他做瓊矢鏃。臣保奏幼女爲先鋒，必獲成功。」田虎隨即降旨，封瓊英爲郡主。鄔梨謝恩方畢，又有統軍大將馬靈奏道：「臣願部領軍馬，往汾陽退敵。」田虎大喜，都賜金印虎牌，賞賜明珠珍寶。鄔梨、馬靈各撥兵三萬，速便起兵前去。不說馬靈統領偏牙將佐軍馬，望汾陽進發。且說鄔梨國舅領了王旨兵符，下教場挑選兵馬三萬，整頓刀槍弓箭，一應器械。歸第，領了女將瓊英爲前部先鋒，入內辭別田虎，擺佈起身。瓊英女領父命，統領軍馬，逕奔昭德來。只因這女將出征，有分教：貞烈女復不共戴天之仇，英雄將成琴瑟伉儷之好。畢竟不知女將軍怎生搦戰？且聽下回分解。◎5

◎4.賴有此耳。（袁夾）

◎5.一將功成萬骨朽，爲將者請三復「兵不血刃」四字。（袁評）

第九十八回 張清緣配瓊英　吳用計鴆鄔梨

話說鄔梨國舅令郡主瓊英爲先鋒，自己統領大軍隨後。那瓊英年方一十六歲，容貌如花的一個處女，原非鄔梨親生的。他本宗姓仇，父名申，祖居汾陽府介休縣※1，地名綿上。那綿上，即春秋時晉文公求介之推不獲，以綿上爲之田，就是這個綿上。那仇申頗有家資，年已五旬，尚無子嗣。又值喪偶，續娶平遙縣※2宋有烈女兒爲繼室，生下瓊英，年至十歲時，宋有烈身故，宋氏隨即同丈夫仇申往奔父喪。那平遙是介休鄰縣，相去七十餘里。宋氏因路遠倉卒，留瓊英在家，分付主管葉清夫婦看管伏侍。自己同丈夫行至中途，突出一夥強人，殺了仇申，趕散莊客，將宋氏擄去。莊客逃回，報知葉清。那葉清雖是個主管，倒也有些義氣，也會使槍弄棒。妻子安氏，頗是謹慎，當下葉清報知仇家親族，一面呈報官司，捕捉強人；一面埋葬家主屍首。仇氏親族議立本宗一人，承繼家業。葉清同妻安氏兩口兒，看管小

石室山白石化作瓊英母親，相貌十分美麗。（日版畫，出自《新編水滸畫傳》，葛飾戴斗繪）

主女瓊英。過了一年有餘，値田虎作亂，佔了威勝，遣鄔梨分兵摽掠，到介休綿上，搶劫資財，擄掠男婦，那仇氏嗣子，被亂兵所殺，葉清夫婦及瓊英女，都被擄去。那鄔梨也無子嗣，見瓊英眉清目秀，引來見老婆倪氏。那倪氏從未生育的，一見瓊英，便十分愛他，卻似親生的一般。瓊英從小聰明，百伶百俐，料道在此不能脫生，又舉目無親，見倪氏愛他，便對倪氏說，向鄔梨討了葉清的妻安氏進來。因此安氏得與瓊英坐臥不離。那葉清被擄時，他要脫身逃走，卻思想：「瓊英年幼，家主主母只有這點骨血，我若去了，便不知死活存亡。幸得妻子在彼，倘有機會，同他們脫得患難，家主死在九泉之下，亦是瞑目。」◎1因此只得隨順了鄔梨。征戰有功，鄔梨將安氏給還葉清。安氏自此得出入帥府，傳遞消息與瓊英，鄔梨又奏過田虎，封葉清做個總管。

葉清後被鄔梨差往石室山，採取木石。部下軍士向山岡下指道：「此處有塊美石，白賽霜雪，一毫瑕疵兒也沒有。土人欲採取他，卻被一聲霹靂，把幾個採石的驚死，半晌方醒。因此人都嚙指相戒，不敢近他。」葉清聽說，同軍士到岡下看時，衆人發聲喊，都叫道：「奇怪！適纔兀是一塊白石，卻怎麼就變做一個婦人的屍骸！」◎2葉清上前仔細觀看，恁般奇怪，原來是主母宋氏的屍首，面貌兀是如生，◎3頭面破損處，卻似墜岡撞死的。葉清驚訝涕泣，正在沒理會處，卻有本部內一個軍卒，他原是田虎手下的馬圉，當下將宋氏被擄身死的根因，一一備細說道：「昔日大王初起兵的時節，在介

註
※1介休縣：古縣名，今天山西省汾河中游地區。
※2平遙縣：縣名，今天山西省平遙縣。

評點
◎1.勢敗奴欺主，活者尚然，何況死者！（袁眉）
◎2.奇想。（袁眉）
◎3.宋氏眞個不死。（袁眉）

休地方，擄了這個女子，欲將他做個壓寨夫人。那女子哄大王放了綁縛，行到此處，被那女子將身竄下高岡撞死。大王見他撞死，叫我下岡剝了他的衣服首飾。◎4是小的伏侍他上馬，又是小的剝他的衣服，面貌認得仔細，千眞萬眞是他。今已三年有餘，屍骸如何兀是好好地？」葉清聽罷，把那無窮的眼淚，都落在肚裏去了，便對軍士說：「我也認得不錯，卻是我的舊鄰宋老的女兒。」葉清令軍士挑土來掩，上前看時，仍舊是塊白石。衆人十分驚訝嘆息，自去幹那採石的事。事畢，葉清回到威勝，將田虎殺仇申，擄宋氏，宋氏守節撞死這段事，教安氏密傳與瓊英知道。

瓊英知了這個消息，如萬箭攢心，日夜吞聲飲泣，珠淚偷彈，思報父母之仇，時刻不忘。◎5從此每夜合眼，便見神人說：「你欲報父母之仇，待我教你武藝。」瓊英心靈性巧，覺來都是記得，他便悄地拿根桿棒，拴了房門，在房中演習。自此日久，武藝精熟，不覺挨至宣和四年的季冬，瓊英一夕，偶爾伏几假寐，猛聽得一陣風過，便覺異香撲鼻。忽見一個秀士，頭帶折角巾，引一個綠袍年少將軍來，教瓊英飛石子打擊。那秀士又對瓊英說：「我特往高平，請得天捷星到此，教汝異術，救汝離虎窟，報親仇。此位將軍，又是汝宿世姻緣。」瓊英聽了「宿世姻緣」四字，羞赧無地，◎6忙將袖兒遮臉。纔動手，卻把桌上剪刀撥動，鏗然有聲。猛然驚覺，寒月殘燈，依然在目，似夢非夢。瓊英兀坐，呆想了半晌，方纔歇息。次日，瓊英尙記得飛石子的法，便向墻邊揀取雞卵般一塊圓石，不知高低，試向臥房脊上的鴟尾※3打去，正打個著，一聲響亮，把個

鵰尾打的粉碎，亂紛紛拋下地來。卻驚動了倪氏，忙來詢問。瓊英將巧言支吾道：「夜來夢神人說：『汝父有王侯之分，特來教導你的異術武藝，助汝父成功。』適纔試將石子飛去，不想正打中了鵰尾。」倪氏驚訝，便將這段話報知鄔梨。那鄔梨如何肯信，隨即喚出瓊英詢問，便把槍、刀、劍、戟、棍、棒、叉、鈀試他，果然件件精熟。更有飛石子的手段，百發百中。鄔梨大驚，想道：「我眞個有福分，天賜異人助我。」因此終日教導瓊英，馳馬試劍。當下鄔梨家中將瓊英的手段傳出去，哄動了威勝城中人，都稱瓊英做瓊矢鏃。此時鄔梨欲擇佳婿，匹配瓊英。瓊英對倪氏說道：「若要匹配，只除是一般會打石的。若要配與他人，奴家只是個死。」倪氏對鄔梨說了。鄔梨見瓊英題目太難，把擇婿事遂爾停止。今日鄔梨想著王侯二字，萌了異心，因此，保奏瓊英做先鋒，欲乘兩家爭鬥，他於中取事。當下鄔梨挑選軍兵，揀擇將佐，離了威勝。撥精兵五千，令瓊英爲先鋒，自己統領大軍，隨後進征。

不說鄔梨、瓊英進兵，卻說宋江等在昭德俟候，迎接陳安撫。一連過了十餘日，方報陳安撫軍馬已到。宋江引衆將出郭遠遠迎接，入到昭德府內歇下，權爲行軍帥府。諸將頭目，盡來參見，施禮已畢。陳安撫雖是素知宋江等忠義，都無由與宋江覿面相會。今日見宋江謙恭仁厚，愈加欽敬，說道：「聖上知先鋒屢建奇功，特差下官到此監督，就賫賞賜金銀、緞匹，車載前來給賞。」◎7宋江等拜謝道：「某等感安撫相公極力保

註

※3鵰尾：古代宮殿屋脊正脊兩端的裝飾性構件。外形略如鵰尾，故稱。

評點

◎4.即此一節，田虎便該寸磔。（袁夾）
◎5.賽男子。（袁夾）
◎6.何故？（袁夾）
◎7.德歸君父，陳瓘得事上馭下之體。（袁眉）

奏，今日得受厚恩，皆出相公之賜。某等上受天子之恩，下感相公之德，宋江等雖肝腦塗地，不能補報。」陳安撫道：「將軍早建大功，班師回京，天子必當重用。」宋江再拜稱謝道：「請煩安撫相公鎮守昭德，小將分兵攻取田虎巢穴，教他首尾不能相顧。」陳安撫道：「下官離京時，已奏過聖上，將近日先鋒所得州縣，現今缺的府縣官員，盡已下該部速行推補，勒限起程，不日便到。」宋江一面將賞賜俵散軍將，一面寫下軍帖，差神行太保戴宗往各府州縣鎮守頭領處傳令，俟新官一到，即行交代，勒兵前來聽調。到各府州傳令已了，再往汾陽探聽軍情回報。宋江又將河北降將唐斌等功績，申呈陳安撫，就薦舉金鼎、黃鉞鎮守壺關、抱犢，更替孫立、朱仝等將佐，前來聽用。陳安撫一一依允。

忽有流星探馬報將來，說道：「田虎差馬靈統領將佐軍馬，往救汾陽，又差鄔梨國舅同瓊英郡主，統領將佐，從東殺至襄垣了。」宋江聽罷，與吳用商議，分撥將佐迎敵。當下降將喬道清說道：「馬靈素有妖術，亦會神行法，暗藏金磚打人，百發百中。小道蒙先鋒收錄，未曾出得氣力，願與吾師公孫一清，同到汾陽，說他來降。」宋江大

善於使用石子的張清。
（葉雄繪）

喜，即撥軍馬二千，與公孫勝、喬道清帶領前去。二人辭別宋江，即日領軍馬起程，望汾陽去了，不題。再說宋江傳令，索超、徐寧、單廷珪、魏定國、湯隆、唐斌、耿恭，統領軍馬二萬，攻取潞城縣。再令王英、扈三娘、孫新、顧大嫂領騎兵一千，先行哨探北軍虛實。宋江辭了陳安撫，統領吳用、林沖、張清、魯智深、武松、李逵、鮑旭、樊瑞、項充、李衮、劉唐、解珍、解寶、凌振、裴宣、蕭讓、宋清、金大堅、安道全、蔣敬、郁保四、王定六、孟康、樂和、段景住、朱貴、皇甫端、侯健、蔡福、蔡慶，及新降將孫安，共正偏將佐三十一員，軍馬三萬五千，離了昭德，望北進發。前隊哨探將佐王英等，已到襄垣縣界，五陰山北，早遇北將葉清、盛本哨探到來。兩軍相撞，擂鼓搖旗。北將盛本，立馬當先。宋陣裏王英驟馬出陣，更不打話，拍馬拈槍，直搶盛本。兩軍吶喊，盛本挺槍縱馬迎住。二將鬥敵十數合之上，扈三娘拍馬舞刀，來助丈夫廝殺。盛本敵二將不過，撥馬便走。扈三娘縱馬趕上，揮刀把盛本砍翻，撞下馬來。王英等驅兵掩殺，葉清不敢抵敵，領兵馬急退。宋兵追趕上來，殺死軍士五百餘人，其餘四散逃竄。葉清只領得百餘騎，奔至襄垣城南二十里外。瓊英軍馬已到扎寨。

原來葉清於半年前被田虎調來，同主將徐威等鎮守襄垣。近日聽得瓊英領兵爲先鋒，葉清稟過主將徐威，領本部軍馬哨探，欲乘機相見主女。徐威又令偏將盛本同去，卻好被扈三娘殺了，恰遇瓊英兵馬。當下葉清入寨，參見主女，見主女長大，雖是個女子，也覺威風凜凜，也像個將軍。瓊英認得是葉清，叱退左右，對葉清道：「我今日

雖離虎窟，手下止有五千人馬，父母之仇，如何得報？欲脫身逃遁，倘彼知覺，反罹其害。正在躊躇，卻得汝來。」葉清道：「小人正在思想計策，卻無門路。倘有機會，即來報知。」說還未畢，忽報南軍將佐，領兵追殺到來。瓊英披掛上馬，領軍迎敵。兩軍相對，旗鼓相望，兩邊列成陣勢，北陣裏門旗開處，當先一騎銀鬃馬上，坐著個少年美貌的女將。怎生模樣，但見：

金釵插鳳，掩映烏雲。鎧甲披銀，光欺瑞雪。踏寶鐙鞋𩏵※4尖紅，提畫戟手舒嫩玉※5。柳腰端跨，疊勝帶紫色飄搖；玉體輕盈，挑繡袍紅霞籠罩。臉堆三月桃花，眉掃初春柳葉。錦袋暗藏打將石，年方二八女將軍。

女將馬前旗號，寫得分明：「平南先鋒將郡主瓊英」。南陣軍將看罷，個個喝采。兩陣裏花腔鼉鼓喧天，雜彩繡旗閉日。矮腳虎王英看見是個美貌女子，驟馬出陣，挺槍飛搶瓊英，兩軍吶喊，那瓊英拍馬拈戟來戰。二將鬥到十數餘合，王矮虎拴不住意馬心猿※6，槍法都亂了。瓊英想道：「這廝可惡！」覷個破綻，只一戟，刺中王英左腿。王英兩腳蹬空，頭盔倒卓，撞下馬來。扈三娘看見傷了丈夫，大罵：「賊潑賤小淫婦兒，焉敢無禮！」飛馬搶出，來救王英。瓊英挺戟，接住廝殺。王英在地掙扎不起，北軍擁上，來捉王英，那邊孫新、顧大嫂雙出，死救回陣。顧大嫂見扈三娘鬥瓊英不過，使雙刀拍馬上前助戰。三個女將，六條臂膊，四把鋼刀，一枝畫戟，各在馬上相迎著。正如風飄玉屑，雪撒瓊花，兩陣軍士，看得眼也花了。三女將鬥到二十餘合，瓊英望空虛刺

一戟，拖戟撥馬便走。扈三娘、顧大嫂一齊趕來。瓊英左手帶住畫戟，右手拈石子，將柳腰扭轉，星眼斜睃，覷定扈三娘，只一石子飛來，正打中右手腕。扈三娘負痛，早撇下一把刀來，撥馬便回本陣。顧大嫂見打中扈三娘，撇了瓊英，來救扈三娘。瓊英勒馬趕來，那邊孫新大怒，舞雙鞭，拍馬搶來。未及交鋒，早被瓊英飛起一石子，瑠的一聲，正打中那熟銅獅子盔。孫新大驚，不敢上前，急回本陣，保護王英、扈三娘，領兵退去。瓊英正欲驅兵追趕，猛聽得一聲炮響。此時是二月將終天氣，只見柳梢旗亂拂，花外馬頻嘶，山坡後衝出一彪軍來，卻是林沖、孫安，及步軍頭領李逵等，奉宋公明將令，領軍接應。兩軍相撞，擂鼓搖旗，兩陣裏迭聲吶喊。那邊豹子頭林沖，挺丈八蛇矛，立馬當先。這邊瓊矢鏃瓊英，拈方天畫戟，縱馬上前。林沖見是個女子，大喝道：「那潑賤，怎敢抗拒天兵！」瓊英更不打話，拈戟拍馬，直搶林沖。林沖挺矛來鬥。兩馬相交，軍器並舉。鬥無數合，瓊英遮攔不住，賣個破綻，虛刺一戟，撥馬望東便走。林沖縱馬追趕。南陣前孫安看見是瓊英旗號，大叫：「林將軍不可追趕，恐有暗算。」林沖手段高強，那裏肯聽，拍馬緊緊趕將來。那綠茸茸草地上，八個馬蹄翻盞撒鈸般，勃喇喇地風團兒也似般走。瓊英見林沖趕得至近，把左手虛提畫戟，右手便向繡袋中摸出石子，扭回身，覷定林沖面門較近，一石子飛來。林沖眼明手快，將矛柄撥過了

註

※4 醼：音敲，高、翹起的意思。
※5 嫩玉：比喻女人的手。
※6 意馬心猿：心猿意馬。比喻心神不定。

瓊英用石子來打扈三娘，擊中後者手腕。（朱寶榮繪）

石子。瓊英見打不著，再拈第二個石子，手起處，眞似流星掣電，石子來，嚇得鬼哭神驚，又望林沖打來。林沖急躲不迭，打在臉上，鮮血迸流，拖矛回陣。瓊英勒馬追趕。

孫安正待上前，只見本陣軍兵，分開條路，中間飛出五百步軍，當先是李逵、魯智深、武松、解珍、解寶，五員慣步戰的猛將。李逵手搭板斧，直搶過來，大叫：「那婆娘不得無禮！」瓊英見他來得凶猛，手拈石子，望李逵打去，正中額角。李逵也吃了一驚，幸得皮老骨硬，只打的疼痛，卻是不曾破損。瓊英見打不倒李逵，跑馬入陣。李逵大怒，虎鬚倒豎，怪眼圓睜，大吼一聲，直撞入去。魯智深、武松、解珍、解寶，恐李逵有失，一齊衝殺過來。孫安那裏阻當得住？瓊英見衆人趕來，又一石子，早把解珍打翻在地，解寶、魯智深、武松急來扶救。這邊李逵只顧趕去，瓊英見他來得至近，忙飛一石子，又中李逵額角。兩次被傷，方纔鮮血迸流。李逵終是個鐵漢，那綻黑臉上，帶著鮮紅的血，兀是火喇喇地，揮雙斧，撞入陣中，把北軍亂砍。那邊孫安見瓊英入陣，招兵衝殺過來，恰好鄔梨領著徐威等正偏將佐八員，統領大軍已到，兩邊混殺一場。那邊魯智深、武松救了解珍，翻身殺入北陣去了。解寶扶著哥哥，不便廝殺，被北軍趕上，撒起絆索，將解珍、解寶雙雙兒橫拖倒拽，捉入陣中去了。步兵大敗奔回。卻得孫安奮勇鏖戰，只一劍，把北將唐顯砍下馬來。鄔梨被孫安手下軍卒放冷箭，射中脖項，鄔梨翻身落馬，徐威等死救上馬。瓊英衆將見鄔梨中箭，急鳴金收兵。南面宋軍又到，當先馬上一將，卻是沒羽箭張清，在寨中聽流星報馬說，北陣裏有個飛石子的女將，把

扈三娘等打傷。張清聽報驚異，稟過宋先鋒，急披掛上馬，領軍到此接應，要認那女先鋒。那邊瓊英已是收兵，保護鄔梨，轉過長林，望襄垣去了。張清立馬惆望，有詩為證：

佳人回馬繡旗揚，士卒將軍個個忙。
引入長林人不見，百花叢裏隔紅妝。

當下孫安見解珍、解寶被擒，魯智深、武松、李逵三人殺入陣去，欲招兵追趕，天色又晚，只得同張清保護林沖，收兵回大寨。宋江正在升帳，令神醫安道全看治王英。眾將上前看王英時，不止傷足，連頭面也磕破。◎8安道全敷治已畢，又療治林沖。宋江見說陷了解珍、解寶及李逵等三人，不知下落，十分憂悶。無移時，只見武行者同了李逵，殺得滿身血污，入寨來見宋江。武松訴說：「小弟見李逵殺得性起，只顧上前，兄弟幫他廝殺，殺條血路，衝透北軍，直至城下。只見北軍綁縛著解珍、解寶，欲進城去，被我二人殺死軍士，奪了解珍、解寶。被徐威等大軍趕來，復奪去解珍、解寶，我二人又殺開一條血路，◎9空手到此。只不見魯智深。」宋江聽說，滿眼垂淚，差人四下跟尋探聽魯智深蹤跡，又令安道全敷治李逵。此時已是黃昏時分，宋江計點軍士，損折三百餘名，當下緊閉寨柵，提鈴喝號，一宿無話。

次早，軍士回報，魯智深並無影響※7，宋江越添憂悶，再差樂和、段景住、朱貴、郁保四，各領輕捷軍士，分四路尋覓。宋江欲領兵攻城，怎奈頭領都被打傷，只得按兵

註

※7影響：消息。

不動。城中緊閉城門，也不來廝殺。一連過了二日，只見郁保四獲得奸細一名，解進寨來。孫安看那個人，卻認得是北將總管葉清。孫安對宋江道：「某聞此人素有意氣，他獨自出城，其中必有原故。」宋江叫軍士放了綁縛，喚他上前。葉清望宋江磕頭不已道：「某有機密事，乞元帥屏退左右，待葉某備細上陳。」宋江道：「我這裏弟兄，通是一般腸肚，但說不妨。」葉清方纔說：「城中鄔梨，前日在陣上中了藥箭，毒發昏亂，城中醫人，療治無效。葉某趁此，特借訪求醫人，出城探聽消息。」宋江便問：「前日拿我二將，如何處置了？」葉清道：「小人恐傷二位將軍，乘鄔梨昏亂，小人假傳將令，把二位將軍權且監候，如今好好地在那裏。」葉清又把仇申夫婦被田虎殺害擄掠，及瓊英的上項事，備細述了一遍。說罷，悲慟失聲。宋江見說這段情由，頗覺淒慘。因見葉清是北將，恐有詐謀，正在疑慮，只見安道全上前對宋江道：「眞個姻緣天湊，事非偶然！」他便一五一十的說道：「張將軍去冬，也夢甚麼秀士，請他去教一個女子飛石。又對他說，是將軍宿世姻緣。張清覺來，痴想成疾。彼時蒙兄長著小弟同張清住高平療治他，小弟診治張清脈息，知道是七情所感，被小弟再三盤問，張將軍方肯說出病根，因是手到病痊。◎10今日聽葉清這段話，卻不是與張將軍符合？」宋江聽罷，再問降將孫安。孫安答道：「小將頗聞得瓊英不是鄔梨嫡女。孫某部下牙將楊芳，與鄔梨左右相交最密，也知瓊英備細。葉清這段話，決無虛偽。」葉清又道：「主女瓊英，

評點

◎8.好色之報。（袁眉）
◎9.眞個勇。（袁夾）
◎10.郎中說嘴，如是如是。（袁眉）

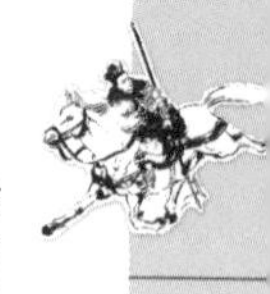

素有報仇雪恥之志。小人見他在陣上連犯虎威，恐城破之日，玉石俱焚。今日小人冒萬死到此，懇求元帥。」吳用聽罷，起身熟視葉清一回，便對宋江道：「看他色慘情眞，誠義士也！天助兄長成功，天教孝女報仇！」便向宋江附耳低言說道：「我兵雖分三路合剿，倘田虎結連金人，我兵兩路受敵。縱使金人不出，田虎計窮，必然降金，似此如何成得蕩平之功？小生正在策劃，欲得個內應。今天假其便，有張將軍這段姻緣，只除如此如此，田虎首級只在瓊英手中。李逵的夢，神人已有預兆。兄長豈不聞『要夷田虎族，須諧瓊矢鏃』這兩句麼？」宋江省悟，點頭依允，即喚張清、安道全、葉清三人，密語受計。三人領計去了。

卻說襄垣守城將士，只見葉清回來，高叫：「快開城門！我乃鄔府偏將葉清，奉差尋訪醫人全靈、全羽到此。」守城軍士，隨即到幕府傳鼓通報。須臾，傳出令箭，放開城門。葉清帶領全靈、全羽進城，到了國舅幕府前，裏面傳出令來，說喚醫人進來看治。葉清即同全靈進府。隨行軍中伏侍的伴當人等，稟知郡主瓊英，引全靈到內裏參見瓊英已畢，直到鄔梨臥榻前，只見口內一絲兩氣。全靈先診了脈息，外使敷貼之藥，內用長托之劑。三日之間，漸漸皮膚紅白，飲食漸進。不過五日，瘡口雖然未完，飲食復

神醫安道全。（葉雄繪）

舊。鄔梨大喜，教葉清喚醫人全靈入府參見。鄔梨對全靈說道：「賴足下神術療治，瘡口今漸平復。日後富貴，與汝同享。」全靈拜謝道：「全某鄙術，何足道哉？全某有嫡弟全羽，久隨全某在江湖上學得一身武藝，現今隨全某在此，修治藥餌，求相公提拔。」鄔梨傳令，教全羽入府參見。鄔梨看見全羽一表非俗，心下頗是喜歡，令全羽在府外伺候聽用。全靈、全羽拜謝出府，一連又過了四日，忽報宋江領兵攻城，葉清入府報知鄔梨，說宋江等兵強將勇，須是郡主，方可退敵。鄔梨聞報，隨即帶領瓊英入教場，整點兵馬。只見全羽上演武廳稟道：「蒙恩相令小人伺候聽用，今聞兵馬臨城，小人不才，願領兵出城，教他片甲不回。」當有總管葉清，假意大怒，對全羽道：「你敢出大言，敢與我比試武藝麼？」全羽笑道：「我十八般武藝，自小習學，今日正要與你比試。」葉清來稟鄔梨，鄔梨依允，付與槍馬。二人各綽槍上馬，在演武廳前，來來往往，番番復復，攪做一團，扭做一塊。鞍上人鬥人，坐下馬鬥馬，鬥了四、五十合，不分勝負。此時瓊英在旁侍立，看見全羽面貌，心下驚疑道：「卻像那裏曾廝見過的，槍法與我一般。」思想一回，猛然省悟道：「夢中教我飛石的，正是這個面龐，不知會飛石也不？」便拈戟驟馬近前，將畫戟隔開二人。這是瓊英恐葉清傷了全羽，卻不知葉清已是一路的人。瓊英挺戟，直搶全羽，全羽挺槍迎住，兩個又鬥過五十餘合。瓊英霍地回馬，望演武廳上便走，全羽就勢裏趕將來。瓊英拈取石子，回身覷定全羽肋下空處，只一石子飛來。全羽早已瞧科，將右手一綽，輕輕的接在手中。瓊英見他接了石子，心

下十分驚異，再取第二個石子飛來。全羽見瓊英手起，也將手中接的石子應手飛去。只聽得一聲響亮，正打中瓊英飛來的石子。兩個石子，打得雪片般落將下來。那日城中將士徐威等，俱各分守四門，教場中只有牙將校尉，也有猜疑這個人是奸細，因見郡主瓊英是金枝玉葉，也和他比試，又是鄔梨部下親密將佐葉清引進來的，他們如何敢來啓齒？眼見得城池不濟事了，各人自思隨風轉舵。也是田虎合敗，天褫※8鄔梨之魄，使他昏暗。當下喚全羽上廳，賜了衣甲、馬匹，即令全羽領兵二千，出城迎敵。全羽拜謝，遵令出城，殺退宋兵，進城報捷。鄔梨大喜。當日賞勞全羽歇息，一宿無話。

次日，宋兵又到，鄔梨又令全羽領兵三千，出城迎敵。從辰至午，鏖戰多時，被全羽用石打得宋將亂竄奔逃。全羽招兵掩殺，直趕過五陰山，宋江等抵敵不住，退入昭德去了。全羽得勝回兵，進城報捷，鄔梨十分歡喜。葉清道：「今日恩主有了此人及郡主瓊英，何患宋兵將猛，何患大事不成！」葉清又說：「郡主前已有願，只除是一般會飛石的，方願匹配。今全將軍如此英雄，也不辱了郡主。」當下被葉清再三攛掇。也是瓊英夫婦姻緣湊合，赤繩繫定，解拆不開的。鄔梨依允，擇吉於三月十六日，備妥各項禮儀筵宴，招贅張清爲婿。是日笙歌細樂，錦堆繡簇，筵席酒肴之盛，洞房花燭之美，是不必說。當下儐相贊禮，全羽與瓊英披紅掛錦，雙雙兒交拜神祇，後拜鄔梨假岳丈。鼓樂喧天，異香撲鼻。引入洞房，山盟海誓。全羽在燈下看那瓊英時，與教場內又是不同。有詞元和令爲證：

指頭嫩似蓮塘藕，腰肢弱比章臺柳。凌波步處寸金流，桃腮映帶翠眉修。今宵燈下一回首，總是玉天仙，涉降巫山岫。

當下全羽、瓊英如魚似水，似漆如膠，又不必說。當夜全羽在枕上，方把眞姓名說出，原來是宋軍中正將沒羽箭張清，這個醫士全靈，就是神醫安道全。瓊英也把向來冤苦，備細訴說。兩個唧唧噥噥的說了一夜。挨了兩日，被他兩個裏應外合，鴆死鄔梨，密喚徐威入府議事，也將他殺了，其餘軍將皆降。張清、瓊英下令：城中有走透消息者，同伍中人並斬。本犯不論軍民，皆夷三族。因此水泄不通。又放出解珍、解寶，同張清、葉清分守四門。安道全同葉清步下軍卒，出城到昭德，報知宋先鋒。吳用又令李逵、武松，黑夜裏保護聖手書生蕭讓，到襄垣相見瓊英、張清，搜覓鄔梨筆跡，假寫鄔梨字樣，申文書札，令葉清齎領到威勝，報知田虎招贅郡馬之事，就於中相機行事。葉清齎領，辭別張清、瓊英，望威勝去了。

再說宋江在昭德城中，才差蕭讓、安道全去後，又報索超、徐寧等將攻克潞城，差人來報捷音說：「索超等領兵圍潞城，池方堅閉城門，不敢出來接戰。徐寧與衆將設計，令軍士裸形大罵，激怒城中軍士。城中人人欲戰，池方不能阻當，開門出戰。北軍奮勇，四門殺出，我軍且戰且退，誘北軍四散離城。卻被唐斌從東路領軍突出，湯隆從西路引兵撞來。東西二門守城軍士，閉門不迭，被湯隆、唐斌二將，領兵殺入城中，奪

註

※8 褫：剝奪。

沒羽箭張清與瓊英結為夫婦。
（朱寶榮繪）

了城池。徐寧搠翻了池方，其餘將佐，殺的殺了，走的走了，殺死北兵五千餘人，奪得戰馬三千餘匹，降服了萬餘軍士。索超等將入城，安撫百姓，特此先來報捷。其餘軍民戶口，庫藏金銀，另行造冊呈報。」宋江聞報大喜，即令申呈陳安撫，並標錄索超等功次，賞賜來人。即寫軍帖，著他回報，待各路兵馬到來，一齊進兵。軍人望潞城回覆去了，不題。

卻說威勝田虎處僞省院官，見探馬絡繹來報說：「喬道清、孫安都已降服。」又報：「昭德、潞城已破。」省院官即日奏知田虎。田虎大驚，與衆多將佐正在計議，忽報襄垣守城偏將葉清，齎領國舅書札到來。田虎即命宣進。只因這葉清進來，有分教：威勝城中，剷平啃聚強徒；武鄉縣裏，活捉謀王反賊。畢竟田虎看了鄔梨申文，怎麼回答？且聽下回分解。◎11

◎11.宋氏貞潔，葉清忠義，瓊英孝感，都是性成。葉清精細慎密，才略又有大過人者。又評：凶暴化虎，貪穢化犬，堅貞化美石，固是至理。（袁評）

第九十九回

花和尚解脫緣纏井　混江龍水灌太原城

話說田虎接得葉清申文，拆開付與近侍識字的：「讀與寡人聽。」◎1書中說：「臣鄔梨招贅全羽為婿。此人十分驍勇，殺退宋兵，宋江等退守昭德府。臣鄔梨即日再令臣女郡主瓊英，同全羽領兵恢復昭德城。謹遣總管葉清報捷，並以婚配事奏聞，乞大王恕臣擅配之罪。」田虎聽罷，減了七分憂色，隨即傳令，封全羽為中興平南先鋒郡馬之職，仍令葉清同兩個偽指揮使，齎領令旨，及花紅、錦緞、銀兩，到襄垣縣封賞郡馬。葉清拜辭田虎，同兩個偽指揮使，望襄垣進發，不題。

卻說前日神行太保戴宗，奉宋公明將令，往各府州縣，傳遍軍帖已畢，投汾陽府盧俊義處探聽去了。其各府州縣新官，陸續已到。各路守城將佐，隨即交與新官治理，諸將統領軍馬，次第都到昭德府。第一隊是衛州守將關勝、呼延灼，同壺關守將孫立、朱仝、燕順、馬麟，抱犢山守將文仲容、崔埜，軍馬到來，入城參見陳安撫、宋江已畢，說：「水軍頭領李俊探聽得潞城已克，即同張橫、張順、阮小二、阮小五、阮小七、童威、童猛，統駕水軍船隻，自衛河出黃河，由黃河到潞城縣東潞水，聚集聽調。」當下宋江置酒敘闊。次日，令關勝、呼延灼、文仲容、崔埜，領兵馬到潞城，傳令水軍頭領李俊等：「協同汝等及索超等人馬，進兵攻取榆社、大谷等縣，抄出威勝州賊巢之後，

不得疏虞※1！恐賊計窮，投降金人。」關勝等遵令去了。次後，陵川縣守城將士李應、柴進，高平縣守城將士史進、穆弘，蓋州守城將士花榮、董平、杜興、施恩，各各交代與新官，領軍馬到來，參見已畢，稱說花榮等將在蓋州鎮守，北將山士奇從壺關戰敗，領了敗殘軍士，糾合浮山縣軍馬，來寇蓋州，被花榮等兩路伏兵齊發，活擒山士奇，殺死二千餘人，山士奇遂降。其餘軍將，四散逃竄。當下花榮等引山士奇另參宋先鋒，宋江令置酒接風相敘。宋江等軍馬，只在昭德城中屯住，佯示懼怕張清、瓊英之意，以堅田虎之心，不在話下。

且說盧俊義等已克汾陽府，田豹敗走到孝義縣，恰遇馬靈兵到。那馬靈是涿州人，素有妖術，腳踏風火二輪，日行千里，因此人稱他做神駒子。又有金磚法，打人最是利害。凡上陣時，額上又現出一隻妖眼，因此人又稱他做小華光。術在喬道清之下。他手下有偏將二員，乃是武能、徐瑾。那二將都學了馬靈的妖術。當下馬靈與田豹合兵一處，統領武能、徐瑾、索賢、黨世隆、凌光、段仁、苗成、陳宣，並三萬雄兵，到汾陽城北十里外扎寨。南軍將佐，連日與馬靈等交戰不利。盧俊義引兵退入汾陽城中，不敢與他廝殺，只愁北軍來攻城池。正在納悶，忽有守東門軍士飛報將來，說宋先鋒特差公孫勝、喬道清，領兵馬二千，前來助戰。盧俊義忙教開門請進。相見已畢，盧俊義揖公孫勝上坐，喬道清次之，置酒管待。盧俊義訴說：「馬靈術法利害，被他打

註

※1疏虞：疏忽。

評點

◎1.便不是大物。（袁夾）

傷了雷橫、鄭天壽、楊雄、石秀、焦挺、鄒淵、鄒潤、龔旺、丁得孫、石勇數員將佐。盧某正在束手無策，卻得二位先生到此。」喬道清說道：「小道與吾師爲此稟過宋先鋒，特到此拿他。」說還未畢，只見守城軍飛報將來，說馬靈領兵殺奔東門來，武能、徐瑾領兵殺至西門，田豹同索賢、黨世隆、凌光、段仁，領兵殺奔北門來。公孫勝聽報，說道：「貧道出東門敵馬靈，喬賢弟出西門擒武能、徐瑾，盧先鋒領兵出北門，迎敵田豹。」盧俊義又教黃信、楊志、歐鵬、鄧飛，四將統領兵馬，助一清先生。當下戴宗聞馬靈會神行，也要同公孫勝出去，盧俊義依允。再令陳達、楊春、李忠、周通，領兵馬助喬先生。盧俊義同秦明、宣贊、郝思文、韓滔、彭玘，領兵出北門，迎敵田豹。當日汾陽城外，東西北三面，旗旛蔽日，金鼓振天，同時廝殺。不說盧俊義、喬道清兩路廝殺，且說神駒子馬靈，領兵搖旗擂鼓，辱罵搦戰。只見城門開處，放下吊橋，南軍將佐，擁出城來，將軍馬一字兒排開，如長

公孫勝仗劍作法，滿劍都是火焰，馬靈腳踏風火二輪逃跑。（朱寶榮繪）

蛇之陣。馬靈縱馬挺戟大喝道：「你們這夥鳥敗漢，可速還俺們的城池！若稍延挨，教你片甲不留！」歐鵬、鄧飛兩馬並出，大喝道：「你的死期到了！」歐鵬拈鐵槍，鄧飛舞鐵鏈，二人拍馬直搶馬靈，馬靈挺戟來迎。三將鬥到十合之上，馬靈手取金磚，正欲望歐鵬打來，此時公孫勝已是驟馬上前，仗劍作法。那時馬靈手起，這邊公孫勝把劍一指，猛可的霹靂也似一聲響亮，只見紅光罩滿，公孫勝滿劍都是火焰，馬靈金磚墮地，就地一滾，即時消滅。公孫勝眞個法術通靈，轉眼間，南陣將士、軍卒、器械，渾身都是火焰，把一個長蛇陣，變得火龍相似。馬靈金磚法，被公孫勝神火剋了。公孫勝把塵尾招動，軍馬首尾合殺攏來，北軍大敗虧輸，殺得星落雲散，七斷八續，軍士三停內折了二停。馬靈戰敗逃生，幸得會使神行法，腳踏風火二輪，望東飛去。南陣裏神行太保戴宗，已是拴縛停當甲馬，也作起神行法，手挺朴刀，趕將上去。頃刻間，馬靈已去了二十餘里，戴宗止行得十六、七里，看看望不見馬靈了。前面馬靈正在飛行，卻撞著一個胖大和尚，劈面搶來，把馬靈一禪杖打翻，順手牽羊，早把馬靈擒住。

那和尚正在盤問馬靈，戴宗早已趕到，只見和尚擒住馬靈。戴宗上前看那和尚時，卻是花和尚魯智深。戴宗驚問道：「吾師如何到這裏？」魯智深道：「這裏是甚麼所在？」戴宗道：「此處是汾陽府城東郭。這個是北將馬靈，適被公孫一清在陣上破了妖法，小弟追趕上來。那廝行得快，卻被吾師擒住，眞個從天而降！」魯智深笑道：「洒家雖不是天上下來，也在地上出來。」當下二人縛了馬靈，三人腳踏實地，逕望汾陽府

來。戴宗再問魯智深來歷，魯智深一頭走，一頭說道：「前日田虎差一個鳥婆娘到襄垣城外廝殺。他也會飛石子，便將許多頭領打傷，洒家在陣上殺入去，正要拿那鳥婆娘，不提防茂草叢中藏著一穴。洒家雙腳落空，只一交顛下穴去，半晌方到穴底，幸得不曾跌傷。洒家看穴中時，旁邊又有一穴，透出亮光來。洒家走進去觀看，卻是奇怪，一般有天有日，亦有村莊房舍。其中人民，也是在那裏忙忙的營幹※2，見了洒家，都只是笑。◎2洒家也不去問，也只顧搶入去。過了人煙輳集※3的所在，前面靜悄悄的曠野，無人居住。洒家行了多時，只見一個草庵，聽得庵中木魚咯咯地響。洒家走進去看時，與洒家一般的一個和尚，盤膝坐地念經。◎3洒家問他的出路，那和尚答道：『來從來處來，去從去處去。』洒家不省那兩句話，焦躁起來。那和尚笑道：『你知道這個所在麼？』洒家道：『那裏知道恁般鳥所在！』那和尚又笑道：『上至非非想，下至無間地，三千大千，世界廣遠，人莫能知。』又道：『凡人皆有心，有心必有念；地獄天堂，皆生於念。是故三界惟心，萬法惟識，一念不生，則六道俱銷，輪迴斯絕。』洒家聽他這段話說得明白，望那和尚唱了個大喏。那和尚大笑道：『你一入緣纏井，難出欲迷天，我指示你的去路。』那和尚便領洒家出庵，纔走得三、五步，便對洒家說道：『從此分手，日後再會。』用手向前指道：『你前去可得神駒。』洒家回頭，不見了那和尚，眼前忽的一亮，又是一般景界，卻遇著這個人。洒家見他走的蹊蹺，被洒家一禪杖打翻，卻不知爲何已到這裏。此處節氣，又與昭德府那邊不同。桃李只有恁般大葉，

◎2.好悟頭。（袁夾）
◎3.誰知你是我。（袁夾）
◎4.冷語韻趣。（袁眉）

卻無半朵花蕊。」◎4戴宗笑道：「如今已是三月下旬，桃李多落盡了。」魯智深不肯信，爭讓道：「如今正是二月下旬，適纔落井，只停得一回兒，卻怎麼便是三月下旬？」戴宗聽說，十分驚異。二人押著馬靈，一逕來到汾陽城。

此時公孫勝已是殺退北軍，收兵入城。盧俊義、秦明、宣贊、郝思文、韓滔、彭玘，殺了索賢、黨世隆、凌光三將，直追田彪、段仁至十里外，殺散北軍。田彪同段仁、陳宣、苗成，領敗殘兵，望北去了。盧俊義收兵回城，又遇喬道清破了武能、徐瑾，同陳達、楊春、李忠、周通，領兵追趕到來。被南軍兩路合殺，北兵大敗，死者甚眾。武能被楊春一大桿刀砍下馬來，徐瑾被郝思文刺死，奪獲馬匹、衣甲、金鼓、鞍轡無數。盧俊義與喬道清合兵一處，奏凱進城。盧俊義剛到府治，只見魯智深、戴宗將馬靈解來。盧俊義大喜，忙問魯智深：「為何到此？宋哥哥與鄔梨那廝廝殺，勝敗如

註

※2營幹：營生。

※3輳集：輳，音湊。輳集，聚集之意。

魯智深遇到一個神奇的僧人。（日版畫，出自《新編水滸畫傳》，葛飾戴斗繪）

何？」魯智深再將前面墮井及宋江與鄔梨交戰的事，細述一遍，盧俊義以下諸將，驚訝不已。當下盧俊義親釋馬靈之縛。馬靈在路上已聽了魯智深這段話，◎5又見盧俊義如此意氣，拜伏願降。盧俊義賞勞三軍將士。次日，晉寧府守城將佐，已有新官交代，都到汾陽聽用。盧俊義教戴宗、馬靈往宋先鋒處報捷，即日與副軍師朱武計議征進，不題。且說馬靈傳受戴宗日行千里之法，二人一日便到宋先鋒軍前，入寨參見，備細報捷。宋江聽了魯智深這段話，驚訝喜悅，親自到陳安撫處，參見報捷，不在話下。

再說田豹同段仁、陳宣、苗成統領敗殘軍卒，急急如喪家之狗，忙忙似漏網之魚，到威勝見田虎，哭訴那喪師失地之事。又有僞樞密院官急入內啓奏道：「大王，兩日流星報馬，將羽書雪片也似報來，說統軍大將馬靈已被擒拿，關勝、呼延灼兵馬已圍榆社縣，盧俊義等兵馬已破介休縣城池，獨有襄垣縣鄔國舅處，屢有捷音，宋兵不敢正視。」田虎聞報大驚，手足無措。文武多官計議，欲北降金人。當有僞右丞相太師卞祥，叱退多官，啓奏道：「宋兵縱有三路，我這威勝萬山環列，糧草足支二年，御林衛駕等精兵二十餘萬。東有武鄉，西有沁源，二縣各有精兵五萬。後有太原縣、祈縣、臨縣、大谷縣，城池堅固，糧草充足，尚可戰守。古語有云：『寧爲雞口，無爲牛後。』」田虎躊躇未答，又報總管葉清到來。田虎即令召進，葉清拜舞畢，稱說：「郡主、郡馬屢次斬獲，兵威大振，兵馬直抵昭德府。正要圍城，因鄔國舅偶患風寒，不能管攝兵馬。乞大王添差良將精兵，協助郡主、郡馬，恢復昭德府。」當有僞都督范權啓

◎5.已許他成個證果。（袁夾）
◎6.個個如此。（袁眉）

奏道：「臣聞郡主、郡馬甚是驍勇，宋兵不敢正視。若得大王御駕親征，又有雄兵猛將助他，必成中興大功。臣願助太子監國。」田虎准奏。原來范權之女有傾國之姿，范權獻與田虎，田虎十分寵倖。因此，范權說的，無有不從。◎6今日范權受了葉清重賂，又見宋兵勢大，他便乘機賣國。當下田虎撥付卞祥將佐十員，精兵三萬，前往迎敵盧俊義、花榮等兵馬。又令僞太尉房學度也統領將佐十員，精兵三萬，往榆社迎敵關勝等兵馬。田虎親自統領僞尚書李天錫、鄭之瑞、樞密薛時、林昕、都督胡英、唐昌，及殿帥、御林護駕教頭、團練使、指揮使、將軍、校尉等衆，挑選精兵十萬，擇日祭旗興師，殺牛宰馬，犒賞三軍。再傳令旨，教兄弟田豹、田彪同都督范權等，及文武多官，輔太子田定監國。葉清得了這個消息，密差心腹，星夜馳至襄垣城中，報知張清、瓊英。張清令解珍、解寶將繩索懸掛出城，星夜往報宋先鋒知會去了。

卻說卞祥伺候兵符，挑選軍馬，盤桓了三日，方纔統領樊玉明、魚得源、傅祥、顧愷、寇琛、管琰、馮翊、呂振、吉文炳、安士隆等偏牙各項將佐，軍馬三萬，出了威勝州東門。軍分兩隊，前隊是樊玉明、魚得源、馮翊、顧愷，領兵馬五千。剛到沁源縣，

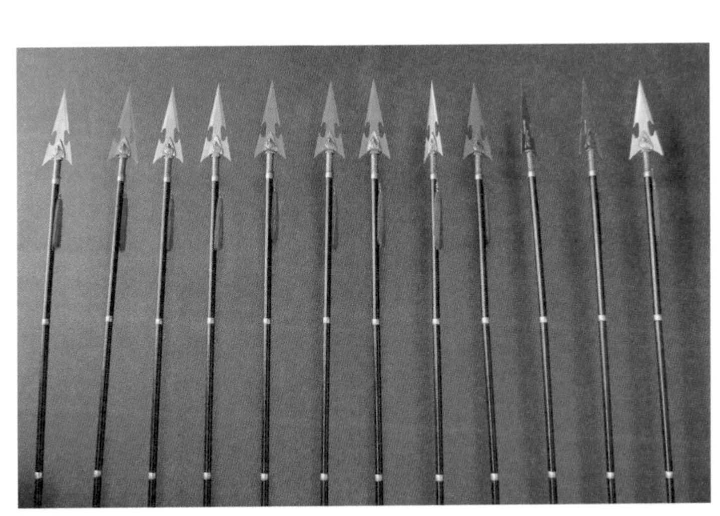

古代戰戟，陝西西安市臨潼華清池——唐・華清宮展覽館。（劉兆明／fotoe提供）

地名綿山，山坡下一座大林，前軍卻好抹過林子，只聽得一棒鑼聲響處，林子背後山坡腳邊，撞出一彪軍來，卻是宋公明得了張清消息，密差花榮、董平、林沖、史進、杜興、穆弘，領精勇騎兵五千，人披軟戰，馬摘鑾鈴，星夜疾馳到此。軍中一將，驟馬當先，兩手搭兩杆鋼槍。此將乃是宋軍中第一個慣衝頭陣的雙槍將董平，大喝道：「來的是那裏兵馬？不早早受縛，更待何時？」樊玉明大罵：「水窪草寇，何故侵奪俺這裏城池？」董平大怒，喝道：「天兵到此，兀是抗拒！」拍馬挺雙槍，直搶樊玉明。那邊樊玉明縱馬拈槍來迎。二將鬥到二十餘合，樊玉明力怯，遮架不住，被董平一槍，刺中咽喉，翻身落馬。那邊馮翊大怒，挺條渾鐵槍，飛馬直搶董平。那邊小李廣花榮，驟馬接住廝殺。二將鬥到十合之上，花榮撥馬，望本陣便走。馮翊縱馬趕來，卻被花榮帶住花槍，拈弓搭箭，扯得那弓滿滿的，扭轉身軀，覷定馮翊較親，只一箭，正中馮翊面門，頭盔倒卓，兩腳蹬空，撲通的撞下馬來。花榮撥轉馬，再一槍，結果了性命。董平、林沖、史進、穆弘、杜興，招動兵馬，一齊捲殺過來。顧愷早被林沖搠翻，魚得源墮馬，被人馬踐踏身死。北兵大敗虧輸，五千軍馬，殺死大半，其餘四散逃竄。花榮等兵士，奪了金鼓、馬匹，追殺北兵，至五里外，卻遇卞祥大兵到來。那卞祥是莊家出身，他兩條臂膊有水牛般氣力，武藝精熟，乃是賊中上將。當下兩軍相對，旗鼓相望，兩陣裏畫角齊鳴，鼉鼓迭擂。北將卞祥，立馬當先，頭頂鳳翅金盔，身掛魚鱗銀甲，九尺長短身材，三牙掩口髭鬚，面方肩闊，眉竪眼圓，跨匹衝波戰馬，提把開山大斧。左右兩邊，排著傅祥、管琰、寇琛、呂振四個僞統制官；後面又有僞統軍、提轄、兵馬防禦、團練等官，參隨在後。隊伍軍馬，十分擺佈得整齊。南陣裏九紋龍史進驟馬出陣，大喝：「來將何人？快下馬受縛，免污刀斧！」卞祥呵呵大笑道：「瓶兒罐兒，也有兩個耳朵。你須曾聞得我卞祥的名字麼？」史進喝道：「助逆匹夫，天兵到此，兀是抗拒！」拍馬舞三尖兩刃八環刀，直搶卞祥。卞祥也掄大斧來迎。二馬相交，兩器並舉，刀斧縱橫，馬蹄撩亂，鬥到三十餘合，不分勝敗。這邊花榮愛卞祥武藝高強，卻不肯放冷箭，只拍馬挺槍，上前助戰。卞祥力敵二將，又鬥了三十餘合，不分勝敗。北陣中將士恐卞祥有失，急鳴金收兵。花榮、董平見天色已晚，又寡不敵眾，也不追趕，亦收兵向南，兩軍自去十餘里扎寨。

是夜南風大作，濃雲潑墨，夜半，大雨震雷。此時田虎統領眾多官員將佐軍馬，已離了威勝城池百餘里，天晚扎寨。帳中自有隨行軍中內侍姬妾，及范美人在帳中歡宴。是夜也遇了大雨。自此霖雨一連五日不止，上面張蓋的天雨蓋都漏，下面又是水淥淥的，軍士不好炊爨立腳，角弓軟，箭翎脫，各營軍馬都在營中兀守，不在話下。

且說索超、徐寧、單廷珪、魏定國、湯隆、唐斌、耿恭等將，接得關勝、呼延灼、文仲容、崔埜陸兵，及水軍頭領李俊等水軍船隻，眾將計議，留單廷珪、魏定國鎮守潞城，關勝等將佐水陸並進，船騎同行，打破榆社縣，再留索超、湯隆鎮守城池。關勝等眾，乘勝長驅，勢如破竹，又克了大谷縣，殺了守城將佐，其餘牙將軍兵，降者無算。

關勝安撫軍民，賞勞將士，差人到宋先鋒處報捷。次日，關勝等同時也遇了大雨，在城屯扎，不能前進。忽報：「盧先鋒留下宣贊、郝思文、呂方、郭盛，管領兵馬，鎮守汾陽府。盧俊義等已克了介休、平遙兩縣，再留韓滔、彭玘鎮守介休縣，孔明、孔亮鎮守平遙縣，盧先鋒統領衆多將佐軍馬，現圍太原縣城池，也因雨阻，不能攻打。」恰好水軍頭領李俊在城，聽了此報，忙對關勝說道：「盧先鋒等今遇天雨連綿，流水大至，使三軍不得稽留，倘賊人選死士出城衝擊，奈何！小弟有一計，欲到盧先鋒處商議。」關勝依允。

當下混江龍李俊，即刻辭了關勝出城，教童威、童猛統管水軍船隻，自己同了二張、三阮，帶領水軍二千，戴笠披蓑，冒雨衝風，間道疾馳到盧俊義軍前，入寨參見。不及寒溫，即與盧俊義密語片晌。盧俊義大喜，隨即傳令軍士，冒雨砍木作筏，李俊等分頭行事去了，不題。

李俊水淹太原城。
（朱寶榮繪）

黃河壺口瀑布。位於山西吉縣（屬臨汾市）和陝西宜川縣（屬延安市）交界處。（美工圖書社：中國圖片大系提供）

且說太原城中守城將士張雄，僞授殿帥之職，項忠、徐岳，僞授都統制之職，這三個人是賊中最好殺的。手下軍卒，個個凶殘淫暴，城中百姓受暴虐不過，棄了家產，四散逃亡，十停中已去了七、八停。張雄等今被大兵圍困，負固※4不服。張雄與項忠、徐岳計議：目今天雨，宋兵欲掠無所，水地不利，薪芻既寡，軍無稽留之心，急出擊之，必獲全勝。此時是四月上旬，張雄正欲分兵出四門，衝擊宋兵，忽聽得四面鑼聲振響。張雄忙上敵樓望城外時，只見宋軍冒雨穿屐，俱登高阜山岡。張雄正在驚疑，又聽得智伯渠邊，及東西三處，喊聲振天，如千軍萬馬狂奔馳驟之聲。霎時間，洪波怒濤飛至，卻如秋中八月潮洶湧，天上黃河水瀉傾。眞個是功過智伯※5城三板，計勝淮陰※6沙幾囊。◎7畢竟不知這水勢如何底止？且聽下回分解。◎8

註

※4負固：依靠堅固的防禦來抵抗。

※5智伯：名瑤，又稱智囊子，戰國初年晉國四卿之一。

※6淮陰：淮陰侯韓信，字重言，淮安（今江蘇省淮安市淮陰區碼頭鎮）人，西漢開國功臣。中國歷史上偉大軍事家、戰略家、統帥和軍事理論家。

評點

◎7.李俊先張雄一著。（袁眉）

◎8.「地獄天堂，皆生於念」，此寔地喚醒人處，若非智深見識明遠，幾乎不脫。（袁評）

第一百回

張清瓊英雙建功　陳瓘宋江同奏捷

話說太原縣城池，被混江龍李俊，趁大雨後水勢暴漲，同二張、三阮，統領水軍，約定時刻，分頭決引智伯渠及晉水，灌浸太原城池。頃刻間，水勢洶湧。但見：

驟然飛急水，忽地起洪波。軍卒乘木筏衝來，將士駕天潢※1飛至。神號鬼哭，昏昏日色無光；嶽撼山崩，浩浩波聲若怒。城垣盡倒，窩鋪※2皆休。旗幟隨波，不見青紅交雜；兵戈汩浪，難排霜雪爭叉。僵屍如魚鱉沉浮，熱血與波濤並沸。須臾樹木連根起，頃刻榱題※3貼水飛。

當時城中鼎沸，軍民將士，見水突至，都是水淥淥的爬墻上屋，攀木抱梁，老弱肥胖的，只好上臺上桌。轉眼間，連桌凳也浮起來，房屋傾圮，都做了水中魚鱉。城外李俊、二張、三阮，乘著飛江、天浮，逼近城來，恰與城垣高下相等。軍士攀緣上城，各執利刃，砍殺守城士卒。又有軍士乘木筏衝來，城垣被衝，無不傾倒。張雄正在城樓上叫苦不迭，被張橫、張順從飛江上城，手執朴刀，喊一聲，搶上樓來，一連砍翻了十餘個軍卒，眾人亂竄逃生。張雄躲避不迭，被張橫一朴刀砍翻，張順趕上前，肐察的一刀，剁下頭來。比及水勢四散退去，城內軍民，沉溺的、壓殺的，已是無數。梁柱、門扇、窗欞、什物，屍骸順流壅塞南城。城中只有避暑宮，乃是北齊神武帝所建，基址高固，當下附近軍民，一齊搶上去，挨擠踐踏，死的也有二千餘人。連那高阜及城垣上，一總所存軍民，僅千餘人。城外百姓，卻得盧先鋒密喚里保，傳諭居民，預先擺佈，鑼聲一響，即時都上高阜。況城外四散空闊，水勢去的快，因此城外百姓，不致湮沒。當下混江龍李俊，領水軍據了西門；船火兒張橫，同浪裏白跳張順，奪了北門；立地太歲阮小二、短命二郎阮小五，佔了東門；活閻羅阮小七，奪了南門。四門俱豎起宋軍旗號。至晚水退，現出平地，李俊等大開城門，請盧先鋒等軍馬入城。城中雞犬不聞，屍骸山積。雖是張雄等惡貫滿盈，李俊這條計策，也忒慘毒了。那千餘人，四散的跪在泥水地上，插燭也似磕頭乞命。盧俊義查點這夥人中，只有十數個軍卒，其餘都是百姓。項忠、徐岳爬在帥府後傍屋的大檜樹上，見水退，溜將下來，被南軍獲住，解到盧先鋒處。盧俊義教斬首示眾。給發本縣府庫中銀兩，賑濟城內外被水百姓。差人往宋先鋒處報捷。一面令軍士埋葬屍骸，修築城垣房屋，召民居住。

不說盧俊義在太原縣撫綏料理，再說太原未破時，田虎統領十萬大軍，因雨在銅鞮山南屯扎，探馬報來，鄔國舅病亡，郡主、郡馬即退軍到襄垣，殯殮國舅。田虎大驚，差人在襄垣城中傳旨，著瓊英在城中鎮守，著全羽前來聽用，並問為何差往襄垣人役，都不來回奏。次日雨霽，平明時分，流星探馬飛報將來，說宋江差孫安、馬靈，領兵前

註

※1天潢：古代作戰渡水用的大船。

※2窩鋪：臨時搭成的簡陋小屋。

※3榱題：榱，音崔。亦作「榱提」，屋椽的端頭。通常伸出屋檐，因通稱出檐。

來拒敵。田虎聽報，大怒道：「孫安、馬靈，都受我高官厚祿，今日反叛，情理難容。待寡人親自去問他。卿等努力，如有擒得二人者，千金賞，萬戶侯。」當下田虎親自驅兵向前，與宋兵相對。北軍觀看宋軍旗號，原來是病尉遲孫立、鐵笛仙馬麟。北陣前金瓜密布，鐵斧齊排，劍戟成行，旗旛作隊。那九曲飛龍赭黃傘下，玉轡金鞍，銀鬃白馬上，坐著那個草頭大王田虎。出到陣前，親自監戰。南陣後，宋江統領吳用、孫新、顧大嫂、王英、扈三娘、孫立、朱仝、燕順兵馬又到。宋江也親自督戰。田虎聞說是宋江，方欲遣將出陣，擒捉宋江，只聽得飛馬報道：「關勝等連破榆社、大谷兩個城池；西路盧俊義軍馬又打破平遙、介休兩縣，被他引水灌了太原城池，城中兵將，不留一個。右丞相卞祥扎寨綿山，與花榮等相持，被盧俊義從太原領兵，後面殺來。卞丞相當不得兩面夾攻，大敗虧輸，卞祥被盧俊義活捉過陣去。盧俊義同關勝合兵一處，將沁源縣圍得鐵桶相

混江龍李俊。（葉雄繪）

似。」田虎聽罷，大驚無措，忙傳令旨，便教收軍，退保威勝城內。

當下李天錫等押住陣腳，薛時、林昕、胡英、唐昌保護田虎先行。只聽得銅鞮山北，炮聲振響，被宋江密教魯智深、劉唐、鮑旭、項充、李衮，統領精勇步兵，抄出銅鞮山北，分兩路殺奔前來。田虎急驅御林軍馬來戰，忽被馬靈、孫安領兵馬從東剗斜裏殺來。馬靈腳踏風火二輪，將金磚望北軍亂打。孫安揮雙劍砍殺。二將領兵，突入北陣，如入無人之境，把北軍衝做兩截。北軍雖是十萬之衆，被吳用籌畫這三路兵馬，橫衝直撞，縱橫亂殺，北軍大敗，殺得星落雲散，七斷八續。當下僞尚書李天錫等保護田虎，望東衝殺逃奔，卻被魯智深等領著標槍、團牌、飛刀手，衝開血路，殺奔前來。又把李天錫、鄭之瑞、薛時、林昕等軍馬，衝散奔西。田虎手下，雖是御林軍馬，挑選那最精勇的，他們自來與官軍鬥敵，從未曾見有恁般凶猛的，今日如何抵當得住！

當下田虎左右，只有都督胡英、唐昌、總管葉清，及金吾校尉等將，領著五千敗殘軍馬，擁護奔逃。正在危急，忽地又有一彪軍馬，從東突至。田虎見了，仰天大嘆道：「天喪我也！」北軍看

山丹軍馬場，即祁連山區大馬營草場，甘肅張掖山丹縣。是世界上歷史最悠久、亞洲規模最大、世界第二的大馬場。拍攝時間2001年6月。（石寶琇／fotoe提供）

那彪軍馬中，當先一個俊龐年少將軍，頭戴青巾幘※4，身穿綠戰袍，手執梨花槍，坐匹高頭雪白捲毛馬，旗號上寫得分明，乃是「中興平南先鋒郡馬全羽」。那時葉清緊隨田虎，看了旗號，奏知田虎。田虎傳旨，快教郡馬救駕。那全郡馬近前，下馬跪奏道：「臣啓大王：甲冑在身，不能俯伏，臣該萬死。」田虎道：「赦卿無罪。」全郡馬又奏道：「事在危急，奏請大王到襄垣城中，權避敵鋒。◎1待臣同郡主殺退宋兵，再請大王到威勝大內，計議良策，恢復基業。」田虎大喜，傳下令旨，即望襄垣進發。全郡馬在後面，抵當追趕的兵將。田虎等衆，已到襄垣城下，背後喊殺連天，追趕將來。襄垣城上守城將士看見，連忙開城門，放吊橋。胡英引兵在前，軍士聽見後面趕來，一擁搶進城去，也顧不得甚麼大王。胡英剛進得城門，猛聽得一聲梆子響，兩邊伏兵齊發，將胡英及三千餘人，都趕入陷坑中去，被軍士把長槍亂搠，可憐三千餘人，不留半個。城中大叫：「田

宋江指揮衆將領直搗田虎巢穴。（日版畫，出自《新編水滸畫傳》，葛飾戴斗繪）

註

※4青巾績：青色的頭巾。績，應該爲「幘」，音則。

虎要活的！」田虎見城中變起，方知是計，急勒馬望北奔走。張清、葉清拍馬趕來，田虎那匹好馬行得快，張清、葉清領軍士追趕不上，已離了一箭之地，只見田虎馬前，忽地起陣旋風，風中現出一個女子，大叫道：「奸賊田虎，我仇家夫婦，都被汝害了，今日走到那裏去？」◎2就女子身旁，又起一陣陰風，望田虎劈面滾來，那女子寂然不見。田虎坐下馬，忽然驚躍嘶鳴，田虎落馬墮地，被張清、葉清趕上，跳下馬來，同軍士一擁上前擒住。唐昌領衆挺槍驟馬來救。張清見唐昌搶來，疾忙上馬，拈一石子飛來，正中唐昌面門，撞下馬去。張清大叫道：「我不是甚麼全羽，乃是天朝宋先鋒部下沒羽箭張清！」那時李逵、武松領五百步兵，從城內搶出來，二人大吼一聲，把那殿帥將軍、金吾校尉等二千餘人，殺得星落雲散。張清刺殺了唐昌，縛了田虎，簇擁入城，閉了城門，待宋先鋒殺退北兵，方可解去。魯智深追趕到來，見田虎已捉入城去，魯智深等復向西殺到銅鞮山側。此時已是酉牌時分。宋江等三路軍馬與北兵鏖戰一日，殺死軍士二萬餘人。北軍無主，四面八方，亂竄逃生。范美人及姬妾等項，都被亂兵所殺。李天錫、鄭之瑞、薛時、林昕，領三萬餘人，上銅鞮山據住。宋江領兵四面圍困。魯智深來報，田虎已被張清擒捉。宋江以手加額，忙傳將令，差軍星夜疾馳到襄垣，教武松等堅閉城門，看守田虎。教張清領兵速到威勝，策應瓊英等。

原來瓊英已奉吳軍師密計，同解珍、解寶、樂和、段景住、王定六、郁保四、蔡

評點

◎1.張清大見識。（袁眉）
◎2.雖死猶生。（袁眉）

福、蔡慶，帶領五千軍馬，盡著北軍旗號，伏於武鄉縣城外石盤山側。瓊英等探知田虎與我兵廝殺，瓊英領衆人星夜疾馳到威勝城下。是日天晚，已是暮霞斂彩，新月垂鈎，瓊英在城下鶯聲嬌囀叫道：「我乃郡主，保護大王到此，快開城門！」當下守城軍卒，飛報王宮內裏。田豹、田彪聞報，上馬疾馳到南城，忙上城樓觀看，果見赭黃傘下，那匹雕鞍銀鬃白馬上，坐著大王，馬前一個女將，旗上大書「郡主瓊英」，後面有尚書都督等官，遠遠跟隨。只見瓊英高聲叫道：「胡都督等與宋兵戰敗，我特保護大王到此。教官員速出城接駕！」田豹等見是田虎，即令開了城門，出城迎接。二人纔到馬前，只聽馬上的大王大喝道：「武士與寡人拿下二賊！」軍士一擁上前，將二人擒住。田豹、田彪大叫：「我二人無罪！」急要掙扎時，已被軍士將繩索綁縛了。原來這個田虎，乃是吳用教孫安揀擇南軍中與田虎一般面貌的一個軍卒，依著田虎

河南省開封市清明上河園，「北宋皇家園林」景觀。拍攝時間2005年9月23日。（李俊生／fotoe提供）

妝束。後面尙書都督，卻是解珍、解寶等數人假扮的。當下衆人各掣出兵器，王定六、郁保四、蔡福、蔡慶領五百餘人，將田豹、田彪連夜解往襄垣去了。城上見捉了田豹、田彪，又見將二人押解向南，情知有詐，急出城來搶時，卻被瓊英要殺田定，不顧性命，同解珍、解寶一擁搶入城來。守門將士上前來鬥敵，被瓊英飛石子打去，一連傷了六、七個人。解珍、解寶幫助瓊英廝殺，城外樂和、段景住，急教軍士卸下北軍打扮，個個是南軍號衣，一齊搶入城來，奪了南門。樂和、段景住挺朴刀，領軍上城，殺散軍士，豎起宋軍旗號。城中一時鼎沸起來，尙有許多僞文武官員，及王親國戚等衆，急引兵來廝殺。瓊英這四千餘人，深入巢穴，如何抵敵？卻得張清領八千餘人到來，驅兵入城，見瓊英、解珍、解寶與北兵正在鏖戰，張清上前飛石，連打四員北將，殺退北軍。張清對瓊英道：「不該深入重地，又且衆寡不敵。」瓊英道：「欲報父仇，雖粉骨碎身，亦所不辭！」張清道：「田虎已被我擒捉在襄垣了。」瓊英方纔喜歡。

正欲引兵出城，也是天厭賊衆之惡，又得盧俊義打破沁源城池，統領大兵到來，見了南門旗號，急驅兵馬入城，與張清合兵一處，趕殺北軍。秦明、楊志、杜遷、宋萬，領兵奪了東門；歐鵬、鄧飛、雷橫、楊林，奪了西門；黃信、陳達、楊春、周通，領兵奪了北門；楊雄、石秀、焦挺、穆春、鄭天壽、鄒淵、鄒潤，領步兵，大刀闊斧，從王宮前面砍殺入去；龔旺、丁得孫、李立、石勇、陶宗旺，領步兵，從後宰門砍殺入去。殺死王宮內院嬪妃、姬妾、內侍人等無算。田定聞變，自刎身死。張清、瓊英、張青、

孫二娘、唐斌、文仲容、崔埜、耿恭、曹正、薛永、李忠、朱富、時遷、白勝，分頭去殺僞尚書、僞殿帥、僞樞密以下等衆，及僞封的王親國戚等賊徒，正是：

金階殿下人頭滾，玉砌朝門熱血噴。
莫道不分玉與石，爲慶爲殃心自捫。

當下宋兵在威勝城中，殺得屍橫市井，血滿溝渠。盧俊義傳令，不得殺害百姓，連忙差人先往宋先鋒處報捷。當夜宋兵直鬧至五更方息，軍將降者甚多。天明，盧俊義計點將佐，除神機軍師朱武在沁源城中鎮守外，其餘將佐都無傷損。只有降將耿恭，被人馬踐踏身死。衆將都來獻功。焦挺將田定死屍駝來，瓊英咬牙切齒，拔佩刀割了首級，把他屍骸支解。◎3此時鄔梨老婆倪氏已死，瓊英尋了葉清妻子安氏，辭別盧俊義，同張清到襄垣，將田虎等押解到宋先鋒處。盧俊義正在料理軍務，忽有探馬報來，說北將房學度將索超、湯隆圍困在榆社縣。盧俊義即教關勝、秦明、雷横、陳達、楊春、楊林、周通，領兵去解救索超等。

次日，宋江已破李天錫等於銅鞮山，一面差人申報陳安撫說：「賊巢已破，賊首已擒，請安撫到威勝城中料理。」宋江統領大兵，已到威勝城外，盧俊義等迎接入城。宋江出榜，安撫百姓。盧俊義將卞祥解來。宋江見卞祥狀貌魁偉，親釋其縛，以禮相待。卞祥見宋江如此意氣，感激歸降。次日，張清、瓊英、葉清將田虎、田豹、田彪，囚載陷車，解送到來。瓊英同了張清，雙雙的拜見伯伯宋先鋒。瓊英拜謝王英等昔日冒犯之罪。宋江叫將田虎等監在一邊，待大軍班師，一同解送東京獻俘。即教置酒，與張清、瓊英慶賀。當日有威勝屬縣武鄉守城將士方順等，將軍民戶口冊籍、倉庫錢糧，前來獻納。宋江賞勞畢，仍令方順依舊鎮守。宋江在威勝城一連過了兩日，探馬報到，說關勝等到榆社縣，同索超、湯隆內外夾攻，殺了北將房學度。北軍死者五千餘人，其餘軍士都降。宋江大喜，對衆將道：「都賴衆兄弟之力，得成平寇之功。」即細細標寫衆將功勞，及張清、瓊英擒賊首、搗賊巢的大功。又過了三、四日，關勝兵馬方到，又報陳安撫兵馬也到了。宋江統領將佐，出郭迎接入城，參見已畢，陳安撫稱讚道：「將軍等五月之內，成不世之功。◎4下官一聞擒捉賊首，先將表文差人馬上馳往京師奏凱，朝廷必當重封官爵。」◎5宋江再拜稱謝。次日，瓊英來稟，欲往太原石室山，尋覓母親屍骸埋葬，宋江即命張清、葉清同去，不題。宋江稟過陳安撫，將田虎宮殿院宇、珠軒翠屋，盡行燒毀。又與陳安撫計議，發倉廩，賑濟各處遭兵被火居民。修書申呈宿太尉，寫表申奏朝廷，差戴宗即日起行。

戴宗擎齎表文書札，趕上陳安撫差的齎奏官，一同入進東京，先到宿太尉府前，依先尋了楊虞候，將書呈遞。宿太尉大喜，明日早朝，並陳安撫表文，一同上達天聽。道君皇帝龍顏喜悅，敕宋江等料理候代，班師回京，封官受爵。戴宗得了這個消息，即日拜辭宿太尉，離了東京，明日未牌時分，便到威勝城中，報知陳安撫、宋先鋒。陳瓘、宋江一面教把生擒到賊徒僞官等衆，除留田虎、田豹、田彪，另行解赴東京，其餘從

◎3.快哉！（袁眉）
◎4.大難大難。（袁眉）
◎5.未必。（袁夾）

※ 宋江捉住田虎，勝利班師。
（朱寶榮繪）

賊，都就威勝市曹斬首施行。所有未收去處，乃是晉寧所屬蒲、解等州縣。賊役贓官，得知田虎已被擒獲，一半逃散，一半自行投首。陳安撫盡皆准首，復爲良民。就行出榜去各處招撫，以安百姓。其餘隨從賊徒，不傷人者，亦准其自首投降，復爲鄉民，給還產業田園。克復州縣已了，各調守禦官軍，護境安民，不在話下。

再說道君皇帝已降詔敕，差官齎領，到河北諭陳瓘等。次日，臨幸武學，百官先集，蔡京於坐上談兵，衆皆拱聽。內中卻有一官，仰著面孔，看視屋角，不去睬他。蔡京大怒，連忙查問那官員姓名。正是一人向隅，滿坐不樂。只因蔡京查這個官員姓名，直教：天罡地煞臨軫翼※5，猛將雄兵定楚郢※6。畢竟蔡京查問那官員是誰？且聽下回分解。◎6

註

※5軫翼：軫宿和翼宿。

※6郢：古代中國楚國的都城，在今湖北省江陵縣附近。

評點

◎6.若肯清夜捫心，邪念便不生發。只「爲慶爲殃心自捫」一句，堪爲世人針砭。（袁評）

參考書目

1.《水滸傳》，施耐庵、羅貫中撰，底本：容與堂本，人民文學出版社，一九九七年出版。

2.《水滸全傳》，底本：袁無涯本，嶽麓書社，二〇〇五年出版。

3.《金聖歎批評本水滸傳》，嶽麓書社，二〇〇六年出版。

4.《貫華堂第五才子書水滸傳》，（清）金聖歎評點，魏平、文博校點，黑龍江人民出版社，一九九七年出版。

5.《繡像水滸全傳》，（明）施耐庵著，山東畫報出版社，二〇〇七年出版。

6.《評論出像水滸傳》二十卷／（明）施耐庵撰，清（一六四四—一九一一年）刻本。

7.《明容與堂刻水滸傳》，（明）施耐庵撰，羅貫中纂修影印本，上海人民出版社，一九七五年出版。

8.《水滸志傳評林》，（明）余象斗評，文學古籍刊行社，一九五六年出版。

9.《名家評點四大名著》，江天編校，中國文聯出版公司，一九九八年出版。

10.《水滸全傳》，董淑明校注，繡像本，河南文藝出版社，一九九八年出版。

11.《古本水滸傳》，蔣祖鋼校勘，中央民族大學出版社，一九九六年出版。

12.《水滸傳》會評本，北京大學出版社，中國古典小說戲曲研究資料叢書，一九八七年出版。

13.《美籍華人學者夏志清評中國古典長篇小說》，夏志清評點，海南國際新聞出版中心，一九九六年出版。

14.《水滸傳資料彙編》，朱一玄、劉毓忱整編，南開大學出版社，二〇〇二年出版。

15.《周思源新解〈水滸傳〉》，中華書局，二〇〇七年出版。

16.《正說水滸傳——義與忠的變奏》，團結出版社，二〇〇七年出版。

17.《水滸戲與中國俠義文化》，中國藝術研究院，二〇〇六年出版。

18.《水滸文化解讀》，貴州民族出版社，二〇〇六年出版。

19.《水滸傳與中國社會》，薩孟武著，北京出版社，二〇〇五年出版。

20.《水滸傳》圖文版四大名著，上海辭書出版社，二〇〇一年出版。

▲備註：本書以通行的清代金聖歎評本、袁無涯評本爲底本（後五十回），參酌容與堂評本，凡底本可通之處，一般沿用；明顯錯誤則參照他本訂正，不出校記。

圖片來源

1.《新編水滸畫傳》，葛飾戴斗（即葛飾北齋）繪，上海書店出版社，二〇〇四年出版。

2.《水滸傳版刻圖錄》，江蘇廣陵古籍刻印社，一九九九年出版。

3.《水滸葉子　水滸畫傳》，河南美術出版社，一九九六年出版。

◆特別感謝本書內頁圖片授權人及授權單位◆

4.《水滸一百零八將》，葉雄繪，季永桂文，百家出版社，二〇〇一年出版。

⊙葉雄，上海崇明人，一九五〇年出生。畢業於上海大學美術學院國畫系，現是中國美術家協會會員、中國美術家協會連環畫藝術委員會委員、上海美術家協會理事……等。他於一九七六年開始從事連環畫、插圖、中國水墨畫創作，其作品在全國藝術大展中連續獲獎。他的水墨畫作品還在日本、韓國、加拿大、臺灣等地參加聯展。上海美術館、上海圖書館及中外收藏家收藏了他的中國水墨畫作品。其藝術成就被收入中國美術家大辭典、中國文藝傳集、當代中國美術家光碟、世界華人文學藝術界名人錄、世界名人錄……等。重要作品包括：

二〇〇三年出版《三國演義人物畫傳》
二〇〇三年出版《西遊記神怪、人物畫傳》
二〇〇四年出版《紅樓夢人物畫傳》。

個人信箱：yexiong96@163.com

5. 朱寶榮授權使用內頁繪圖共一百八十張。

⊙朱寶榮，從小酷愛美術，因家庭情況無緣於高等學府深造，引爲憾事。二〇〇四年與兩位志趣相投的好友組成心境插畫工作室至今，能夠從事自己喜愛的工作，覺得是一件很幸福的事！

6. 廣州集成圖像有限公司「FOTOE」授權使用部分內頁圖片。（fotoe.com）
7. 北方崑曲劇院（北京）授權使用《水滸傳》劇照共一張。
8. 富爾特科技股份有限公司影像提供。
9. 美工圖書社：「中國圖片大系」影像提供。

國家圖書館出版品預行編目資料

水滸傳(五)——內征外討／施耐庵原著；張鵬高編撰.
— 初版. —臺中市 ： 好讀，2009.03
冊 ；　公分. —（圖說經典：17）

ISBN 978-986-178-112-9（平裝）

857.46　　97022707

好讀出版

圖說經典 17

水滸傳(五)
【內征外討】

原　　著／施耐庵
編　　撰／張鵬高
總 編 輯／鄧茵茵
責任編輯／莊銘桓
執行編輯／林碧瑩、莊銘桓
美術編輯／陳麗蕙
封面設計／山今伴頁工作室
發 行 所／好讀出版有限公司
http://howdo.morningstar.com.tw
台中市407西屯區何厝里19鄰大有街13號
TEL:04-23157795　FAX:04-23144188
（如對本書編輯或內容有意見，請來電或上網告訴我們）
法律顧問／陳思成律師

戶名：知己圖書股份有限公司
劃撥專線：15062393
服務專線：04-23595819轉230
傳真專線：04-23597123
E-mail：service@morningstar.com.tw
如需詳細出版書目、訂書、歡迎洽詢
晨星網路書店 http://www.morningstar.com.tw

印　　刷／上好印刷股份有限公司 TEL:04-23150280
初　　版／西元2009年3月1日
初版二刷／西元2016年8月20日
定　　價／299元

Published by How Do Publishing Co., Ltd.
2009 Printed in Taiwan
ISBN 978-986-178-112-9

本書內頁部分圖片由廣州集成圖像有限公司「FOTOE」授權使用，
其他授權來源於參考書目之後詳列

讀者回函

只要寄回本回函，就能不定時收到晨星出版集團最新電子報及相關優惠活動訊息，並有機會參加抽獎，獲得贈書。因此有電子信箱的讀者，千萬別吝於寫上你的信箱地址

書名：水滸傳(五)——內征外討

姓名：________性別：□男□女　生日：____年____月____日

教育程度：________

職業：□學生 □教師 □一般職員 □企業主管

□家庭主婦 □自由業 □醫護 □軍警 □其他________

電子郵件信箱（e-mail）：________電話：________

聯絡地址：□□□________

你怎麼發現這本書的？

□書店 □網路書店（哪一個？）________□朋友推薦 □學校選書

□報章雜誌報導 □其他________

買這本書的原因是：________

□內容題材深得我心 □價格便宜 □封面與內頁設計很優 □其他________

你對這本書還有其他意見嗎？請通通告訴我們：

____

你買過幾本好讀的書？（不包括現在這一本）

□沒買過 □ 1 ～ 5 本 □ 6 ～ 10 本 □ 11 ～ 20 本 □太多了

你希望能如何得到更多好讀的出版訊息？

□常寄電子報 □網站常常更新 □常在報章雜誌上看到好讀新書消息

□我有更棒的想法________

最後請推薦五個閱讀同好的姓名與 E-mail ，讓他們也能收到好讀的近期書訊：

1.________

2.________

3.________

4.________

5.________

我們確實接收到你對好讀的心意了，再次感謝你抽空填寫這份回函

請有空時上網或來信與我們交換意見，好讀出版有限公司編輯部同仁感謝你！

好讀的部落格： http://howdo.morningstar.com.tw/

請填妥後對折黏貼，直接投郵即可，無須貼郵票。

廣告回函
臺灣中區郵政管理局
登記證第 3877 號
免貼郵票

好讀出版有限公司　編輯部收

407 台中市西屯區何厝里大有街 13 號

電話：04-23157795-6　傳眞：04-23144188

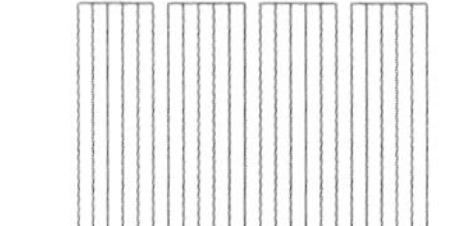

沿虛線對折

購買好讀出版書籍的方法：

一、先請你上晨星網路書店 http://www.morningstar.com.tw 檢索書目或直接在網上購買

二、以郵政劃撥購書：帳號 15060393 戶名：知己圖書股份有限公司並在通信欄中註明你想買的書名與數量

三、大量訂購者可直接以客服專線洽詢，有專人爲您服務：
客服專線：04-23595819 轉 230 傳眞：04-23597123

四、客服信箱：service@morningstar.com.tw